日本国憲法と本土決戦

神山睦美評論集

Mutsumi Kamiyama

幻戯書房

はじめに——五〇年前の記憶

「ぼくは二十歳だった。それがひとの一生でいちばん美しい年齢だなどとだれにも言わせまい」。ポール・ニザン『アデン アラビア』の冒頭の言葉である。私にとってこれほど、五〇年前の残酷な記憶を思い起こさせる言葉はない。

当時私は、東大の教養学科の最終学年だった。しかし、卒業も就職も視野の外にあって、ひたすら大学闘争に打ち込んでいた。東大の最終学年は、ほとんど本郷キャンパスで過ごすのだが、教養学科だけは、駒場キャンパスを本拠地としていた。そのため、東大闘争において重大な事態に関与することになった。

よく知られているように、一九六九年の一月、東大安田講堂が機動隊の手で陥落させられ、籠城していた全共闘学生は、敗北を喫することになる。そこで東大闘争は終息したとされている。これは、小熊英二の『1968』でも実証されていることであり、現在では、そのことに異論はないといった次第になっている。

しかし、実際は安田講堂が陥落してからも、全共闘学生は、駒場の第八本館という建物に籠城し、そこで凄惨な闘いが繰り広げられたのである。この駒場第八本館は、駒場の安田講堂といわれ、私たちのような駒場全共闘の学生が、前もって籠城していた。そこへ、本郷の安田講堂から多くの全共闘学生がやってきて、立て籠もったのである。

なかでも、後に連合赤軍となるような過激な学生が外部からやってきて、第八本館死守を唱えた。私たち、本家本元であるはずの駒場全共闘は、彼らの過激な闘争にたじたじとなる始末だった。その闘争の相手はというと、機動隊ではなく、共産党の下部組織である「民青暁部隊」というものだった。

宮崎学という評論家が、民青暁部隊の創始者といわれている。だが、駒場第八本館闘争に登場した民青暁部隊は、まったくの地下組織で、由緒も何もわからない過激な暴力集団だった。その民青暁部隊と、のちに連合赤軍となるような過激学生とで、拳大の石を投げつけて闘うのだ。民青暁部隊は、どこから用意したのか投石器というものを持ち出して、ビュンビュン屋上めがけて打ってくる。

私たちのような駒場全共闘は、投石訓練などまったくしていないため、過激学生の後ろで石を運ぶ役目を果たすのが精一杯だった。三日ほどの闘争の後、こちらに重傷者が何人も出てくる事態になると、下から拡声器で「今からでも遅くはない、投降する者は通路を開けるので、速やかに退散せよ」という大音声が聞こえてきた。

そのうち終日、これが流されるようになり、一人二人と第八本館から消えていった。このまま籠城すれば殺されるかもしれないと考えた私は、機を見計らって、彼らが通路と呼ぶ出口から出ていった。周りには民青暁部隊の連中が陣を張っていて、通り過ぎるとき、ありとあらゆる罵詈雑言を浴びせかけられた。

私は、屈辱感にまみれ、井の頭線の駒場東大前駅までたどり着いた。電車に乗り、当時住んでいた学生寮のある吉祥寺に向かった。駅を降りてからどこをどう歩いたのか覚えていなかった。できるだけ路地裏のようなところをさまよっていかずにいられなかったのである。ようやく寮にたどり着くと、ちょうど夕食の時間で、何日間か不在にしていた私のことを心配して、寮生の何人かが声をかけてくれた。

食卓に座り、いつもの夕食をとったのだが、その時ほど日常生活のありがたさを感じたことはなかった。私の他にも、全共闘に属していて、大けがをした寮生がいたと聞いたのだが、彼はその後どうしたのか全く覚えていない。あるいは、その寮以外のつながりで知り合った学生だったのかもしれない。当時、そのようにして身体的な負傷や精神的な外傷を負って、退学したり、失踪したりした者が何人もいた。

あの時第八本館に残って最後まで民青暁部隊と対峙していたら、私もその中の一人に数えられたかもしれない。そう思うと、いまでも身震いする。しかし、それ以上に身震いする事態が、その後、民青暁部隊によってではなく、第八本館に最後まで残り、最後は、暁部隊を突破して脱出したとされる過激学生によって引き起こされた。

その年の四月、私は寮を出て目白駅に近い素人下宿に移ったのだが、どこから情報を得てきたのか、第八本館で知り合った過激学生数人が、私の下宿を訪れるようになったのだ。大学解体を唱え、日米安保条約下の日本国家に革命を起こすことを目指してきた自分たちは、大学闘争の敗北くらいで撤退すべきではない、新たな革命組織を編成することによって、日本全国に革命を呼び起こそうと彼らは言うのだ。

私にとって、大学闘争は自己否定と自己解体のための闘いだった。最高学府を目指して厳しい競争を勝ち抜いてきた自分の現在を決して「美しい」などと自分自身に言わせないためにも、矛盾に満ちた大学制度と戦後の日本国家を根底から覆すだけの思考を養い、それを実践に移そうと大学闘争に参加していた。しかし、彼らは、そのような姿勢自体を内側から改革していかなければならないというのだ。そのためには、自分を埋没させても悔いのない革命組織を打ち立てていくべきであるという。

私には、彼らの革命論には同調できないものがあったのだが、第八本館闘争で背を向けた後ろめたさが拭いきれなかった。そのために、反論らしい反論ができないでいるこちらを見透かしたように、連日のように説得にやってきた。昼夜を問わず、入れ代わり立ち代わり説得に当たる彼らの論理に屈服してしまいそうになった時、体力の方が限界に達した。私は救急車で病院に運ばれ、入院を余儀なくされた。

彼らは、私の入院した病院を突き止め、病室まで説得に現れるにちがいないという恐怖から、夜も寝られずにいたとき、幸いにも医師であった伯父が自分の病院に引き取ってくれた。小康を得た私は郷里に身を隠し、半年ほどを魂の抜け殻のようになって過ごした。脳裏に去来するのは、大学闘争の敗北後退学したり、失踪したりして行方知れずになった者たちのことだった。

それから一年ほどたって、連合赤軍のリンチ殺人事件とあさま山荘事件が起こった。彼らの中に、私を説得に来た者がいたことはまちがいなかった。しかし私は、事件の報道からひたすら目を背け、卒論に打ち込んでいった。辛うじて卒業をゆるされた私は、何の当てもないまま比較文学・比較文化大学院を受験した。漱石の「ケーベル先生」についての長めの小論文が課せられたのを幸いに、畏敬するケーベル先生について語る漱石のなかに『こころ』の「私」の心情に通ずるものを見出し、そこに「二十歳が一生のうち一番美しい年齢だなどとだれにも言わせまい」とする「私」の残酷な記憶を重ねるといった趣旨の文章を草した。

当時助教授だった芳賀徹が、私の文章を評価してくれたためか、大学院に合格できた。しかし、私のなかの後ろめたさは、その後も消えることがなかった。私は自分を納得させるためにも、大学闘争を続けようと思った。まるで紛争などなかったかのように日常化してゆく大学院の授業を拒否し、「授業料納入拒否闘争」というのを勝手に行った。大学からすれば、たんなる変わり者の学生が、授業が嫌になり大学に来なくなったというだけのことにすぎなかった。除籍処分の通知が届くと、私は、大学にも学問にも完全に縁がなくなった。

その後、私は在野の文芸評論家として三〇数年、仕事を続けてきた。古希を迎えて、革命にも学問にも背を向けてきた私自身の現在の思想をまとめてみたいと思った。ここに収められた文章のなかに「二十歳が一生のうち一番美しい年齢だなどとだれにも言わせまい」とする思いが、いまでも生きているならば、幸いである。

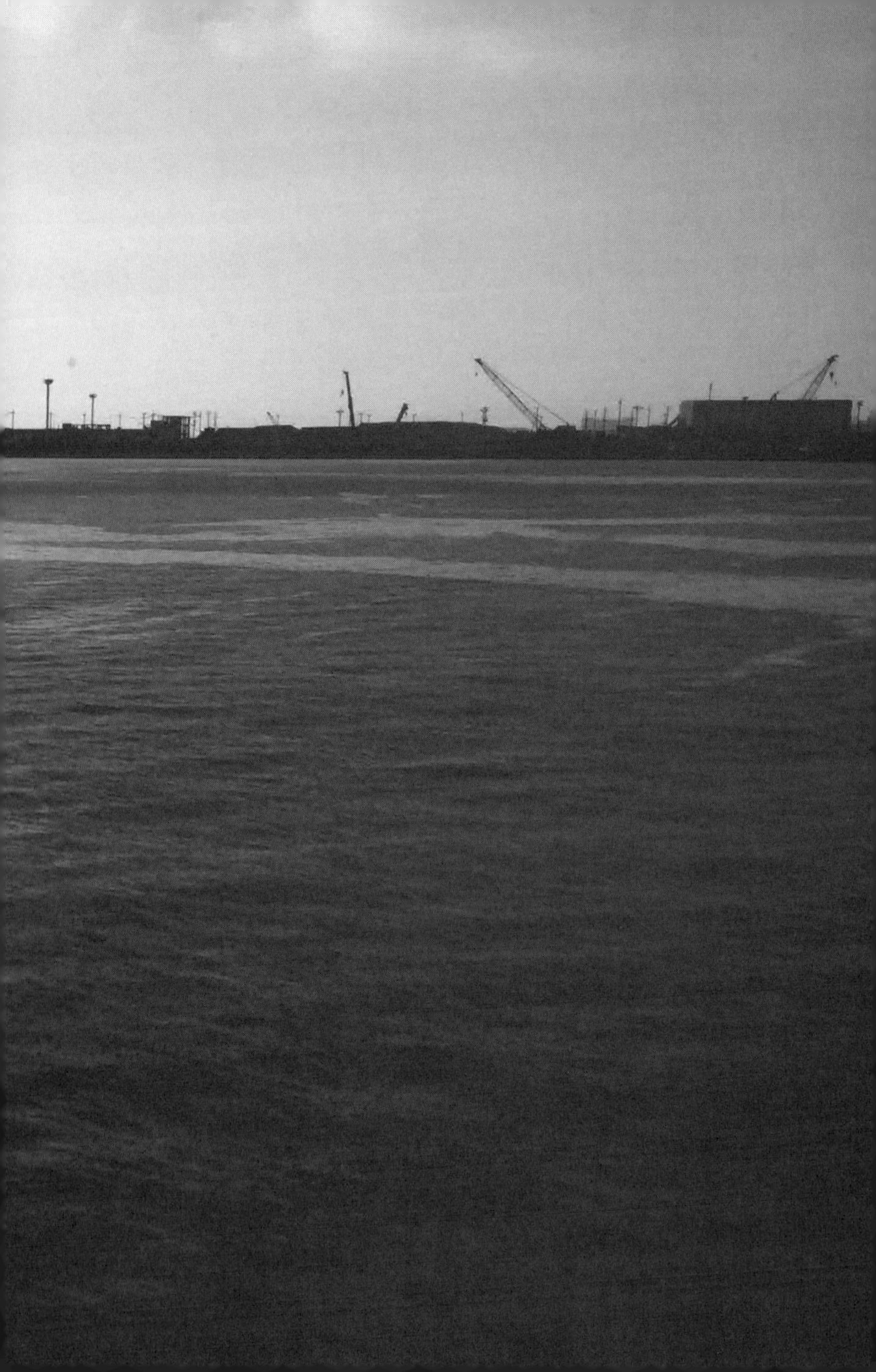

目次

II　文学の現在

Ⅲ　批評の実践

日本国憲法と本土決戦

神山睦美評論集

がんばろう! 日本

I 思想の現場から

日本国憲法と本土決戦

――柄谷行人『憲法の無意識』への系譜

本土決戦とニッポン・イデオロギー

身体の不自由な高齢者や重度の身障者といった人たちに、手を延べるべきかどうかという問いに、「ノー」と答えた人の比率は、日本が世界で最も高く、38パーセントに上るという。ちなみに、イギリスやドイツ、中国は10パーセント未満、何事につけ自己責任を重んじるアメリカでさえ28パーセントだという。日曜日の朝の報道番組サンデーモーニング（二〇一六年一〇月二日）での報告だが、思わず目を疑ってしまった。重度身障者が次々に殺害された相模原事件や、横浜の病院での高齢者点滴連続殺人事件の動機が珍しくないことを裏づけるような調査結果といえる。

こういう風潮があらわになってきたのは、三・一一大災害から数年たち、その記憶が忘れ去られるようになってからではないだろうか。実際、今年（二〇一六年）の四月に起こった熊本地震の記憶などは、まだ半年もたたないというのに、風化しつつあるような気がしてならない。

三・一一の災害のなかで顕わになった日本人のエートス――苦難に遭えば遭うほど、自分のことはさておいても、さらに苦しんでいる人々に手を延べずにはいられなくなるというエートスは、どこにいってしまったのだろう。当時、海外から最も注目されたそれらのエートスは、熊本でもいたるところで見られたはずなのだが、いつのまにか忘失されてしまった。その反動のようにして、社会的弱者といわれる人々への無関心と捻じ曲げられた嫌悪の情がはびこってきているように思える。

その原因の一つには、私たち自身が「戦後」の七十年を画するような二つの事件、終戦と東日本大震災を同時に問題にするような視点をもってこなかったということがあるのではないだろうか。

その意味で、笠井潔の『8・15と3・11――戦後史の死角』は注目すべき一書といえる。笠井によれば、敗戦処理や原子力災害を通して、一貫して日本人は責任を取ってこなかった。その主体性の無さについては、本土決戦について述べられた以下のような一節にも暗に示唆されている。

「終戦」阻止の陸軍クーデタ計画が成功し、本土決戦が遂行されていれば、その犠牲者数は試算で二〇〇万、あるいは三〇〇万にのぼったともいわれる。沖縄戦では戦死者が一一万、民間の戦災死者数が一〇万で県民の三人に一人だから、これでも控えめな数字である。本土決戦の結末は惨憺たるものだったろう。この惨禍を回避できたのは、日本人にとって幸運だった。しかし同時に、この幸運の代償として、われわれがなにを失ったのかを正確に理解する必要がある。

笠井はここで、終戦処理が、国体護持を最優先事項とみなした重鎮たちによって進められたもので、その根底には、「権威を疑問視しない反射的な従順性、集団主義、島国的閉鎖性」「目先の必要に眼を奪われた泥縄式の発想、あとは野となれ式の無責任」があったとみなし、それを、「ニッポン・イデオロギー」と名づけている。国体護持とは、そういうニッポン・イデオロギーを延命させるための大義名分にすぎなかったというのである。もし本土決戦が、そのような国体を瓦解させ、ニッポン・イデオロギーの息の根を止めるものであったならば、どのような犠牲に見舞われようと敢然となされなければならなかった――そこまでは断言していないにもかかわらず、ここにはそういうニュアンスが感じられる。

しかし笠井は、断言しないことによって、戦後体制が、結局はこのニッポン・イデオロギーによってどれほど毒されてきたかを示唆しようとする。その象徴的出来事が、福島第一原発事故処理をめぐっての東京電力をはじめとする電力業界、自民党をはじめとする関連部局と受益政治家、原発推進派の科学者と技術者からなる原子力ムラの対応にほかならない。もし本土決戦をおこなっていたならば、という仮定は、笠井にあっては、日本人がそのようなイデオロギーを排すだけの思想を身に着けていたならばという仮定に代置される。それを笠井は、親鸞の他力本願に見出すのだが、そこでの「他力」とは、主体性を放棄するのではなく、超越的なものの到来を前にすべての計らいを放棄するということである。

もしも8・15と3・11を超える契機として、日本人の宗教意識を再評価するのであれば頽落したアニマとしての「神道の神々」ではなく、親鸞の絶対他力思想にこそ注目しなければならない。

キリスト教の教義では、全人類の罪を代わって贖うための、愛による神の受肉としてイエスの誕生は説明される。このようにキリスト教では、イエスの存在において神と人間は媒介され、ユダヤ教的な両者の断絶は回避される。しかしこうしたパウロ神学のような苦しまぎれの論理を操る必要もなく、超越者としての阿弥陀は、愛／慈悲において世界に外在し同時に内在している。

このような笠井の思想は、現在の社会にはびこる弱者への無関心と極端な嫌悪がどこに由来するのかという問題にも、こたえうるものといえる。それらは、ニッポン・イデオロギーがひそかに育ててきたものなのだ。戦後日本が成し遂げてきた高度経済成長と一億総中流社会が、実際にはどのような内実もない無思想的なものであったということ。そのことは、それらが、アメリカにも見られない社会保障制度をもたらしたとしても、いずれ崩れ去っていくほかないもろさを隠していたことと表裏をなす。バブル経済の破綻とその後の失われた一〇年を通して、日本人の無関心と嫌悪の情は徐々にかたちをとってきたといえる。

そのような風潮に対して、どう対処するか。笠井ならばあらためて親鸞の他力本願を挙げ、マックス・ウェーバーが『プロテスタンティズムの倫理と資本主義の精神』で述べたカルヴァン派プロテスタントの予定説をもちだしてくるだろう。

救済／往生のための努力を認めない点で、親鸞思想とカルヴァンの予定説には興味深い照応性がある。救済／往生は阿弥陀如来の慈悲、あるいは神の恩寵によって一方的に到来する。

予定説によれば、ある人物を救済するかしないかを、あらかじめ神は決定している。神の意志に人間は関与することはできないから、善行を積もうが積むまいが救済とは関係がない。免罪符など問題外ということになる。


ニッポン・イデオロギーの本質は、自分が他者よりも優位に立ちたいという欲望を抑えることによって、集団的な優位性をどこかで保証してもらおうとするところにある。親鸞の他力本願やカルヴァンの予定説が問題にするのは、このような優位性に対するあくなき欲望である。これを棄て去ることで、阿弥陀如来の慈悲や神の恩寵にあずかろうとすること、そこに他力本願や予定説の本旨があるといえる。社会に蔓延する無関心と嫌悪の情を払拭するきっかけが見出されるとしたら、ここにではないだろうか。

そのように考えてみるならば、終戦処理をめぐっての「本土決戦」という項は、おのずから消去されるだろう。阿弥陀如来の慈悲や神の恩寵とは、こちら側の選択を超えたところからもたらされるものにほかならず、どのような決断によるものであれ、何百万という犠牲者を出すような事態を肯んじないからである。笠井のなかでは、あるいは、ここからあらためて照明を当てることによって、本土決戦はあってはならなかった、という結論が導かれたかもしれない。

敗戦という大事実の力

しかし『8・15と3・11――戦後史の死角』全編にあらわれる憲法論義からすると、笠井は、本当に阿弥陀如来の慈悲や神の恩寵に思想の根本をおこうとしているのだろうかとも思われてくるのである。憲法九条を、ルーズベルトをはじめとするアメリカのニューディーラーによる戦略ととらえ、アメリカを基軸とする国際的な連合国家が「世界国家」を目指して勝ち抜いていくため、必要不可欠な条件として交戦権の放棄という条項が盛られた、という笠井の考えには、親鸞の阿弥陀如来やプロテスタントの神に当たるような、超越的な存在の介在する余地がない。

たしかに、カール・シュミットから受け継がれ、笠井の思想の核をかたちづくっている例外状態論は、第一次世界大戦以後の戦争を、交戦権を認めない絶対戦争と見なし、相手国の殲滅を目指すものととらえることによって、日本の無条件降伏や広島、長崎への原爆投下をめぐるアメリカへの批判が、まったく根拠のないものであることを明らかにした。それらは、世界国家を目指すアメリカの当然の施策にほかならないので、沖縄における一〇万人の犠牲者も、広島、長崎の三〇万人にわたる犠牲者も、この世界戦争の犠牲者というほかないのである。

しかしそのような笠井の世界戦争論には、パリ不戦条約や国際連合が、二〇世紀的な殲滅戦を乗り越えるために何が必要かを、人間の意志を超えた地点から提示されたところに成立したと見なす視点がない。親鸞の阿弥陀如来やプロテスタントの神に当たるような超越的な存在が、まさに、絶対的な犠牲者を救いえなかったものとしてそこにかかわっているという視点といってもいい。世界戦争以後の超越とは、このようなパラドクスとして、私たちの前に現れるのである。パリ不戦条約や国際連合の思想が、そこから要請されたものであるかぎり、挫折や失効を内にはらんだものとして、何度でも提示される。そして憲法九条が、この系譜にあることも、いうまでもない。

このことを抜きにするならば、戦争の放棄は、交戦権と戦争法からなる近代的な戦争のありかたを放棄して、最終的勝利を目指して戦い抜く絶対戦争のための根拠としてあるという笠井の論理も、結局は、ニッポン・イデオロギーの側からみたアメリカの欲望として受け取られるほかはない。アメリカは戦争の放棄を憲法に盛り込むことによって、二度と自分たちに牙をむくことのない国家に日本を仕立て上げようとしたという受け取りである。実際、戦後の日本人は、そういうものとして憲法九条を受け容れ、アメリカに唯々諾々と従ってきたと笠井はいう。それだけでなく、そのような「平和」を担保にして、いかなる長期的展望もない「繁栄」のために挺身してきた。そこに見られるのは「当面の利益への固執、不決断と問題の先送り、相互もたれかかりあいの人間関係、あとは野となれ式の無責任」以外ではないと批判するのである。

こういう笠井のもの言いをたどっていくと、憲法九条をアメリカの欲望として受け入れるニッポン・イデオロギーに加担することなく、なおかつ世界戦争のための根拠として交戦権の放棄をうたった憲法九条を拒否するためにも、徹底した本土決戦をおこなうべきであるという主張が見え隠れになってくる。本土決戦とまではいわないまでも、「中国共産党の抗日人民戦争のような、あるいは六〇年代後半にヴェトナムで戦われ、今日のアフガンで戦われているような反米パルチザン戦争を永続化するしかない」というのが、笠井の考えといえる。

そのような徹底抗戦を、プロテスタントの指導者トーマス・ミュンツァーはドイツ農民戦争（一五二四―二五）において実践し、また戦国時代、一向宗の信徒は阿弥陀如来の促しのもとに、織田信長に対して行ったのであると、笠井はいう。だが、ドイツ農民戦争や一向一揆の本質は、カルヴァンの予定説や親鸞の他力本願と似て非なるものである。そこには、どのような慈悲もいかなる恩寵ももたらされることはないという厳然たる事実からしか、慈悲や恩寵が問題にされることはない、という視点の介在する余地がない。

『千年王国の追求』のノーマン・コーンによれば、『ドイツ農民戦争』が、「終末期的幻想にとりつかれた預言者《プロヴェータ》であって」「それらの幻想を社会不満を利用することによって現実化しようと試みた人物」であるミュンツァーによって率いられたことはうたがいない。『ドイツ農民戦争』において宗教改革の思想を実践しようとした農民のありかたに、後のプロレタリア革命に通ずるものを見出したエンゲルスに対して、『ルイ・ボナパルトのブリュメール一八日』を書いたマルクスならば、彼ら農民たちのなかに、後のルンペン・プロレタリアートに通ずるような不満や嫉妬や怨望が芽生えていたとして、ミュンツァーが、これをいかに巧妙に徹底抗戦のエネルギーへと吸いあげていったかを明らかにしたのではないか。

だとするならば、救済も、救済のための戦いも、人間の意志を超えたところで決定されるというカルヴァンの予定説を、ドイツ農民戦争における実践の根拠とみなすことはできない。ましてや、そのような予定説が、決定を無限に延期されたものとして現れるという思想を、そこに見出すことはとうていできないのである。

このようなカルヴァンの予定説に準じた思想を憲法について明らかにした戦後の思想家に小林秀雄を数えることができる。日中戦争について、この戦争に国民は、「黙って処した」と述べ、真珠湾攻撃を報ずる新聞写真を見て、太平洋の海の青さについて語り、「満州の印象」では、国民義勇兵として徴用された少年兵たちの余儀なさを云々した小林秀雄は、戦争を人間の意志では左右できない何ものかとしてとらえた。とはいえそのような戦争観が、二〇世紀の世界を覆い尽くした帝国主義戦争の本質にも、笠井のいう世界戦争の本質にもふれることのできないものであることも、否定できないところであった。にもかかわらず、戦後語られた以下のような言葉には、それらすべてを白紙に戻すような思想がこめられている。

日本の再武装の是非に就いて世論調査が行われているが、再武装を是とする人々の数も多い様である。日本国民は、先日自ら作った憲法を忘れている様な有様であるが、これは人間の誓言は、事実の前でいかに弱いものであるかを語っている。敗戦という大事実の力がなければ、ああいう憲法は出来上がった筈はない。又、新しい事実が現れて、これを動揺させないとは、誰も保証出来ない。戦争放棄の宣言は、その中に日本人が置かれた事実の強制力で出来たもので、日本人の思想の創作ではなかった。私は、敗戦の悲しみの中でそれを感じて苦しかった。

（「感想」）

朝鮮戦争のさなか、日本の再軍備が論議されていた昭和二五年、講談社の文芸誌「群像」編集部が、「激動する国際情勢の渦中に漂う」日本の運命について、憲法九条の理念をどのように受け取るべきかを、世界の良心ともいうべき人々へ問いかけた。このとき、小林から寄せられたのが、この言葉なのである。

小林がここでいっているのは、「事実の強制力」ということである。それを「敗戦という大事実の力がなければ、ああいう憲法は出来上がった筈はない」という言葉で述べるのだが、ここには明らかに、いかなる救済も、人間の意志を超えた超越者の予定のもとでしかおこなわれないという思想が影を落としている。どのような平和への希求も、「敗戦という大事実」の強制力のもとでしか実現されない。まさに「戦争放棄の宣言は、その中に日本人が置かれた事実の強制力で出来た」のである。小林がいおうとしたのはそのことにほかならない。

だが、これまでの小林秀雄批判は、このことよりも戦争放棄の宣言が「日本人の思想の創作ではなかった。私は、敗戦の悲しみの中でそれを感じて苦しかった」という一節の方に注意を向けてきた。憲法がホイットニー、ケーディス、マッカーサーをはじめとするGHQの思惑のもとで作成され、日本の憲法学者の見解が入る余地はなかったということに対する慙愧《ざんき》の念が語られているとみなしてきた。それだけでなく、憲法が「日本人の思想の創作ではなかった」という一節に、日本人の主体性の無さを思い嘆くすがたを読み取ってきたといえる。

しかし、もし小林のなかに笠井のいう「ニッポン・イデオロギー」に対する批判があったとするならば、「戦争放棄の宣言は、その中に日本人が置かれた事実の強制力で出来た」というような言葉が述べられるはずはない。むしろ小林のなかには、日本人がどのように集団主義と島国根性に毒されていようと、「敗戦という大事実」の前に首を垂れるだけのエートスを持ち合わせているということへの確信があった。それは、同時に、こちら側の意図を超えた超越者というものの存在を、無意識のうちにも感じ取ることができるということなのである。

したがって、憲法が「日本人の思想の創作ではなかった」という言葉には、そういう超越者の予定を前に、みずから刻苦精励することによってその恩寵を手に入れるまでにはいたっていないという意味が込められている。にもかかわらず、日本人はいずれ、みずからがおかれた事実の強制力に気づき、この刻苦精励を進めずにはいられなくなるだろうというのが、小林の真意なのである。

神々の闘いの敗北

戦後の小林のなかで培われた信念は、原子力エネルギーをめぐっての湯川秀樹との対談に最もよく現れている。昭和二三年におこなわれた「人間の進歩について」という対談において、小林は、湯川に対して以下のような言葉を述べるのである。

〈原子爆弾が落ちたとき、非常なショックを受けた。人間も遂に神を恐れぬことをやり出したかと思うと、戦争の不幸ということにかぎらない、なにか非常に嫌な感じを持った。地球というものがやっとこれだけ安定してきた。それをむりに不安定な状態にした。人智によって、自然に逆のプロセスをとらせることをやり出したのだ〉。

発言の内容を要約してみたが、小林の「嫌な感じ」は、原子力というものがもはや戦争の悲惨や不幸といったことを越えてしまっているということ、人間が神の領域を侵すことであり、地球そのものに宇宙的な崩壊をもたらすことであることを示唆する。

ここから小林は、原子核エネルギーが、原子という閾を超えて物質を無限に分割しようとする人間の欲望、さらには、原子核の構造を窮めずにいられない欲望に由来するものであることを、量子力学についての知見を通して直観する。先の言葉に続けて「稀元素というもの、なぜあれが稀なのかというと、不安定な元素が稀なのでしょう」という言葉を湯川にぶつけるのだが、ウランの核分裂が、ウランのみならず存在そのものの希少性と有限性を担保にしてなされるということについても、昭和二三年という当時にしては驚くべき正確さで言い当てているのである。

問題は、原子核エネルギーというものが生の側にではなく、死の側にあるということについての、小林の徹底した認識である。それを小林は、エントロピー増大の法則に言及することによっても明らかにしようとする。熱エネルギーの消費に伴って、処分することのできないエントロピーが増大していくという理論からは、エントロピーの無限の増大は宇宙の死滅をもたらすという結論が導き出される。小林の直観は、原子核エネルギーが死の側にあるものならば、このエントロピーの増大に通ずるような事態が生起しているにちがいないというところにあったといっていい。

ここには、憲法を「敗戦という大事実」「事実の強制力」によってもたらされたものとする考えに通ずるものがみとめられる。事実からいうならば、広島・長崎への原爆投下を契機に無条件降伏が受け入れられ、ＧＨＱの憲法草案のもと憲法が発布されるわけなのだが、その間日本人を動かしていたのは、戦争の悲惨に還元することのできない「死」の力であったというのが、小林の直観なのである。それは、本土決戦などでは決して癒されることのできない、ほとんど人間の意志を超えたところからやってくる力であって、そのような力に、どうすれば人間はあらがうことができるのかという問いをはらんだものとして、憲法はもたらされたと小林はいっているのである。

昭和二三年から二五年にかけてのこれらの発言は、当時の日本人の理解を超えたものであった。このことについて、小林と共振するような思想を抱いていたのは、唯一、折口信夫であったといっていい。折口は、憲法についても原爆についても直接的な発言をしなかったものの、日本の敗戦が、真に超越的なものを見失ったことによるということをくりかえし説いた。それは「民族教より人類教へ」「神道宗教化の意義」「神道の新しい方向」などにおいて、以下のような論脈のもとに述べられるのである。

敗戦を「神々の闘いの敗北」と見る折口は、西欧の一神教的な宗教理念の前に、日本の神々は敗れ去ったと考える。だが、それは、キリスト教にみられるような唯一神への帰依をあげつらうためではない。エルサレムの聖地を奪還しようとした十字軍が、異教的なるものを徹底的に打ちのめすことによって世界の覇権を握ってきたことを折口が、知らなかったはずはない。では、なぜ日本の神々は、西欧の神に敗れたのか。長きにわたって、現世の矛盾と闘い、みずからは滅び行くことも辞せずにこの世を救おうとする者を遇する所作を見失ってきたからである。

これを折口は、キリスト教にあらわれる「義人を迎えるような情熱」という言葉でいう。そういう情熱でもって信仰をそだてるならば、古来からの神道信仰に通暁した「自覚者」が現れ、唯一神の宗教がうみだされる。それは、神道の普遍化する要素を広めてゆくことであり、人類全体の幸福を願い、人類全体に寄与するような宗教となってゆくことである。

折口が、一神教的な宗教理念とか唯一神の宗教という言葉によって示唆しようとしたものこそ、人間の意志を超えた超越的なものの存在にほかならない。それは、小林のように原爆やエントロピー増大の法則としてとらえられているのではないものの、明らかに「死」をはらんだものとみなされている。

このことは、唯一神が、現世の矛盾と闘い、みずからは滅び行くことも辞せずにこの世を救おうとする者によって生み出される、という言葉からも明らかである。折口にとって、「死」はキリスト教におけるイエスの十字架上の死にも通ずるものなのである。そうした死を通して、超越者の最大の試練があらわにされる。であるならば、戦後の日本が取り戻さなければならないのは、このような超越者の試練をあえて受け入れることではないだろうか。神道宗教化の意義という言葉を借りながら、折口は、小林のように「敗戦という大事実」その「事実の強制力」について語っていたのである。

日本国憲法とは、まさに、そういう超越者の試練としてもたらされたものにほかならない。

純粋贈与の力

このような憲法についての解釈を、最もよく継承しているのは、『憲法の無意識』の柄谷行人である。それは、柄谷が小林秀雄の戦争期の思想や折口信夫の神道宗教化の意義についての批判者であることと、いささかも矛盾しない。

この書において柄谷は、フロイトの無意識と超自我についての考えを引き合いに出しながら、日本国憲法が、超越的なものによって日本人の無意識にもたらされたものであるという説を述べている。戦後七〇年にわたって、この平和憲法が維持されてきたのは、それが「日本人の超自我であり、『文化』」だからであるという言葉で、そのことが示唆される。注意したいのは、この「無意識」には、死の衝動と罪障意識とが深くかかわっているという考えである。柄谷もまた、憲法が「死」を介することなくしてはもたらされることはなかったと考えているのである。

『憲法の無意識』が刊行された当時、その根底に流れるフロイトの思想を、日本人のエートスに適用できるだろうかといった疑問が投げかけられた。たしかに、第一次大戦に参戦した元兵士たちの神経症に、死の衝動や攻撃衝動を見出したフロイトが、そうしたタナトスの断念のもとに、良心としての超自我を想定したことには大きな意義がある。だがそのことと、戦後の日本の状況とは、どこで重なるのかという疑問を否定できないことは事実なのである。

実際、戦後、中国大陸や東南アジアから復員してきた兵士たちは、フロイトが診察したオーストリアの復員兵たちと違い、「米軍から無抵抗に武装を解除されて、三々五々、あるいは集団で、あれはてた郷土へかえっていった。よほどふて腐れたものでないかぎり、背中にありったけの軍食糧や衣料をつめこんだ荷造りをかついで!」（吉本隆明「丸山真男論」）といった者たちだった。このような兵士たちのエゴイズムを決して否定しないという立場から、吉本は、のちに「大衆の原像」という理念を引きだした。それは、どのような災厄に見舞われようが、「市井の片隅に生まれ、そだち、子を生み、生活し、老いて死ぬといった生涯をくりかえした無数の人々」(吉本隆明『カール・マルクス』)のイメージであり、たんに知識人の観念性を相対化するだけでなく、みずからの存在自体をどこまでも微分化することによって、エゴイズムそのものを無化していくのである。そこには、フロイトのいう攻撃衝動や罪障意識の入り込む余地はない。

だが、戦後の日本人のなかに集団主義や島国根性を見出し、それを「ニッポン・イデオロギー」と名づけた笠井にしても、そこに共同体の規範に左右されないエゴイズムとさらにそれを無化するような原イメージを見出した吉本にしても、私たちの戦後が、イエスの十字架上の「死」に通ずるような何かを介することによって、あらわになったという考えとは無縁なのである。

それに比べ、柄谷は、交戦権の放棄をうたった憲法九条こそが、そういうものをはらんでいるとして以下のような言葉を記す。

〈イエスは「右の頬を打たれたら、左の頬を出しなさい」と説いた。それまでユダヤ教では、「目には目を」が普通です。「右の頬を打たれたら、(相手の)右の頬を打ちかえせ」ということになる〉。〈では、イエスが「目には目を」を否定したとき、何を意味していたのでしょうか〉。〈右の頬を打たれたとき、左の頬を出すのは、見たところ、無力の極みです。しかし、ここには、互酬交換の力を越えるような、純粋贈与の力があるのです。「愛の力」といってもいいのですが、それはたんなる観念ではなく、リアルで唯物論的根拠をもつものです〉。

(「Ⅲ カントの平和論」)

カントの「永遠平和」と「世界共和国」の構想について述べながら、柄谷は、憲法九条こそがイエスの「左の頬」に当たるものにほかならないといおうとしている。平和憲法が、ルーズベルトと国務長官ハルによって起草された国際連合憲章の前文を受け継ぐものであり、それがたとえ、ホイットニー、ケーディス、マッカーサーをはじめとするGHQの思惑のもとで作成されたものであったとしても、そこには、国際連盟の理念を唱えたウィルソン大統領以来生き続けてきたカントの思想が影を落としている、そう柄谷はいおうとしているのだが、ここには、憲法をアメリカの戦略によってもたらされたものとする論議への批判以上のものが読み取られる。

どういうことか。ここで柄谷は、憲法が日本人の無意識にとって超自我に値するものであるという考えを、あらためて述べているのである。それも、第一次大戦から復員した兵士たちの戦争神経症から、死の衝動や攻撃衝動を見出すことによってだけではなく、このタナトスといわれる衝動が、イエスを十字架上の死へと追いやったそのものであることを暗示することによって。このとき柄谷のなかで、『探究Ⅱ』「第三部　世界宗教をめぐって」において言及したフロイトの最後の論文「人間モーセと一神教」が反芻されていたことはまちがいない。それをいま、私の言葉で言い直してみるならば以下のようになろうか。

旧約聖書の「出エジプト記」に、予言者モーセは、エジプトのユダヤ人たちをイスラエルの地に導いたと記されている。そのモーセについてフロイトは、ユダヤにおける最大の予言者のようにいわれているが、実はエジプト人だったという。なぜかといえば、モーセがユダヤ人に垂れた教えは、古代ユダヤからエジプトに広がっていた排他的な多神教のなかには見出すことのできないものだからだ。わずかに、エジプトの第一八王朝の王であるイクナートンの手によってひろめられたアートン神を信ずる一神教のなかに認めることができる。

この王は、偶像崇拝を禁じ、死の国や死後の世界について語ることを潔しとしなかった。とりわけ、たがいに相手を劣等種族と見下し、内心に巣食っている民族的な恥辱を覆い隠そうとする性向を、強く戒めた。そのうえで、人間がともに苦しみを分かち合い、愛し合うことができるならば、あるがままのすがたで崇高な存在となることができると教えた。万物を愛で包み、真理と正義に生きることを至高の目標とするとき、おのずから神性が宿ることを示唆したのである。

モーセの教えの背景には、このようなエジプトのアートン神のひらめきがある。シナイ山で、ユダヤの民に十の戒律をあたえたとき、モーセはただひたすら、人間はどのようにすれば、憎しみや蔑みから自由になることができるかを、思いめぐらしていた。だが、モーセに導かれ、約束の地を目指したユダヤ人たちは、やがてモーセの教えに背き、モーセを殺害する。しかし、時がたつにつれて、自分たちの行いの罪深さにおののき、モーセに代わるメシアの来臨をまちのぞむようになる。イエス・キリストとは、そのようにして現れた者にほかならない。そのイエスを、ユダヤ人は、モーセと同じように司直の手に渡し、死へと委ねてしまう。ここには、二重にも三重にもかさねられた人間の攻撃性が影を落としているとフロイトはいう。

こうしてみるならば、フロイトが戦争神経症から見出した攻撃衝動や死の衝動というのは、たんに相手を攻撃し、死へと追いやろうとするだけの衝動ではないということが分かってくる。それは、モーセを殺害しイエスを十字架上の死へと追いやらずにいられなかったユダヤ人たちの反動感情に由来するものだったのだ。そしてこのような感情の奥には、自分より優位にあるものを集団で引きずり下ろすことによって、みずからの優位性を保とうとする欲望や、自分たちが劣位にあることを認めたくないばかりに、誰も手の届かない絶対優位の存在を祭り上げようとする欲望が渦巻いているということを、フロイトは洞察していた。

そのことは、「人間モーセと一神教」の原型に当たる『トーテムとタブー』において、原父殺害という理念によって明らかにされている。未開の共同体において、人々はみずからのなかの攻撃衝動に駆られて共同体の首長に当たる人物を殺害するのだが、そのことの疚しさに耐えられず、その人物に当たるものをトーテムとして祭り上げる。それは、虎であったり黒豹であったりするものの、そこに祭り上げられたトーテム動物は、彼らの罪障意識を贖ってくれるものであるとともに、彼らのなかに巣くう反動感情に覆いをかけるものでもあった。そのことで、未開の共同体は禁制をさまざまなかたちで人々に課すことに成功し、安定するかにみえる。だが、人間のなかの反動感情は、容易なことでは消え去ることがない。優位と劣位をめぐる暗黒心理は、何度でも反復される。これが、タナトスについてのフロイトの洞察にほかならない。

だとするならば、「右の頰を打たれたら、左の頰も出しなさい」というイエスの言葉は、このような暗黒心理に対して向けられたものということができる。人間たちを闘争へと駆り立てるのは、劣位にあることに耐えられない心理と、そこから生ずる優位性への果てのない欲望にほかならない。そのような事態に対して、何事かをなしうるとするならば、あえて無力の極みでもあるようなものを贈与するほかにない。それは、まさに柄谷のいう「互酬交換の力を越えるような、純粋贈与の力」であり、「愛の力」にほかならないのである。

戦争の放棄と象徴天皇制

「永遠平和」と「世界共和国」についてのカントの思想が、人間どうしの非融和性や攻撃性を直視することによってかたちづくられたものであることを、柄谷はくりかえし語ってきた。それをカントは、「未成年状態」とか「非社交性」という言葉でいおうとしたのだが、柄谷によって明らかにされたこのようなカントのモティーフを、私なりにいいかえるならば、次のようになる。

人間は、どんなに理性や道徳や善をそなえているようにみえようと「欺瞞、暴力的な力、嫉妬」から免れることができない。彼らは「たがいに妬み、争いを求める嫉妬心をそなえ」「決して満たされることのない所有欲に、ときには支配欲にかられている」からである。だがカントは、そのことをもって、人間を批判するのではない。人間とは、それほどまでにみずからが劣位に貶められることに恐怖をおぼえる存在であり、だからこそ恐ろしい他者のすがたをとってあらわれる存在を、犠牲に供さずにはいられないというのである。

そしてそのようなありかたから解かれるためには、柄谷のいうように「右の頬を打たれたら、左の頬を出しなさい」（『憲法の無意識』）とか「自分を愛するようにあなたの隣り人を愛せよ」（『世界史の構造』）というイエスの言葉に象徴されるものを現実化していくほかはない。そのことを、カントは以下のようなアンチノミーとして語る。

ともに暮らす人間たちのうちで永遠平和は自然状態ではない。自然状態とはむしろ戦争状態なのである。つねに敵対行為が発生しているというわけではないとしても、敵対行為の脅威がつねに存在する状態である。だから平和状態は創出すべきものである。敵対行為が存在していないという事実は、敵対行為がなされないという保証ではない。この保証はある人が隣人に対して行うものであり、これは法的な状態でなければ起こりえないものである。そしてある人が平和状態の保証を求めたのに、隣人がこの保証を与えない場合には、その隣人を敵として扱うことができるのである。

（『永遠平和のために』中山元訳）

こう語ることによって、カントは「自分を愛するようにあなたの隣人を愛せよ」という言葉を実践することの困難と、それにもかかわらず、この困難はのりこえられなければならないことを明らかにする。柄谷によるならば、憲法九条とは、そういうアンチノミーとしてあたえられたものにほかならない。

しかし、カントからすれば、このようなアンチノミーに直面して、なおかつそれをのりこえようとするところに、人間の崇高性があらわになる。戦争状態は理由もなく人間を襲い、人間の営みを破壊するのではない。それがどんなに暴威を揮い、脅し迫って来るものであろうと、私たち人間が精神の力を高め、勇気をたくわえ、抵抗の能力を培うならば、世界は崇高なるものとして私たちの前にあらわれる。それは、世界を震撼させる力のなかに「崇高なるもの」を見いだし、「構想力」

によってそのかくされた諸々を明らかにしようとする思想に由来する。

カントにとって、「永遠平和」も「世界共和国」も、人間のなかの最高善へと向かおうとする意志なくては実現しえないものなのである。とするならば、憲法が、日本人の無意識にとって超自我にほかならず、交戦権の放棄をうたった九条が、攻撃衝動や死の衝動の反転としての超越的なるものの贈与であるという柄谷の考えは、カントの思想にそぐわないものに見える。だが、カントにおいては、最高善へと向かおうという意志の力そのものが、本質的に受動性を負わされたものなのである。「あなたの意志の格率が常に同時に普遍的な立法の原理として妥当しうるように行為せよ」という定言命法に明らかなように、それは、無条件の行為として結実することを命じられたものにほかならない。

この点については、『トランスクリティーク――カントとマルクス』をはじめ、柄谷の著作の随所で述べられている。憲法九条とは、敵として扱うことができる隣人を、にもかかわらず、どこまで愛することができるのかというアンチノミーとしてあたえられたものであり、それはまさに定言命法にしたがうことである、そう柄谷は考えているのである。

しかし、『憲法の無意識』は、九条における戦争の放棄と、一条における象徴天皇制とが、日本人の無意識にとって、同じように超自我に当たるものといえるかどうかという点について、ある意味では苦渋の論理を強いられているように見える。もし、笠井潔のいうように、憲法が、国体を護持し天皇制を生き延びさせるというアメリカの戦略によってもたらされたものであるとするならば、九条の交戦権の放棄とは、アメリカが世界戦争に勝ち抜くための絶対的な根拠であったというほかはない。

事実、マッカーサーにとって象徴天皇制とは、そういうものとしてあった。朝鮮戦争において中国人民解放軍の参戦にともない劣勢を強いられた際には、旧満州地域への原爆投下も辞さないとして、トルーマンから総司令官を解任されることになったのだが、マッカーサーの日本への視点は、終始、再軍備がどのように可能かというところにあった。だが、柄谷はこのようなマッカーサーの意向を確認したうえで、象徴天皇制を憲法九条と矛盾しないものとするには、何が求められるのかと考える。

そこに提示されたのが、「徳川の平和」という理念なのである。

下剋上に象徴される戦国時代の動乱を治めた織田信長は、一向宗に象徴される仏教を嫌い、キリスト教を受け入れた。カトリック内部の宗教改革派であったイエズス会の信徒たちのなかに、信長は、親鸞の他力本願に通ずるような信仰を見出していたのかもしれない。それは信長に敵対してくる一向宗の信徒たちのなかには、見出すことのできないものだった。同時に、応仁の乱以来勢力を延ばしていった戦国大名のかげにかくれ、存在感をなくしていた天皇に対して相応の敬意を払い、みずからの力が、天皇を超えるものではないことを明らかにしようとしていた。その意味では、信長こそが、天皇のありかたに象徴的な何かを見出した最初の人だったということができる。

だがこのような信長の政治理念は、徳川家康にいたって、完全に無化される。キリスト教徒の弾圧は凄絶を極め、古来から日本人の信仰をつちかってきた神道や仏教は脇に追いやられてしまう。代わって儒教と朱子学とが、幕府の精神的支柱となるのである。笠井ならば、このような徳川の政治理念こそ、集団主義と島国根性を日本人に定着させたものにほかならないというにちがいない。百川敬仁は、このようなエートスを、「もののあわれの共同体」として根底から批判した（『内なる宣長』）。百川によれば、外部の存在との葛藤を忌避することによってかたちづくられる共同体は、そこに「あわれ」の感情がどれだけ宿されていようと、もはや人間どうしの対等な関係とは無縁のものとならざるをえない。

反動感情からの解放

こうしてみるならば、柄谷のいう「徳川の平和」がリアリティのないものであることは一目瞭然である。天皇の存在が、ほとんど象徴と化していることに「徳川の平和」の根拠があり、象徴天皇と戦争の放棄からなる憲法は、そのような「平和」の高次の回復であるというのだが、そういわれても、にわかには信じがたいからである。だが、このような柄谷の考えは、憲法を受け入れた日本人の「無意識の罪悪感」を問題にするにいたって、俄然、生彩を放ってくる。それはフロイト的な攻撃衝動や死の衝動というよりも、日本が明治維新以来「徳川の平和」を破って、侵略戦争を進めてきたことについての悔恨といったほうがいいというのである。

ここにおいて柄谷は、帝国主義戦争や全体主義が、国民国家のつくりあげた新たな階級社会から脱落した層の反動感情に起因するとしたハンナ・アレントの考え（『全体主義の起源』）に通ずるものを明らかにしている。アレントによれば、彼らモッブとかデクラッセといわれる者たちこそが、資本主義の発展にともなって植民地へと流れ込み、侵略の片棒を担いできたのであり、内においては、人種差別と反ユダヤ主義を喧伝し、全体主義を根底から支えてきたのである。

彼らのなかに巣くう反動感情こそが、フロイトのいう攻撃衝動や死の衝動の本質にほかならない。それをカントにいわせるならば、「未成年状態」であり「非社交性」であり、「欺瞞、暴力的な力、嫉妬」から免れることができず「たがいに妬み、争いを求める嫉妬心をそなえ」「決して満たされることのない所有欲に、ときには支配欲にかられている」ような者たち特有の感情なのである。ニーチェが「畜群本能」といい、ハイデガーが「頽落」といった大衆の存在様式もまた、ここに尽きるといっていい。

だが、こちら側を顧みるならば、深く根を張ってきたのは、明治維新以後、あるいは日露戦争以後の日本人はこのような反動感情から無縁なところで生きてきたのであって、日中戦争から太平洋戦争に向かうにしたがって、むしろ国民は、このような感情を超えた神聖なるものの導きのもとに戦ってきたという考えである。そういう考えは、北一輝をはじめ超国家主義の思想家から、世界史の哲学を唱える京都学派の哲学者まで一様に抱いていたものなのである。

国民は黙って事変に処したという言葉で、戦争の動かしがたさを語った小林秀雄だけが、大衆の反動感情というもののおそろしさを直観していた。だが、小林が、そのことについて、みずからの思想をかけて語りはじめるのは、日本が「大敗北」を喫してからなのである。日本人は「事実の強制力」に目覚めなければならないという憲法についての小林の言葉は、そうした反動感情からどこまで自由になれるのか、という問いからやってくるものにほかならない。そのためには、憲法を、超越的なものからの試練として受け取るほかはないというのが、小林の真意なのである。

私には、憲法に日本人の「無意識の罪悪感」を見出し、そこに悔恨を読み取る柄谷こそが、小林のいう反動感情からの解放を真に受け継いでいる者に思われてならない。その悔恨が刻み込まれてこそ「徳川の平和」の高次の回復が実現されるのであり、もしそれが実現されたならば、もはやその平和は、「江戸」にも「徳川」にも再帰することのない普遍的なものとしてあらわれる。柄谷は、そのことを「九条もう一つの謎――『憲法の無意識』の底流を巡って」と題した大澤真幸との対談で、以下のように語っている。

私はこの本で、日本人が憲法九条を護ってきたのではなく、憲法九条が日本人を護ってきたのだ、と言いました。しかし、もっと別の言い方をしてもよかったわけです。戦後に日本人が憲法九条をつくったわけではない。憲法九条がわれわれのほうにやってきたのだ、あるいは神がそれを送ってきたのだ、と。もちろん、私はそんなことを冗談としても書きませんでした。実際、それは冗談にもなりません。戦前・戦中には、日本は神国であり、神に導かれている特別な国だという観念が支配的で、京都学派に代表される哲学者たちも日本の大東亜戦争には世界史的意味がある、理念があると唱えていたからです。私は、日本の憲法九条の世界史的意義ということを言いたいのですが、それがかつての言説と似てしまうことを避けたかったのです。にもかかわらず、そのような思いがすることを避けることができない。憲法九条がどうして日本にあるのかを考えると、不思議な思いにとらわれるのです。

憲法九条は神が送ってきたという思いを避けることができないのは、柄谷のいう「神」には、フロイトが「人間モーセと一神教」で語った、イクナートン王やモーセの面影が宿っているからである。紀元前一四世紀のエジプトにおいて、太陽神アートンの教えを説いたイクナートンは、たがいに相手を劣位にあるものと見下して、内心に巣食っている恥辱を覆い隠そうとする性向を強く戒め、人間がともに苦しみを分かち合い、愛し合うことができるならば、あるがままのすがたで崇高な存在となることができると語った。

そのようなイクナートンの言葉は、モーセの十戒のなかで、約束された地へ向かう者たちにとってなくてはならない言葉としてあたえられた。攻撃衝動や死の衝動や罪障意識といった、無意識の奥にかくされた反動感情から自由になるためには、何をすべきなのか。「殺してはいけない」とか「偽証してはいけない」とか「姦淫してはいけない」といった言葉のなかに、人間は自分のなかにかくされた劣位の感情のはけ口として、偽証し、姦淫し、挙句の果ては殺し合いまでするのだという意味を読み取り、そのような性向を前にむしろ、最も無力なものとしてみずからの弱さをわけあたえること。フロイトが、「人間モーセと一神教」と同時期に書いた「快感原則の彼岸」において語ろうとしたのはそのことだった。

こうしてみるならば、柄谷のいう「神」と、神国日本をとなえ、神意による戦争をとなえた世界史の哲学者や超国家主義者たちの「神」とが、どう違うかが明らかになる。嫉妬・怨望・ルサンチマンといった感情から自由になろうとする者のもとに「やってくる神」と、そういうものからどうしても自由になることのできない者によって「祭り上げられる神」との違いといっていい。このことを、対談の相手である大澤真幸は、次のような言葉で語る。

私が感じるのは、客観的にみれば、もちろん神ではなく唯物論的に説明できるような現象を、人びとが、神に関わる出来事のように受け取ったときに、歴史が動くのではないかということです。

たとえばイエスという一人の惨めな男が冤罪になったことを、一部の人が神の子の死として受け取ったときに、新しい歴史が刻まれた。九条についてはもう七〇年近くこだわりながら、日本人はそれを「神」に関わりうるようなこととして受け取ることを躊躇ってきた。柄谷さんは、どうやったら九条のインパクトを「神」レベルのものとして受け取れるのか、その論理を示されたのだと思います。

イエスの十字架上の死に歴史の動因を見出す大澤は、憲法九条がなぜ日本にもたらされたのかということに柄谷ほどこだわらない。大澤からするならば、紀元一世紀に起こったことは、何度でも反復されるのであり、反復されることによって普遍的な出来事となっていくからである。しかも、この反復は、それまでかくされてきた真実を明らかにしていく過程でもある。

旧約において予言されていたメシアとしてのイエスは、モーセのようにユダヤ人を約束の地へと導くような存在であるはずだった。だが、イエスがユダヤ人たちに説いたのは、モーセの戒めを、さらに内面化するということだった。おのれの反動感情に駆られて、女性を性的な欲望のはけ口とするような男に対し、イエスは、そのような感情からどうしても自由になれないのなら、いっそのこと、その淫乱な身体の一部を切り取って、地獄に捨ててしまいなさいと語った。そういうイエスの言葉には、そこまでしてもなお、そういう感情から自由になることのできない人間への共苦《コンパッション》がこめられている。

それは同時に、みずからの優位を保つために相手を劣位にあるものとみなし、挙句は、殺し合いまで犯す人間たちに対して、それほど相手を殺さずにいられないなら、この私を殺して見せなさいといって、殺されることをあえて受け入れていったイエスのすがたに重ねられる。イエスとバラバとどちらを処刑するかというピラトの問いかけに対して、イエスを処刑することを求めたユダヤ人とは、後の歴史のなかに反復して現れる満たされない大衆の原初のあらわれなのである。だが、イエスは、そのような人間たちを非難するどころか、むしろ「わが神よ、わが神よ、なぜ私をお見捨てになったのか」という言葉を残して息絶えていく。

大澤によれば、このイエスの言葉があらわしているのは、そのような理不尽さのなかであらわになっていくある絶対的な無力ということにほかならない（『夢よりも深い覚醒へ』）。神は、わが子であるイエスを十字架から下ろすことのできないほどに力なきものだったのだ。そして肝心なのは、そういう最も弱い存在としての神とまみえることによって初めて、イエスは、「右の頬を打たれたら左の頬も出しなさい」とか「自分を愛するようにあなたの隣り人を愛せよ」という言葉に実質をあたえることができた。その意味でいえば、これらの言葉は、復活したイエスによって語られた言葉なのであり、「再帰」ということと「反復」ということをこそ、本質とする言葉なのである。

そして、私のいうパラドクスとしての超越とは、そういうことにほかならない。

天皇霊と象徴的思惟

柄谷が、このような思想を真《しん》に受け取った上で、無力さの極みとしての憲法九条が、最も力なきものとしての神からもたらされたものであると考えていくならば、一条に宣べられた象徴天皇もまたそのようなものとして、超越的なものからもたらされたものであるという論を展開していくのではないだろうか。それをおこなったとき、小林秀雄の思想の継承者としての柄谷は、同時に、折口信夫の思想の継承者としての一面をもあらわすにちがいない。

「神道宗教化の意義」をはじめとする戦後の文章において、日本の敗戦が、「神の国」や「神意」をとなえながら、イエス・キリストに当たるような義人と、その信仰と情熱をもたらす唯一神への関心をまったく持てなかったことによると考えた折口は、戦後の日本が敗戦の傷から癒えるためには、古来からの神道宗教に通暁した「自覚者」が現れ、一神教的な宗教が生み出されなければならないと説いた。折口のいう一神教や唯一神とは、西欧的なロゴスの表徴よりも、むしろ死と犠牲を象徴するものであって、そこには現世の矛盾と闘い、みずからは滅び行くことも辞せずにこの世を救おうとする者の俤《おもかげ》がみとめられる。

それを神道のなかに求めていくとき、「自覚者」の存在が浮かび上がってくると折口はいう。では現実において、この「自覚者」とは何者なのか。折口はその点について明言を避けているのだが、まさに戦後、象徴となった天皇ではないだろうか。天皇とは国家元首であったり、陸海軍を統帥する存在であったりする以前に、最も力なきものとしてみずからの存在をわけあたえる者にほかならないからである。そのことを、折口は戦前の論考である「大嘗祭の本義」において、以下のような言葉で述べている。

恐れ多いことであるが、昔は、天子様の御身体は、魂の容れ物である、と考えられて居た。天子様の御身体の事をすめみまのみことと申し上げて居た。みまは本来、肉体を申し上げる名称で、御身体という事である。尊い御子孫の意味であるとされたのは、後の考え方である。すめは、神聖をあらわす詞で、すめ神のすめと同様である。すめ神と申す神様は、何も別に、皇室に関係のある神と申す意味ではない。単に、神聖という意味である。此非常な敬語が、天子様や皇族の方を専、申し上げる様になって来たのである。此すめみまの命に、天皇霊が這入って、そこで、天子さまは、えらい御方となられるのである。

ここで折口が語ろうとしているのは、天皇を「すめみまの命」と呼ぶのは、神聖なものを入れる魂の容れ物であるからだということである。この魂の容れ物とは、それ自体で神聖なのではなく、空虚であり、無であるような何ものかである。そのがらんどうのように何もないところに、天皇霊が入ってくる。そして、天皇という存在になる。いったい折口は何を語ろうとしていたのだろうか。天皇とは、もともと最も無力なものであり、そのか細いようなありかたのもとをたどっていくならば、共同体から忌避されたものたちの俤《おもかげ》にたどりつくのであって、そこに「まれびと」がやってくるように、天皇霊が憑くのであるということにほかならない。

注意したいのは、それは、「西洋で謂ふ処のまなあである」という言葉からも推測されるように、折口がこの天皇霊を、モースの『贈与論』で述べられたマナに通ずるものとみなしているということである。安藤礼二によれば、このマナについての理論を、折口は、はやくからとりいれることによって、天皇の存在の仕方を考察してきた。たとえば、メラネシア人にとってマナは、超自然的な力であり、これが憑くときカリスマ的な存在として、共同体を司る者となる。それだけでなく、このマナを身に帯びた存在は、みずからの霊力を最も衰弱したものへとわけあたえ、その再生を促すことができる。これはまさに、折口がミコトモチ論によって展開した霊的な力の授受を原型的に示すものではないかというのが、安藤礼二の考えである。なかでも注目すべきは、このマナを象徴的価値とみなし、ゼロ記号とみなす点である。そこには、モースの『贈与論』に寄せたレヴィ＝ストロースの言葉が影を落としている。

マナがはたらくとき、人々は、交換において生ずる与える義務、受け取る義務、返礼の義務といったことから解き放たれ、自分の持てるものすべてを贈与せずにいられない思いに巻き込まれてしまう。それをレヴィ＝ストロースは、「象徴的思惟」という言葉でいうのだが、ここにみとめられるのは、贈与の互酬体系が、与え、受け取り、返礼する義務から成り立っているかぎり、それは、均衡を内にはらんだ「複合的機構体系」と受け取られてしまう、しかし、そこにマナがはたらいているならば、そのような「複合的機構体系」とはまったく異なるシステムが作動する、という考えである。

このようなシステムこそが、象徴天皇の体現しているものであって、それはまさに、柄谷が憲法九条に見出したものにほかならない。どんなに無力の極みにみえようと、ここには、互酬交換の力を越えるような、純粋贈与の力がある。「愛の力」といってもいいのだが、それは、たんなる観念ではなく、リアルで唯物論的根拠をもつものであるという柄谷の言葉を思い起こすならば、折口が「大嘗祭の本義」で明らかにした天皇のあり方こそが、戦後の象徴天皇に全的に現れているものとして、明らかとなるだろう。

そのような純粋贈与の力を、私たちは三・一一の大災害において、まさにリアルで唯物論的根拠をもつものとしてこの目に刻み込んできた。それを私は、苦難に遭えば遭うほど、自分のことはさておいて、さらに苦しんでいる人々に手を延べずにはいられなくなるという日本人のエートスという言葉で述べた。だが、いつのまにかそれらはどこかに置き去りにされ、その反動のようにして、社会的弱者といわれる人々への無関心と捻じ曲げられた嫌悪の情がはびこってきているのである。

そのような現実を前にして、笠井潔のいうように「本土決戦」に値するものが問題にされなければならないとするならば、それをむしろ、私たちを襲う超越的な力と読みかえることによって、そのような禍々しい力が向こうからやってくるとき、どのような事態が現れるのかについて最後に述べてみようと思う。

レヴィ＝ストロースによれば「象徴的思惟」が人々を席巻するのは、ある禍禍しい力が、否応のない仕方で向こうからやってくるときにほかならない。モースはそれをマナとして取り出して見せたのだが、それは、こちら側にいる者たちに有無をいわせぬ力で襲いかかり、起つあたわぬまでに打ちのめし、去っていく。まるでいかなる対抗贈与の余地もあたえることなく、徹底的に贈与することによって相手を打ち倒してしまうポトラッチのように。

　重要なのは、そのような過剰なまでの力がはたらくときにこそ、象徴的な贈与の体系が動きはじめるということである。その過剰な力によって、息絶え絶えになるまでに蕩尽されるとき、持てるものすべてを贈与せずにはいられない思いがどこからともなくやってくるのであり、それを起点として、「複合的機構体系」とはまったく異なる贈与のシステムが動き出すのである。それは、均衡した互酬体系から成り立っているのではなく、どのような均衡をも否定し、なおかつ交換がはらむ矛盾・背理をも一挙に超克するような贈与としてあらわれる。

　いま私たちに望まれているのは、そのような贈与の力なのである。

個人の生を超えてゆくもの

――吉本隆明『全南島論』の思想を接ぎ木《グラフト》するために

「大衆の原像」の可能性

私はかねてから吉本思想の根底にある「大衆の原像」について、これをいま少し深化することはできないだろうかと考えてきた。そこで、先に、田中和生『吉本隆明』についての批評「『大衆の原像』のもつ無限性」で述べたことを、あらためて問題にしてみようと思う。

一般的には、吉本隆明の「大衆の原像」は、「市井の片隅に生まれ、そだち、子を生み、生活し、老いて死ぬといった生涯をくりかえした無数の人々」(『カール・マルクス』)の原イメージとして理解されている。このイメージを繰り込むことのない思想は、どのように影響力をもとうと、どこかで座礁せざるをえない。田中は、このことの意味について、戦前における前衛知識人の庶民との断絶に向けられた吉本の批判的言辞から説き起こしながら、以下のようにあとづける。

「沈黙の有意味性について」という吉本隆明の論考があるが、田中によれば、「生まれ、そだち、子を生み、生活し、老いて死ぬといった生涯」が象徴しているのは、多くを語らずに、ただひたすら生活に沈潜する生といったものである。言葉よりも沈黙が、観念よりも身体がそこでは意味を持ち、やがて、一個人の生を超えた永遠の時間へとつながっていく。それを「無限」という言葉でいうことができるとするならば、どのように普遍性を装った思想も、これをみずからのうちに繰り込むことができなければ、真に影響力のある思想となることはできない。

このようなとらえ方からもわかるように、田中は、「大衆の原像」から、可能なかぎり普遍的なイメージを取り出そうとしているといえる。そこでは、国民も庶民も一億総中流も、失われた一〇年の年間二万人以上に及ぶ自殺者たちも直接的には問題とされていない。それを問題とするためには、まず「沈黙―身体」としての大衆の原イメージを、思考そのもののうちに組み入れていかなければならないという考えがあるからである。

吉本の原理的著作ともいうべき『言語にとって美とはなにか』が、どのように言語以前の沈黙について語っているか、そして『心的現象論序説』が「原生的疎外」という理念を通して、身体から疎外された心的領域についていかなる分析をしているか、さらにはまた、『共同幻想論』において、沈黙としてある存在の「自己幻想」こそが、真に「共同幻想」と「逆立」するということを語っていなかったかどうか、田中は、そう問いかける。

このような田中のとらえかたは、どこからやってきたものなのだろうか。二つの世界大戦を通して、思想の可能性というものを失った現代という地平に、吉本の「大衆の原像」をおいてみるならば、何を引き出すことができるかという関心からである。そのために田中は、一つのアウトラインを引いてみせる。「畜群本能」という言葉に「大衆」の本質を見出したニーチェの思想と、「頽落」という言葉によって大衆の存在様式をとらえたハイデガーの思想に、吉本の「大衆の原像」を対置させるという方法である。

それをおこなったのは、ニーチェの「超人」やハイデガーの「死への先駆的決意性」が、二〇世紀最大のアポリアであるナチズムに対して、本質的な抵抗をなしえなかったという理由からである。むしろ、ハイデガー批判をモティーフとして、他者を迎接することに「無限」を見るレヴィナスにこそ、思想の可能性を見出すことができる。そのような考えのもとに、吉本思想の再検討がおこなわれたのである。

このような田中の試みは、吉本論として斬新であるだけでなく、思想論としても優れたものといえる。

（『サクリファイス』）

このすぐれた吉本論のなかでも特に注目したいのは、ニーチェの「畜群本能」やハイデガーの「頽落」がナチズムに対して本質的な抵抗をなしえなかったのに対して、「大衆の原像」のもつ無限性には、その可能性がみとめられるという点である。しかし、そのためにはある条件がつけられなければならない。たとえば田中は、ハイデガー批判をモティーフとして、他者を迎接することに「無限」を見るレヴィナスの思想に、ナチズムに対する本質的な抵抗を見出している。これについて、私はレヴィナス的な「無限」が、どこかで迎接する他者を絶対化していないかどうかと問いかけたうえで、一方、大衆というものが権力を渇望するということについて、吉本の「大衆の原像」はどのような視点を提示しているだろうかという問題を提起した。条件とは、その点にかかわるものである。

つまり、大衆のなかの「畜群本能」や「頽落」がナチズムを迎え入れることになったとするならば、それに対して「超人」や「死への先駆的決意性」をもってくるのではなく、嫉妬やルサンチマンに惑わされることも、容易に頽落することもない「大衆」をまず問題にしなければならない。それが、「市井の片隅に生まれ、そだち、子を生み、生活し、老いて死ぬといった生涯をくりかえした無数の人物」のエートスを繰り込むということである。だが大衆が権力を渇望するという問題を解くには、なぜそのような「大衆」だけは、嫉妬やルサンチマンに惑わされることも、容易に頽落することもなかったのかという問いにこたえることができなければならない。

田中ならば、それは、一個人の生を超えた永遠の時間へとつながっていくものだからであるというこたえを用意するだろう。この田中のこたえは、これまで吉本の「大衆の原像」について語られた言葉のなかで最上のものといえる。にもかかわらず、ではいったい一個人の生を超えた永遠の時間へとつながっていくとはどういうことなのか、とさらに問わずにはいられない。そしてこの問いにこたえることができたとき、「大衆の原像」を深化させるという私の目論見が遂げられることになる。

このことを、吉本の「南島論」を手がかりにして試みてみようと思う。

グラフト国家論

吉本の「南島論」については、前出の『サクリファイス』所収「征服と被征服――室伏志畔〈幻想史学二部作〉を読む」において、室伏志《むろぶしし》畔《はん》『筑豊の黙示』を批評しながら論じたことがあるので、まず、それを参照することにしよう。

室伏志畔は、長く吉本隆明に私淑して独自の古代史学を打ち立ててきた。だが、吉本から引き継いだのは、対象を根底から思考するという姿勢であって、思想そのものについては、それほど接点があるとは思えない。

集中の白眉は、「モーセ論」である。フロイト晩年の『人間モーセと一神教』について本質的な言及を行ったのは、私の知るかぎり柄谷行人と室伏志畔である。フロイトについて批判的なかかわりを根底から進めてきた吉本隆明に、この書についての言及が一切ないということ。そこに、フロイトの幻想論と吉本の幻想論との根本的な相違が浮き彫りにされる。そのことを自覚的に引き取って、晩年のフロイトから「死の衝動」と「良心」としての「超自我」という理念を引き出したのが柄谷であり、そのことについての自覚は別に、「父殺し」と「グラフト国家」という理念を抽出したのが、室伏なのである。

なぜ室伏は、柄谷のように吉本思想からの訣別ということを行うことなく、フロイト幻想論を解き明かすことができたのか。理由は、二つ挙げられる。「マチウ書試論」において展開されている近親憎悪と対抗衝動にフロイト的な父殺しの原型を読み取り、ここから国家成立の原理を導き出そうとしたこと。同時に、そのようにして打ち立てられた父権国家が幻想の強化を進めるためには、近親憎悪の対象とされた原国家を接《グ》ぎ木《ラフト》することが必須であったとみなしたこと。室伏幻想論は、これをどこまで実効あるものとなしうるかという問いをモティーフにかたちづくられてきた。柄谷ならば、吉本国家論の失効を前提とするところ、室伏は、あくまでもそこにはらまれたグラフト機構の問題性を足がかりとするのである。

直接吉本の言葉で補足すると、室伏が吉本国家論から抽出したグラフト機構とは、「木が生えているところを削って、別種の木をゆわえておくと、そこから出てきた木のほうが本筋みたいになってしまう」「〈接木〉」のように、「ある一つの氏族国家、あるいは部族国家が、かなりの地域を統合して成立していたと仮定」した場合「そこにまったく横合いからやってきて、そういうふうに成立していた国家を掌握、統合すること」であって、それを「〈グラフト国家〉と呼ぶ」とするならば、「そういう国家が人間の歴史には多いのではないか」。そして、日本において「天皇制が統一国家を畿内で成立させたとして、それがどこから来たのか、どういう種族であるのか、武力をもって征服したのか、あるいは宗教的・観念的に国家以前の国家を掌握したのかよくわかって」いないのだが、にもかかわらず「横合いからいきなり来た勢力が、政治的な統一をやり遂げるということは、まったく可能」であり、「いいかえれば、〈グラフト国家〉がありうること、しかも、かなりの数でありうることは、現在も依然としてアクチュアリティをもっているたいへん情況的な問題だ」(「南島論——家族・国家・親族の論理」)ということになる。この吉本の〈グラフト国家〉に依拠して、室伏は、南船系稲作王権を北方系騎馬民族が簒奪したとする南船北馬説をとなえるのだが、古代史の文脈をすべて括弧に入れたうえでいいかえてみるならば、それは、南島を起源とする母系社会・母系国家が列島に成立してから後、大陸からやってきた父権国家がこれを打ち破ることによって、そこにはらまれていた制度の仕組みを、そのままに模倣・昇華するものということができる。

ただ、吉本からすると、政治権力と祭祀権力を兄弟と姉妹によって分担することで共同幻想の安定化をはかった母系国家のエートスは、大陸からやってきた父権国家によってどのように接ぎ木されようと、列島に生きる日本人の無意識のなかに生きつづけるのである。これに対して、室伏においては、父権国家の接ぎ木《グラフト》が一度は、母系国家を壊滅させることによって、そのことに対する贖罪のようにしてあらたな国家形成がおこなわれるとされるのである。

室伏にあって吉本に認められないのは、壊滅と贖罪という機構にほかならない。そしてこの壊滅と贖罪こそが、フロイトから室伏が受け取った重要な概念なのである。

「人間モーセと一神教」において、フロイトは、モーセが実はエジプト人であったという荒唐無稽な説を唱えたのだが、そこでいわれる「エジプト」という表徴には、この壊滅と贖罪を表象するものがあるのではないか。そう考えたうえで、室伏はこのモーセエジプト人説を、以下のように条理を尽くして説明するのである。

フロイトは、「父殺し」の起源に何があったのかを尋ねていった末に、紀元前一四世紀におけるエジプト王イクナートンと太陽神信仰に行き着いたのだが、実はこのイクナートン王も太陽神信仰も、壊滅させせられたものとしてはじめて歴史にすがたをあらわすものなのである。正確にいうならば、人間と人間の、共同体と共同体の、さらには異なる政治党派との、血で血を洗うような憎悪と抗争とを平定する事によって、太陽を神とする一神教を打ち立てたイクナートン王の事跡が、にもかかわらず、彼らの手で消し去られ、旧に復するように打ち立てられたのが、その後のエジプト王朝なのである。

そして、モーセとは、そういうイクナートンと太陽神信仰を一身に背負って、捕囚されていたユダヤ人たちをこの欺瞞に満ちた王国から脱出せしめた者であった。そのモーセが、イクナートンの運命をさらに過酷になぞるがごとく、近親憎悪と対抗贈与をやめることのないユダヤ人たちによって殺害され、その贖罪であるかのようにユダヤの王が呼びもとめられる。

ユダヤの王とは、いうまでもなくメシアとしてのイエス・キリストにほかならない。だが、このイエスもまたモーセと同様、壊滅させせられたものとしてその贖罪の対象とされるのである。「パウロ論」に展開されるのは、イクナートンにおいてもモーセにおいても、歴史の闇の中に隠されてしまった贖罪の仕掛け人を明るみに出すことといっていい。そこで、パウロとは、近親憎悪と対抗衝動からのがれることができず、父殺しに手を貸さざるをえなかった無数の背信者たちを象徴する存在としてあらわれるのである。

このような室伏の考えの独自性を認めたうえで考えてみたいのだが、なぜ吉本は、みずからのグラフト国家論において、壊滅と贖罪という機構を採用しなかったのだろうか。古代史を決定づける征服—被征服の論理が、壊滅と贖罪の機構を怨望と報復の機構へと変貌させてしまうことに対する危惧からといっていい。吉本からするならば、フロイトのモーセエジプト人説もまた、父殺しの奥深くにかくされた怨望と報復から自由になっていないということになるのである。

吉本が用意したのは、接ぎ木された国家や共同体の幻想は、接ぎ木した権力によっては決して壊滅させられることなく、母斑のように生きつづけるという論理だ。父権国家とも天皇制とも決して交差することなく、海上はるかかなたに揺曳し、やがて地上二メートル以下のところを伝播していくもの。吉本が語ろうとしたのはそのことなのである。

私の考えでは、このような吉本幻想論はポリネシア、ミクロネシアという地域性と旧石器という歴史性を考慮に入れたとき、大きなリアリティをもつといえる。だが、いったんユーラシア大陸から東アジアという地勢図と、新石器という歴史時間を射程に入れた場合、フロイトの「父殺し」と父―母―子における対抗贈与という理念が、普遍的な意味をもって現れる。そして室伏の考えが、後者に根拠を置いていることはまちがいない。（同前）

ここで述べられていることを、「大衆の原像」のテーマにしたがっていい直すならば、こういうことになる。すなわち、フロイトの「人間モーセと一神教」において「壊滅させられたものとしてその贖罪の対象とされる」イクナートン王、モーセ、イエス・キリストの背後には、ナチズムを迎え入れた大衆の「畜群本能」や「頽落」に通ずるものがうごめいている。彼らがどのように愛の教えを説こうが、嫉妬、怨望、ルサンチマンからのがれることのできない者たちは、どうしても彼らに従うことができず、最終的には彼らを殺害する。だが、その罪の重さに耐えきれずにあらためてイクナートン王、モーセ、イエス・キリストをまつりあげる。もはやそこにまつりあげられた存在は、権力の象徴であり、彼らによって説かれたどのような愛の教えも、規範としてのそれになり下がってしまう。

これを古代国家論として展開したのが、室伏の古代史学なのだが、そこでいわれる南船北馬説をより普遍的な文脈でいい直すならば、南島を起源とする母系社会とそこからうまれた母系国家が列島に成立してから後、大陸からやってきた父権国家がこれを打ち破ることによって、そこにはらまれていた制度の仕組みを、そのままに模倣するというものである。注意したいのは、この南島を起源とする母系社会・母系国家には、嫉妬、怨望、ルサンチマンにいまだ毒されることのないエートスが生きていたのだが、大陸からやってきた父権国家はそのようなエートスを一度壊滅させることによって、その罪を贖うかのように新たな国家形成をおこなうということである。このため、そこに形づくられた国家には、権力を渇望する者たちの欲望が絶えず渦巻いているということができる。

だが、吉本のグラフト国家論では、南島を起源とする母系社会・母系国家に生きているエートスは、決して壊滅させられることがない。なぜならば、それは「大衆の原像」と同様、一個人の生を超えた永遠の時間へとつながっていくものであるからだ。したがってそれは、大陸からやってきた父権国家によってどのように接ぎ木されようと、列島に生きる日本人の無意識のなかに生きつづけるのである。これを吉本は、政治権力と祭祀権力を兄弟と姉妹によって分担することで共同幻想の安定化をはかった母系国家のエートスとして取り出すのである。

実際『共同幻想論』において、吉本は記紀神話のスサノオとアマテラスを例に挙げながら、この兄弟姉妹による統治形態をあとづけようとするのだが、そのことはさておいて、ここで問題としたいのは、このようなエートスが、いかなる国家や共同幻想とも交差することなく、共同体にとっての母斑のように生きつづけるということ、そしてそれが、海上はるかかなたに揺曳し、やがて地上二メートル以下のところを伝播していくということである。だが先にも述べたように、このようなエートスが意味をもつのは、ポリネシア、ミクロネシアという地域性と旧石器という歴史性を考慮に入れたときにほかならない。

これが、吉本「南島論」の核となる思想なのである。

柳田国男の軌跡をたどって

たとえば、『柳田国男論』の第一部に収められ、あらためて『全南島論』に収録された「縦断する『白』」において、吉本は柳田の『海上の道』を俎上にのせながら、「日本人」はどこからやって来たかという問いをくりかえし問うている。注意したいのは、その問いが、絶えず柳田のいう「日本人」をあとづけるように問われているということである。たとえば次のようにである。

柳田の「日本人」という概念は、ヤポネシア列島を南西から北東へむかってはしってゆく。これはひとつの矢印の暗喩であって、この「日本人」という概念が、中心をもち、ある領域の拡がりを占め、しかも種族とか民族とか人種とかの概念に準じたものだとみなすと誤差をもつことになる。できるだけ線分のように流れるこの「日本人」の概念を、具的にするために弁じておけば、ここで柳田が「日本人」というのは、漠然と、だがはっきりと縄文末期から弥生時代の初期にかけたころ、稲籾と稲作の技術をもって南西辺の島に到来し（と柳田はかんがえている）、つぎつぎに稲作の適地をもとめて、あたらしい島に飛び石して、北東の方向にむかって居住地帯を拡げていった人々をさしている。

ここでいわれていることには、微妙な齟齬がみとめられる。つまり、柳田の「日本人」という概念は、ヤポネシア列島を南西から北東へむかってはしってゆくひとつの矢印の暗喩であって、種族とか民族とか人種とかの概念とは異なった流れる線分のようなものであるといういい方には、明らかに、南島を起源とする母系社会のエートスが表象されている。だがそれを「縄文末期から弥生時代の初期にかけたころ、稲籾と稲作の技術をもって南西辺の島に到来し」「つぎつぎに稲作の適地をもとめて、あたらしい島に飛び石して、北東の方向にむかって居住地帯を拡げていった人々」のエートスといっていいのかどうかということである。

とはいえ、それはあくまでも、柳田説を踏まえた上でのもの言いと考えるべきなので、重要なのは、彼らがいかなる制度や王権ともかかわりなく地上二メートル以下のところを移動していく存在であるということである。そしてこのような人々こそ、吉本からすれば、父権国家以前の母系社会のエートスをになうものなのである。そのように考えるならば、この微妙な齟齬は、吉本というよりも吉本が典拠としている柳田国男の『海上の道』にあるということができる。

事実吉本は、これについて『柳田国男論』以前の『情況』に収められた「異族の論理」において以下のような批判をおこなっている。

柳田のいうように原日本人ともいうべきものが、南方から潮流にのって漂流移住したものとみなすかぎり、この漂流移住は、どの時代の、どの時期を持ってきても同等の確率をもっているはずだから、この漂流移住は、歴史的などの時期をとっても絶えず可能だとみなされなければならないはずである。

吉本がいおうとしているのは、『海上の道』において原日本人が中国南部から稲を携え、貴重な宝貝を求めて列島を北上していったという柳田説は、「縄文末期から弥生時代の初期にかけたころ」に限定されるものだが、南の島を稲作の発祥地とされる中国南部にかぎらなければ、別のイメージを描くことができるということである。すなわち、東南アジアや太平洋の島々から特別なエートスを背負って列島にたどり着いた人々が、ひとつの矢印の暗喩のように、地上二メートル以下を南西から北東に向かって走っていくというイメージである。『柳田国男論』の吉本は、柳田の原日本人についての考えから、このようなイメージの広がりを取り出すことによって、『海上の道』に展開された考えについては、そのままなぞるだけにとどめたといえる。

それでは、柳田の考えには、もともと「縄文末期から弥生時代の初期にかけたころ」に限定されることのない歴史的な広がりがあったとする立場に立って、それがどのようにして『海上の道』の考えへと変わっていったのかと問うてみるならばどうだろうか。つまり、柳田は『海上の道』にいたるまでに、海上はるか彼方のポリネシアともミクロネシアともいわれるところからやってくるものに、南島を起源とする母系社会のエートスを読み取っていたのだが、あることをきっかけとして、このような見方に変更をくわえた。それが、中国南部から日本列島へという地域性と、縄文末期から弥生時代の初期という歴史性に重点をおくという見方なのである。

吉本は、柳田のこのような変更を特別問題にすることなく、柳田のなかからいかにして、種族とか民族とか人種とかの概念に還元されることのない原エートスを取り出してくるかの方を問題とした。だが、吉本思想を接ぎ木《グラフト》するということでのテーマからするならば、柳田の考えの変遷を、あらためてたどり直す必要がある。それは、同時に父権国家以前の母系社会のエートスとはどういうものかをたずねていくことでもあるからだ。

東北常民のエートス

私はそれを、東日本大震災において「マグニチュード9・0という大地震と太平洋プレートの未曾有の異変」が露顕させた「蝦夷《えみし》の国のエートス」に通ずるものではないかと考え、この「蝦夷《えみし》の国のエートス」をこんなふうな言葉であらわした。

自分の窮状よりも、他人の窮状の方に関心がいってしまう。そういうときには、自分をいとおしむように、自分の身の回りの者をいとおしまずにいられない。それだけでなく、他人をより多くいとおしむように、いっさいの生き物をもいとおしまずにいられない。蝦夷《えみし》の国といわれるあの地には、そのようなエートスが地下水のように浸み込んでいる。この度の震災は、いまだかつてないことを次々に私たちにもたらしたが、そのことを私たちに知らしめたということ以上に出るものは、いまのところないと断言できる。

（「贈与の互酬体系——東北常民のエートスⅠ」『サクリファイス』）

これが、たんに私の出自にまつわる臆見ではないことをいうために、柳田国男が『海上の道』にいたるまでの軌跡をたどった私の文章を次に添えてみようと思う。それは、『海上の道』における以下の一節から示唆されたものである。

途方もなく古い話だが、私は明治三十年の夏、まだ大学二年生の休みに、三河の伊良湖先の突端に一月《ひとつき》あまり遊んでいて、このいわゆるあゆの風の経験をしたことがある。（中略）毎朝早天の日課には、村を南へ出てわずかな砂丘を横ぎり、岬のとっさきの小山という魚附林を一周して来ることにしていたが、そこにはさまざまの寄物の、立ち止まってじっと見ずにはいられぬものが多かった。（中略）今でも明らかに記憶するのは、この小山の裾を東へまわって、東おもての小松原の外に、船の出入りにはあまり使われない四、五町ほどの砂浜が、東や南に面して開けていたが、そこには風のやや強かった次の朝などに、椰子の実の流れ寄っていたのを、三度まで見たことがある。一度は割れて真白な果肉のあらわれているもの、他の二つは皮に包まれたもので、どの辺の沖の小島から海にうかんだものかは今でもわからぬが、ともかくもはるかな波路を越えて、まだ新しい姿でこんな浜辺まで、渡ってきていることが私には大きな驚きであった。

柳田は、この驚きをのちに島崎藤村につたえるのだが、藤村がそれに感化されてつくった「椰子の実」という詩が、柳田の感懐にふれるものではなかったことは明らかだった。柳田にとって、この椰子の実は重波《しきなみ》寄する常世の波を象徴するものであって、それは遠い南の島からこの列島にやってくるものたちのはるかな気配を感じ取らせるものであった。ここから私は、次のような示唆を受けたのである。

それは、南太平洋のポリネシア、ミクロネシアと呼ばれる地域から、何千年、何万年の時間を隔ててやってくるものの気配だった。柳田の思いのうちには、この気配のようなものが、黒潮に乗って列島に流れ着いて以来、やがて地下水のように浸み込んでいって人々のエートスをかたちづくっていったという確信があった。

それを、柳田は、花巻から遠野を抜け釜石にいたる地の常民たちにつたわる民俗譚を採集することによって、跡づけていった。何千年、何万年の時間を隔ててポリネシア、ミクロネシアから流れ着いたものが、東北常民のなかに生きつづけているという確信を、『遠野物語』という民譚のいたるところに埋め込んでいったのである。

しかし、『遠野物語』のなかに語られた哀切な夢幻譚の核をなしているのが、自分自身よりも多く他人をいとおしまずにいられない人々のエートスであり、そのために、自分の持てるものすべてを贈与せずにはいられない思いであることを、そのままに語りかけるということを柳田はあえてしなかった。そのことをあからさまに語ったのは、『雪国の春』に収められた「清光館哀史」においてであった。

蝦夷の国の九戸郡小子内《おこない》という地につたわる盆踊り歌に心惹かれた柳田は、そのなかの、

なにャとやーれ
なにャとなされのう

という一節にこめられたある情緒のようなものをたずね当てるべく、何年かぶりでその地にやってきたのだった。ところが、柳田は、思いもかけぬことに出会ってしまう。訪れるたびに、常宿としていた清光館が跡形もなくなっていたのである。石垣ばかりが残っていて、その蔭には真っ黒に煤けた古材木がごちゃごちゃと寄せかけてあるだけで、片隅には二、三本の玉蜀黍《とうもろこし》が秋風にそよぎ、残りもすっかり畑となっている。月日不詳の大暴風雨の日に沖に出たまま還らなかった船に、この宿の主人が乗っていたのである。そのことを知った柳田は、あの盆踊り歌にこめられたものが、清光館の没落の向こうから読み取れるような気がしてくる。それを柳田は、こんなふうに述べるのである。

どう考えてみたところが、こればかりの短い詩形に、そうむつかしい情緒が盛られようわけがない。要するに何なりともせよかし、どうなりとなさるがよいと、男に向かって呼びかけた恋の歌である。

ただし大昔も筑波山のかがいを見て、旅の文人などが想像したように、この日に限って羞や批判の煩わしい世間から、のがれて快楽すべしというだけの、浅はかな歓喜ばかりでもなかった。忘れても忘れきれない常の日のさまざまの実験、やるせない生存の痛苦、どんなに働いてもなお迫ってくる災厄、いかに愛してもたちまち催す別離、こういう数限りもない明朝の不安があればこそ、

はァどしょぞいな

といってみても、

あァ何でもせい

と歌ってみても、依然として踊りの歌の調《しらべ》は悲しいのであった。

これに「痛みがあればこそバルサムは世に存在する」という言葉をつけくわえる柳田は、一見すると東北常民に流れる哀感や諦観といったものを取り出してみせているようにも見える。だが、そうではない。痛みがあればこそバルサムは、というそのバルサムとは、自分自身よりも多く他人をいとおしまずにいられない人々のエートスであるということなのである。痛みが

あればこそ、他人をいとおしむように、いっさいの生き物をもいとおしまずにいられないのである。そのために、自分の持てるものすべてを贈与せずにはいられない思いというのが、何千年、何万年の時を隔てて、この列島に地下水のように浸み込んでいったのだと柳田は、いいたかったのだ。（同前）

「象徴的思惟」と「複合的機構体系」

柳田が東北常民のエートスとして掘り起こしたものこそが、父権国家以前の母系社会のエートスにほかならず、そこにこそ、嫉妬、怨望、ルサンチマンにいまだ毒されることのない永遠の時間へとつながっていくものがみとめられる。それは、吉本のいうようにヤポネシア列島を南西から北東へむかってはしってゆく〈稲の人〉の軌跡に重ねられるものであったとしても、たとえば『先祖の話』でいわれるような「家」や「祖霊」たちへの思いによっては決してあらわすことのできないものではないか。そう私は考え、言葉を継いでいった。

だが、戦後になってみずからのなかに培ってきたこの確信に、柳田は微妙な変更をくわえる。この列島に定住した人々が、国家や共同体に拘束されることなく、祖霊たちを敬い、「家」といわれる独特の共同体を守り続ける者たちであるというかねてからの考えに、根拠をあたえていったのである。自分自身よりも多く他人をいとおしまずにはいられない思いは、自分はさておいても祖々《おやおや》をとうとび、自分の窮状よりも、「家」にまつわる者の窮状に関心を向けざるをえない思いへと置き換えられていったといってもいい。

　このようなエートスにおいて、自分の持てるものをすべて贈与せずにいられない思いもまた、微妙な変容を蒙らざるをえない。祖霊たちと家々にまつわる者のあいだに限定された贈与は、そのような贈与の余地を完全に消去されてしまうのである。その結果、与えられざる者、贈与の交換から疎外される存在を生み出してしまう。同時に、このような限定された贈与は彼らの内面に思いもかけない負荷をくわえることになり、いたずらに堪忍や悲哀のイメージをまとわされることになるのである。「清光館哀史」に採集されたあの盆踊り歌が、「何なりともせよかし、どうなりとなさるがよい」といった意味に取られることがあるとするならば、そこには、このような堪忍や悲哀のなかで培われた諦観が読み取られるからといっていい。

　しかし、「痛みがあればこそバルサムは世に存在する」という言葉をくわえたときの柳田には、この「バルサム」を、痛みを耐え忍ぶ者だけにあたえられる鎮痛の秘薬とみなすだけでは済まない思いがあった。それは何よりも、起つあたわぬほどの苦難を前にして、それでもなお、自分自身よりも多く他人をいとおしまずにいられない思いを培うような秘薬にほかならなかった。

　それを柳田は、かつての日々、花巻から遠野を抜け釜石にいたる地の常民たちにつたわる民俗譚を採集することによって見出したのではなかったのか。そして、いままた、九戸郡小子内《おこない》の地につたわる盆踊り歌を採集することによってみとめたのでは。彼らのなかには、どのような見返りも求めることなく、自分の持てるものすべてを贈与せずにいられない思いが生きているのであり、それこそが、不思議な仕方で互酬贈与をまねきよせ、贈与の連環をかたちづくっていく。そのようなエートスが、南太平洋のポリネシアともミクロネシアともいわれる地から、黒潮に乗って運ばれ、この列島に地下水のように浸みとおっていったものであることを柳田は確信していたはずだった。

それは、たとえば、マルセル・モースやレヴィ＝ストロースといった人類学の泰斗たちが確信していたことに通ずる事柄であったといってもいい。ポリネシア、ミクロネシアにつたわる贈与の交換について、レヴィ＝ストロースはこんなふうに述べるのである。

交換は、与える義務に始まり、受け取る義務およびお返しの義務により、情緒的・神秘的な絆の助けをまって構成される複合的機構体系ではない。それは象徴的思惟にたいして、且つ又象徴的思惟によって直接に与えられる一つの綜合であって、これは他のすべてのコミュニケーション形態におけると同じく交換においても、事物を対話の要素として自己と他者との関係のもとに同時的に知覚し、かつまた本来的に自己から他者へ移転すべきものとして知覚するという交換に固有の矛盾を超克するのである。

（「マルセル・モース論文集への序文」有地亨・伊藤昌司・山口俊夫訳）

ここでレヴィ＝ストロースは、マルセル・モースが『贈与論』において展開したマナという呪術的な力について述べている。これがはたらくとき人々は、交換において生ずる与える義務、受け取る義務、返礼の義務といったことから解き放たれ、自分の持てるものすべてを贈与せずにいられない思いに巻き込まれてしまう。それを「象徴的思惟」という言葉でいうのだが、レヴィ＝ストロースには、ある確信があった。贈与の体系が、与え、受け取り、返礼する義務から成り立っているかぎり、それは、均衡を内にはらんだ「複合的機構体系」と受け取られてしまう。しかし、そこにマナがはたらいているならば、そのような「複合的機構体系」とはまったく異なるシステムが作動しているのであるという考えである。

それはまさに、蝦夷《えみし》の国のエートスのなかに柳田がみとめたものと異なるものではなかった。にもかかわらず、モースやレヴィ＝ストロースには見えていて柳田には見えなかったものもまた、そこにはあったのである。

（同前）

このようにして、私はレヴィ＝ストロースがポリネシア、ミクロネシアという地域性と旧石器という歴史性を考慮に入れたうえで取り出した「象徴的思惟」というものに、吉本のいう父権国家以前の母系社会のエートスの根源を見出したのである。だが、モースやレヴィ＝ストロースがそこからとりだした無償の贈与というものを、この母系社会のエートスが表象しているかどうかについては条件が必要ではないかと考えた。つまりこのエートスと、柳田国男が戦後まもなく『先祖の話』で語った、次のような私たちの祖々《おやおや》にまつわるエートスとを区別することができたとき、はじめてそれは成り立つと考えたのである。

日本のこうして数千年の間、茂り栄えてきた根本の理由には、家の構造の確固であったということも主要なる一つと認められている。そうしてその大切な基礎が信仰であったということを、私などは考えているのである。

有無をいわせぬ大量の贈与

このような私の考えが、『海上の道』に対する共感と違和にもかかわっていることはいうまでもない。なぜ柳田は、重波《しきなみ》寄する常世の波の向こうからやってくるものの気配を感じた若き日の椰子の実の経験を、中国南部から稲を携え、貴重な宝貝を求めて列島を北上していった日本人のイメージへと変更していったのかという疑問にもつながっていく。そこには、『先祖の話』で語った日本人の魂のゆくえという考えが、大きな影を落としているのではないか。

そのように考えた私は、あらためて、東北常民のエートスに遠い南の島々からやってきたものの気配をみとめたにちがいない柳田の軌跡を、たどり直してみなければならないと考えた。それは、先に引いた論考のさらなる展開にあらわされている。

「象徴的思惟」というものが人々を席巻するのは、ある禍禍しい力が、否応のない仕方で向こうからやってくるときにほかならない。モースはそれをマナという名の呪術的力として取り出して見せたのだが、それは、こちら側にいる者たちに有無をいわせぬ力で襲いかかり、起つあたわぬまでに打ちのめし、去っていくのである。まるでいかなる対抗贈与の余地もあたえることなく、徹底的に贈与することによって相手を打ち倒してしまう過剰なまでの贈与の形態——それをモースはポトラッチと名づけたのだが——のように。

重要なのは、そのような過剰なまでの力がはたらくときにこそ、象徴的な贈与の体系が動き始めるということだった。その過剰な力によって、息絶え絶えになるまでに蕩尽されるとき、持てるものすべてを贈与せずにはいられない思いがどこからともなくやってくるのであり、それを起点として、「複合的機構体系」とはまったく異なる贈与のシステムが動き出すのである。それは、均衡した互酬交換から成り立っているのではなく、どのような均衡をも否定し、なおかつ交換がはらむ矛盾・背理をも一挙に超克するような贈与としてあらわれる。

それを、レヴィ＝ストロースは一方において、「意味するものの過剰」とか「ゼロの象徴的価値」といった言葉で説明する。「人間は、世界を理解するための努力のなかで、つねに余分の意味を処分している」のであり、「これを象徴的思惟の法則にしたがって事物のあいだに配分する」。「意味するもの」と「意味されるもの」の不均衡になぞらえていわれているものの、問題とされているのは、このような過剰なものや余分なものの「処分」や「配分」には、なにものをも顧みずにすべてを贈与し尽くすことによってしか満たされない思いが関与しているということなのである。それを、レヴィ＝ストロースは「ゼロの象徴的価値」といったのだ。

そして、ありとあるものを席巻するような不思議な力が明るみに出すのは、このような贈与にほかならない。柳田に見えていなかったのは、そのような力のありようではなかっただろうか。

だが、ほんとうにそうであるのか。「清光館哀史」において、月日不詳の大暴風雨がやってきて、かつての常宿を真っ黒に煤けた古材木だけにしてしまったという現実を語りかける柳田は、その有無を言わせぬ力というものを、そこで示唆していたのではなかっただろうか。ある禍禍しい力、否応のない力が向こうからやってきたとき、その力を前にして「何なりともせよかし、どうなりとなさるがよい」という諦観を歌っているように見えながら、実のところ彼らは、もう一つの不可抗的な力によって、どのような見返りも求めることなく、自分の持てるものすべてを贈与せずにいられない思いのうちに巻き込まれている。そのことは、九戸郡小子内《おこない》という地に地下水のように浸み込んでいるエートスを汲み上げていけば、かならず了解できることである。柳田は、そういおうとしていたのではなかったのか。

にもかかわらず、戦後になって柳田はそのすべてを白紙に戻してしまうのである。いったいあの戦争のさなか、柳田のなかに、どのような思いが去来したのであろうか。

おそらく、といっていいのだが、あの禍禍しい過剰な力が、南太平洋のガダルカナルから、サイパン、テニヤン、グアム、硫黄島と太平洋の島々を攻略して日本列島に向かってきた米軍の進路を、そのままなぞるようにしてやってきたということに、柳田は、根底から打ちのめされたのである。それはまるでポトラッチのように、有無をいわせぬ大量の贈与をこの列島にもたらす力であり、そのもっともネガティブな力こそが、広島、長崎への原爆にほかならなかった。

柳田は、二〇万とも三〇万ともいわれる死者を私たちにもたらしたものが、遠い南の島々から椰子の実の流れ着いた道を通ってこの列島にやってきたことに気がついたとき、もはや、地下水のように浸み込んで人々のエートスをかたちづくっていったものを、幻想として退けるほかなかった。柳田にとって禍禍しい過剰な力とは、清光館を没落させた月日不詳の大暴風雨に象徴される自然の猛威以上のものであってはならなかったのである。それ以上の、いわば国家社会の巨大な闘争からもたらされるものについては、別の仕方で受けとめるほかなかったといってもいい。

以来、柳田は『先祖の話』を書くことによって、米軍の進攻にともなって散っていった幾千、幾万という死者の魂を決して国家や共同体に引き渡すことなく、祖霊たちに見守られた「家」と、そこにつくられる固有信仰によって鎮められていくという考えを明らかにしていった。

（同前）

吉本思想を接ぎ木《グラフト》するために

私のこの柳田への違和は、あくまでも私自身の思いのうちではぐくまれたものであって、ミクロネシア、ポリネシアから日本列島に向かってやってくる者たちの軌跡が、南太平洋のガダルカナルから、サイパン、テニヤン、グアム、硫黄島と太平洋の島々を攻略して日本列島に向かってきた米軍の進路に重なるということに、柳田は根底から打ちのめされたというのは、まったくの仮説にすぎない。いわんや、広島、長崎への原爆投下が、柳田をして、それまで思い描いていた南の島々からやってきた日本人の軌跡について再考させるきっかけとなったなど、憶測以外のなにものでもない。

にもかかわらず、柳田が、みずからの遺書のようにしたためた『海上の道』に深く動かされながら、一方で違和を感じずにはいられないということだけは否定できないのである。そのことは、次に続く脈絡において明かされていく。

柳田は、むしろあの大量破壊兵器による負のポトラッチを受けたときにこそ、どこからともなくやって来る贈与の力を起点とした交換のシステムについて語るべきだった。そのためには、この列島に地下水のように浸み込んでいるエートスを、もう一度掘り起こさなければならないというべきだったのだ。自分はさておいても祖々《おやおや》をとうとび、自分の窮状よりも、「家」にまつわる者の窮状に関心を向けざるをえないという思いへと置き換えてしまったそのエートスを、あえてもう一度汲み上げていかなければならないと。

とはいえ、いまになってみて「事後」の観点から柳田の思想の軌跡に批判の矢を向けたところで、何が報いられるわけでもない。問題は、この国の私たちが、そのようなエートスを次々に枯らすことによって、均衡した交換を当然の義務とするような「複合的機構体系」を受け入れてきたというところにこそあるからだ。

この度の大地震と太平洋プレートの未曾有の異変は、そのことの虚妄性を完膚なきまでに暴いていった。一方において、私たち列島の民が、あの戦争においても掘り起こすことならないまま、地層深くへと沈潜させてしまっていたものを、この大災害は露顕させてくれたということもまた真実なのである。自分をいとおしむように、自分の身の回りの者をいとおしまずにいられず、また、他人をより多くいとおしむように、いっさいの生き物をもいとおしまずにいられない、そのような思いが、東北という地層の奥からこの列島のいたるところへと浸みわたっていることをあらためて知らしめたといってもいい。

そうであるならば、私たちにできることは、これを再び「複合的機構体系」によって覆い隠すのではなく、贈与の体系として培っていくことにほかならない。そして、そのためには何をすべきかをもう一度思いめぐらすことではないだろうか。（同前）

そう述べながら、ここにおいて私自身はともかく、それがどういうことかを明らかにしてくれるのは、吉本をおいてほかにいないと考えずにいられなかった。柳田の『海上の道』から、いかなる制度や王権ともかかわりなく地上二メートル以下のところを移動していく〈稲の人〉をとりだす吉本が、そこに、米軍の攻撃によっても、原爆投下によっても決して揺らぐことのないものを見いだしていることはうたがいないからである。

吉本はそういう「〈稲の人〉にとっては、稲は自己表出にほかならなかった」（「縦断する『白』」）ということによって、そこには、真に「共同幻想」と「逆立」するような、沈黙としてある存在の「自己幻想」（田中和生）が投影されていることを示唆する。それは、柳田のいう「家」や祖々《おやおや》よりもさらにはるかな、いわば一個人の生を超えた永遠の時間へとつながっていくものの原イメージにほかならない。それを吉本は「無限世代の輪廻転生」（『母型論』）ともいうのである。

だが一方において、それがニーチェのいう「畜群本能」やハイデガーのいう「頽落」に対位するものとして取り出されなければならないと考えているようではないということもまた、真実なのである。少なくとも、レヴィ＝ストロースが「複合的機構体系」に対位するものとして「象徴的思惟」を取り出したようには、吉本は、このエートスを取り出しているのではないといえる。

もっというならば、ある過剰な力によって、息絶え絶えになるまでに蕩尽されるとき、持てるものすべてを贈与せずにはいられない思いがどこからともなくやってくるということ。そしてそれは、どのような均衡をも否定し、なおかつ交換がはらむ矛盾・背理をも一挙に超克するような贈与としてあらわれるということ。そのような何ものをも顧みずにすべてを贈与し尽くすことによってしか満たされない思いを、吉本は、このエートスのうちに見ているのではないようなのである。

吉本にとっては、贈与は無限世代にわたっておこなわれなければならないということが問題なので、それがいかなるものであるかについては、あえて明言しないというのが格率《マキシム》なのだ。

これを、いったいどのように受け取ればいいのだろうか。もともと吉本の「大衆の原像」が、ニーチェの「畜群本能」やハイデガーの「頽落」の対抗理念として提示されたものではないということを考慮に入れるならば、当然といえば当然といっていいのかもしれない。にもかかわらず、私には、柳田が蝦夷《えみし》の国をたずねあるくことによって拾い出してきた東北常民のエートスには、見えないところで、大衆の嫉妬、怨望、ルサンチマンを脱色してしまうようなものがみとめられるように思われてならないのである。

そのような柳田の無意識の動機のようなものを、どうにかして吉本の「大衆の原像」や「母系社会のエートス」に見いだすことができないだろうか。少なくとも、戦後の柳田が、祖霊たちに見守られた「家」と、そこにつくられる固有信仰からのがれることができなかったのに対して、吉本は〈稲の人〉をそういうものからはるかに解き放たれた、まさに一個人の生を超えた永遠の時間へとつながっていくものとして描き出しているのであるから、この柳田の無意識の動機を継承するものとして、吉本思想を受け取ることができないことはないはずである。

そのためには、何をすべきなのか。ミクロネシア、ポリネシアという地域性と旧石器という歴史性に視線をとどかせていた柳田の動機（それはレヴィ＝ストロースやモースにもつながるような動機でもあるのだが）を、接ぎ木《グラフト》するものとしてあらためて吉本の南島論を編成し直すことである。

そのことは、起つあたわぬような災厄に遭遇してなおかつ、自分の窮状よりも、他人の窮状の方に関心がいってしまう、そういうときには、自分をいとおしむように、自分の身の回りの者をいとおしまずにいられない、それだけでなく、他人をより多くいとおしむように、いっさいの生き物をもいとおしまずにいられない、そのようなエートスが「父権国家以前の母系社会」にも、そして「市井の片隅に生まれ、そだち、子を生み、生活し、老いて死ぬといった生涯をくりかえした無数の人々」のなかにも生きつづけているということを、あらためていい直すことに通ずる。

吉本思想を接ぎ木《グラフト》するとは、そういうことにほかならない。

自己中心性と生成する力
——竹田青嗣『欲望論』の思想はどこから来てどこへ行くのか

「戦争」という「現実」

これまでの哲学は、すべて形而上学に終始してきた。そこでは「存在」についての考察が一度としてなされることはなかったということを述べたのは、ハイデガーだが、そういうハイデガー的な「存在」こそが、もう一つの形而上学ではないかと批判したのは、レヴィナスにほかならない。『存在と時間』の「良心の呼び声」「気遣い」「共存在」「時熟」といった思念に魅せられ、一方で『全体性と無限』の「迎接」「顔の裸出性」「審問」「享受」といった思念にも引かれていた私には、レヴィナスのハイデガー批判というのが、本当のところよく理解できなかった。

眼を開かされたのは、九一年から九四年までに刊行された小浜逸郎・瀬尾育生・竹田青嗣・村瀬学による「21世紀を生きはじめるために」という四巻になるシリーズ本に収録された竹田青嗣の「欲望の現象学」によってだった。竹田は、その最終巻において、『全体性と無限』から次のような一節を引いてきて、レヴィナスの全体性批判の骨子について語るのだが、それはまさにハイデガー批判の骨子に当たるものだった。

哲学的思考にとって存在は戦争として顕示されるということ、戦争はもっとも明白な事実としてではなく、現実の明白さそのもの、言い換えるなら真理として哲学を傷つけうるということ――このことを証明するためには何もヘラクレイトスの謎めいた断片を引き合いに出すには及ばない。戦争においては、現実を包み隠していた言葉やイメージが現実によって引き裂かれ、赤裸で苛酷なこの現実がじかにつきつけられる。苛酷な現実（これは同語反復である！）としての戦争、事実がもたらす苛酷な教訓としての戦争は、純粋存在としての、純粋存在についての純粋経験として生起する。

（合田正人訳）

竹田は、この一節を引きながら、「レヴィナスが引かなかったヘラクレイトスの言葉はこうだ。『戦いは万物の父であり、万物の王である。そしてそれは、或るものたちを神として、或るものたちを人間として示す。また或るものたちを奴隷とし、或るものたちを自由人とする』。『戦い』こそ人間の世界の秩序を作り上げる根本の原理であり、基礎であるということ。これは誰もが認めざるをえない『真理』である。しかしそれは、ある独自の力を持つ特異な『真理』である。」と述べるのだが、『全体性と無限』を彼の主催する研究会でともに読んできた私は、まるで不意を打たれたような気分だった。序文の中に出てくるこの一節について、熟考した覚えはなく、むしろ読み過ごしていたという記憶の方が強かったからだ。

だが、それはテキストの読み込みの問題ではなく、自分の中にここでいう「戦い」というモティーフがどれだけ仕舞われているかという問題にほかならない。そうした自己と他者の「戦い」という問題こそが、ハイデガーの「共存在」や「気遣い」や「良心の呼び声」という思念から抜け落ちているというのが、レヴィナスの言い分なのだ。とはいえ、一般的にレヴィナスの思想といえば、「迎接」「顔の裸出性」「審問」「享受」といった思念を中心に受け取られているため、この「戦い」というモティーフはどちらかというと見落とされてきた。

事実、レヴィナスにとって他者とは、異邦人・孤児・寡婦に象徴されるような、絶対的な弱さ、取り返しのつかない悲惨さを負ったものとしてあらわれる。そうした存在を高きものとして迎えるということ、さらには、その痛みや苦しみに対して責任を持つということ、それが他者に対する自己のありかたにほかならない。そうした有責性を負った存在であることを審問されるという仕方によって、自己の承認がなされる。

竹田は、レヴィナスの思想がそこに立脚するものであることを明言しながら、この「戦争」についての認識こそが、ハイデガーには見出すことのできないレヴィナス独自のものであることを指摘する。しかしそれだけでなく、それがレヴィナスにかぎらない、現代の思想にとって根本的な問題であることを次のような言葉で述べる。

「戦争」は事実として生起する。それはしかし単なる事象の生起ではなく、ある特異な事実として生起する。つまり、「戦争」が起こると、人々は否応なく「現実」というものの力に〝思い当たらされる〟のだ。それはちょうど、死の病を宣告された人間がはじめて「死」というもののの「現実性」に思い当たるのと酷似している。逆に言えば、人間が「死」に直面してはじめて自らの実存の様態に思い当たるように、私たちは「戦争」という事態に向き合って、はじめて「現実」の「現実性」というものに思い当たる。つまり、「死」が実存の基礎をなしているように、「戦争」は世界の秩序の基礎をなしているのだ。そして人間が普段「死」を忘れているように、わたしたちも普段は（平和な時は）、「戦争」が暴露するかもしれない世界の「現実性」を忘れているのである。

（「欲望の現象学」）

ここには、一九九四年という時代において、私たちのうちの誰も言うことのなかったことが語られている。つまり、八九年の天安門事件から、昭和天皇崩御、ベルリンの壁崩壊、湾岸戦争、ソ連邦崩壊といった激動の時代の根本を規定しているのは、「戦争」にほかならないということである。まさに、『「死」が実存の基礎をなしているように、『戦争』は世界の秩序の基礎をなしているの」である。

当時湾岸戦争に際して、柄谷行人、加藤典洋、瀬尾育生、藤井貞和といった人たちが論争をおこなっていたのだが、その中で竹田のような認識を示した者はいなかった。わずかに、柄谷が、後になって、湾岸戦争は、ナショナリズムの闘争を引き起こすだろうと述べたのだが、その柄谷でさえも、私たちの世界の「現実性」は、「戦争」という「現実」によって暴露されるとまでは断言することがなかった。

近代哲学が提起した問題

なぜ竹田だけが、このような認識をうるにいたったのだろうか。七〇年代から八〇年代のポスト・モダンの時代に、欲望論とエロス論を唱えることによって、欲望やエロスが、一度は挫折したことのある者の苦い夢から紡ぎだされるものであることを明らかにし、みずからの立ち位置を狼のロマン主義ともいうべきものに定めていた竹田のなかに、「死」や「戦争」についてこれほど深い認識が植えつけられたのは、どうしてなのだろうか。

実をいうと竹田の中には、早くから人間の「自己中心性」をどう乗り越えるかというモティーフが仕舞われていた。欲望論もエロス論も、他者との葛藤や角逐のなかで、挫折を余儀なくされ、苦杯をなめさせられた者が、どのようにして自己回復をはかるのかという問いから発想されたものだったのだ。そのことについて、竹田は、以下のような言葉を費やす。

戦争とは共同体どうしが互いにどうあっても自己を譲ることができないと考えたことの結果だからだ。それはいわば、主体たることをめぐる「死を賭した」たたかいなのである。力によって事態を決すること、これは言葉の営みの一切をそこで中断することにほかならない。合理性、理想、道徳、熟慮、寛容、そういう人間世界の徳は、戦争という事態の前ではすべて一時宙づりになる。ここでは自己中心性が他を抹殺しようとして死力を尽くす。勝者となるか敗者となるか、それが一切となる。

（同前）

ここには、「戦争」は「自分を譲ることなき諸存在を、誰一人逃れられない客観的命令によって動員する」というレヴィナスの認識が影を落としているように見える。だが、レヴィナスが依拠しているのは、どちらかというと絶対的他者の審問という思念であって、竹田のいう「自己中心性が他を抹殺しようとして死力を尽くす」といった思念とはそのままでは重ならない。

それでは竹田は、このモティーフをどこから引き出してきたのか。ヘーゲルをはじめとする近代哲学からである。そのことは、戦争とは「主体たることをめぐる『死を賭した』たたかいなのである」という一節からうかがうことができる。自己意識の自由というものが、主人と奴隷の承認をめぐる闘争によって獲得されるという『精神現象学』におけるヘーゲルの思念が、ここに影を落としていることはうたがいない。

ヘーゲルによれば、人間の「自己中心性」とは、他者を前にしてみずからが「主人」であろうとするあくなき欲望にほかならない。ヘーゲルは、そのような欲望は最終的に、死の恐怖からまぬかれた者において成就されると考えた。「主人」とは「自己中心性」を完遂するために、どのような死の怖れからも自由になることを成し遂げた者なのである。そのことによって「奴隷」となった者は、おのれの「自己中心性」を抑え、ひたすら労働に従事することを課せられる。だが、そのような労働こそが、「奴隷」をして、死の恐怖から身を守るために絶えず緊張を強いられている「主人」を乗り越えさせるきっかけとなるのである。

ヘーゲルのこのような思念は、自己と他者の葛藤や相克がどこからやってくるのかという思いの中から生み出されたものといえる。自己意識とは、はじめから自由をあたえられたものとして人間の理性や精神を形づくるのではなく、まず、自己の欲望をほしいままに発露させることを本来としたものなのだ。それはまさに自己中心的な欲望というほかなく、当然のようにもう一つの自己意識と対峙した場合には、葛藤や相克や競合といったものが生起する。このような思念は、しかし、ヘーゲルにかぎられたものではない。近代哲学というのは、実は、自己中心的な欲望をいかに処するかという問題に直面したところから始まったのである。ホッブズの「万人の万人に対する闘争」も、ルソーの「人間は生まれながらにして自由であるが、しかしいたるところで鉄鎖につながれている」という認識も、もとをただせばここに至りつく。

哲学者としての竹田青嗣は、繰り返し、構造主義もポスト・モダン哲学も、近代哲学が提起し、考察してきた問題を独自の仕方で解決したとはとても言えない、むしろ、ホッブズやルソーやヘーゲルといった哲学者たちが考え抜いてきたことには、いまだに問題の解決の糸口が見いだされるということの意味のことを述べてきた。それは、まさに人間の自己中心性の問題を、ホッブズやルソーやヘーゲルほどに深く受け止め、これを解決しようとしてきた哲学者はいないという意味にほかならない。

信念対立から普遍暴力へ

竹田が、フッサールの現象学に大きな影響を受けてきたこと、それによって哲学に開眼したことは、竹田の読者なら誰もが周知のところだ。といっても、その理由の第一が、フッサールの現象学には、信念対立の問題をどう解くかというモティーフが込められているからであるということは、それほど知られてはいない。むしろ、フッサールは、それまでの哲学が解きえないできた主観─客観問題に決着をつけたからという理由の方に重点が置かれているようにみえる。しかし、フッサールのいう共同主観性、間主観性が、ハイデガーの「共存在」と異なるのは、人間の自己中心性についての認識が発想の根本にあるからなのである。『イデーンⅡ』（立松弘孝・榊原哲也訳）において、フッサールは、以下のような考察をしている。

「自己中心の環境世界は、意思の通じ合う環境世界の中核をなすものである。しかし、前者の環境世界だけが際立つことになると、意思の通じ合う環境世界から、自己中心のそれが抽出され、分離することになる。自己中心の環境世界や孤立した主観は、それ自体において、相手とたがいに関係することは不可能であるかにみえる。いや、もともと孤立し、自己中心であるものにとって、たがいに関係するということは、求められていないといってもいい。にもかかわらず、自己中心の環境世界に、諸人格があらかじめ属しているということはありうるのであり、意思の通じ合う環境世界にも、意思疎通のできない諸人格が属しているということもまた、ありうることなのである。諸人格は、顕在的にも潜在的にも愛し合い、憎みあい、信頼しあうなどの諸作用によって、たがいに関係しあう諸主観なのである」。

（「環境世界の中心点としての人格」抽出・要約）

『イデーン』をはじめとするフッサールの難解な哲学書を紐解いていくと、現象学にかぎることのできない、さまざまな思念が展開されていることに気がつく。とりわけ、この一節などは、隠されたフッサールの実存哲学が展開されているようにみえて、目をみはらされる。実存哲学者としてのフッサールは、レヴィナスよりもある意味で根源的なことを述べているのだ。つまり、人間が自己中心性というものを負わされているかぎり、意思疎通のできない人格というのが否応なく現れるのであり、そういう人間との間では、たがいに関係することは不可能であるというのがそれである。

しかしフッサールは、そのような不可能性に何度も見舞われながら、「諸人格は、顕在的にも潜在的にも愛し合い、憎みあい、信頼しあうなどの諸作用によって、たがいに関係しあう諸主観なのである」と述べることによって、間主観性、共同主観性の底板を固めるということを行う。そう考えてみるならば、竹田のいう欲望相関性、エロス相関性といった理念は、まさに、このようなフッサールの思想を受け継いだものといえる。自己中心性については、ヘーゲル、ルソー、ホッブズに依拠しながら、なおかつ信念対立の問題として、フッサールから問題を継承し、さらに、共同主観性、間主観性の問題を欲望相関、エロス相関として練り直すというのが竹田哲学の要諦ということができる。

『欲望論』第1巻冒頭の次のような一節から受ける衝迫力を跡づけるには、以上のような前提が是非とも必要なのである。

＊人類の生存が「殺すこと」「殺されること」に結びついて新しい出発をとげたとき、人間に

とって「普遍暴力」との対抗と格闘が最も基底的な生活の条件となり、そこから集合的生活におけるあらゆる工夫と試みが現れた。

＊人間だけが、同類間の「普遍戦争」という運命を背負い、普遍戦争がもたらすたえざる「死」の畏怖に脅かされるという重荷を担った。そしてまた、人間だけが、戦争のもたらす禍悪を知る。

およそ、思想書、哲学書の類が、このような一節からはじまるというのは例を見ないことである。それだけに、なぜ竹田は、このような「普遍暴力」と「普遍戦争」ということから哲学的思考をはじめたのかということを問うてみなければならない。そこに現れているのが、人間の自己中心性についての考察と、自己中心性をどう乗り越えるかというモティーフである。

虚栄と我執の劇

自己中心性という言葉は、日本語としてどのように使われてきたのだろうか。例えば、戦前の軍国主義の時代に、や自己犠牲ということが重んぜられたのは、自分のことや自分に近い者のことばかり考えていたのでは、共同体や、国家の安寧を保つことはできないという考えからだった。吉本隆明などは、かつての皇国少年だった自分を顧みて、自己中心性でもなければ、滅私奉公や自己犠牲でもないありかたとして、自己幻想という理念を提示してみせた。それは、国家や共同体が体現する共同幻想に逆立するものであるとともに、自己を深く掘り下げることによって、自己中心性そのものを解体してしまうようなものである。

しかし、吉本のこの試みは、自己はどのようにして共同体や国家の編み出す幻想に逆立することができるかというモティーフに力点が置かれているため、自己を孤立させ、深く掘り下げることが、どのようにして自己中心性を乗り越えることにつながるのかという問題には、明確な答えを出しているとはいいがたいところがある。吉本の思想的な力が及ばなかったということではなく、竹田のいう近代哲学——ホッブズ、ルソー、ヘーゲルのように自己というものが、他者との間で葛藤、相克、競合を繰り返すのはなぜなのかというように問題が立てられてはいないからである。

それでは、この自己中心性という問題を最も深く考え抜いたのは、日本の近代の哲学者、文学者、思想家のなかで誰であったのか。いうまでもなく夏目漱石である。江藤淳の『夏目漱石』で問題とされた「我執」を思い起こしてみるならば、そこに自己中心性が影を落としていることは、容易に理解できる。ただ、残念なことに江藤は、『道草』について論じた際に、この「我執」にとらわれた知識人・健三を完膚なきまで裸にしながら、なぜ人間は「我執」からのがれることができないのかという具合に問題を立ててはいない。江藤にとって、問題は知識人・健三と普通の生活者である妻・お住とを対位させることによって、後者に軍配を上げるということだった。そこには、知識人と大衆といった前時代からの問題が影を投じているものの、自己中心性をどう乗り越えるかという問題は関心の外に置かれていたといえる。

漱石の自己中心性へのこだわりは、作家以前の初期の段階から強く心を占めていた。以前にも論じたことがあるのだが、漱石は、文科大学在学中の論文「文壇に於ける平等主義の代表者『ウォルト、ホイットマン』Walt Whitman の詩について」において、ホイットマンを共和国の人民に最も必要な「独立の精神」をもった「平等主義」の代表者とみなしながら、そこに共和国民独特の「社会」意識をもみとめるのである。

元来共和国の人民に何が尤も必要なる資格なりやと問はゞ独立の精神に外ならずと答ふるが適当なるべし。独立の精神なきときは平等の自由のと噪ぎ立つるも必竟机上の空論に流れて之を政治上に運用せん事覚束なく之を社会上に融通せん事益難からん。

ここでいわれている共和国民の「独立の精神」が「社会」の関係に目覚めた個人の態度であり処世であることはうたがいない。にもかかわらず、このような「独立の精神」をもって各個人が「社会」を構成するとき、そこに個人と個人との衝突や闘争が生じないとはかぎらない。葛藤、相克、競合こそが、社会状態を律するものだからである。したがって、平等と自由を眼目とする「社会」が、実は互いの衝突をひきおこすにすぎないものならば、ホイットマンの「平等主義」は「英国詩人の天地山川に対する観念」において論じたワーズワースの「自然主義」に若かないということになる。ここにいたって、漱石はホイットマンの「平等主義」がこのような「社会」の関係に対するに、いかなる観念を手にしていたかを述べる。

何を以つて此個々独立の人を連合し各自不羈の民を聯結して衝突の憂を絶たんとするぞと問はゞ己れ「ホイットマン」に代つて答へん別に手数のかゝる道具を用ふるに及ばず只"manly love of comrades"あれば足れりと。

人は愛情を待つて結合し之を待つて進化し之を待つて円満の境界に臻るとは「ホイットマン」の持説なり。然らば其愛情の発する所はと云ふと全く霊魂の作用なり。

明治二〇年代に、社会というものが人間どうしの衝突をどのように調整するかという理念によって成り立っていることを指摘し、そういう人間どうしの衝突が、自己に過度に執着するところから起こるものであることを指摘した漱石は、時代に先駆けて、自己中心性をどう乗り越えるかというモティーフを心に刻み込んでいたといえる。もちろん、この時点においては、その乗り越えが、ホイットマンの"manly love of comrades"によって示され、さらには「愛情」や「霊魂の作用」ということが提示されるという点において、まだまだ熟考に至っているとはいえない面がある。だが、同時代において、このような問題を考えていた文学・思想家というのは、数えるほどしかいなかった。しかも、漱石ほどに、明確に自己中心性を問題にした者はいなかったといっていい。

なぜ漱石だけがと問うてみるならば、早くから西欧の近代文学・近代思想に通じていたからとも、不幸な生い立ちの中で他者との関係を衝突の憂いとしてしか受け取ることができなかったからともいうことができる。しかし、それ以上に重要なのは、社会や社会の中で生きる人間の生が不可測であるということについての認識である。それを、漱石は同時期に書かれた「人生」という散文のなかで、以下のように述べるのである。

「人生は心理的解剖を以て終結するものにあらず、又直覚を以て観破し了すべきにあらず、われは人生に於て是等以外に一種不可思議のものあるべきを信ず」「因果の大法を蔑にし、自己の意思を離れ、卒然として起り、驀地に来るものを謂ふ、世俗之を名づけて狂気と呼ぶ」「若し人生が数学的に説明し得るならば、若し与へられたる材料よりXなる人生が発見せらるゝならば、若し人間が人間の主宰たるを得るならば、若し詩人文人小説家が記載せる人生の外に人生なくんば、人生は余程便利にして、人間は余程ゑらきものなり、不測の変外界に起り、思ひがけぬ心は心の底より出で来る、容赦なく且乱暴に出で来る、海嘯《つなみ》と震災は、啻《たゞ》に三陸と濃尾に起こるのみにあらず。また自家三寸の丹田《たんでん》中にあり、剣呑《けんのん》なる哉」

ここで漱石は、人間の自己中心性というものが個人の心性などではなく、自分自身によってもとらえることのできないものであり、それは「不測の変」であり「思ひがけぬ心」であり「狂気」とさえ名づけられるものであるということを言おうとしている。例えば、ゲーテは、このような事態について「根源現象が私たちの感覚に対して裸のままで出現すると、私たちは一種の恐れを感じ、不安にさえ襲われる」という言葉をあたえた。そのことは、後に『親和力』という作品において、愛の悲劇として描き出される。同じように、漱石もまた、『こころ』や『道草』や『明暗』といった作品で、これを描き出したのだが、それはゲーテよりもさらに深い虚栄と我執の劇といっていいものなのである。そこでは、人間の自己中心性が、どのような悲劇をもたらすかという問いが脈打っている。そこにこそ、漱石のモティーフが生き続けてきたことが読み取れるのである。

ゴルギアス・テーゼの超克

それでは、『欲望論』において、この漱石の認識に当たるのはどういうことかと問うてみよう。哲学者としての竹田は、漱石のようなある種ニヒリズムに類する感慨を述べることはないのだが、哲学的にこのようなニヒリズムに当たるものを、以下のようなギリシア哲学のゴルギアスが提示したゴルギアス・テーゼといわれるものに見出すのである。

(1) どんな存在も、存在の正しい認識も、その認識の表現もあり得ない。
(2) どんな存在も、その存在自体仮構されたもの、捏造されたもの、仮象のものにすぎない。したがって、どんな社会、制度、権威も自らの正しさを証明できない。
(3) あらゆる社会、制度、権威は、それがそうあらねばならない理由をもっておらず、ただ現在、力を持つものによって正当化されているにすぎない。

このゴルギアス・テーゼは、一般的には、この世界に存在するものには、どのような根拠もなく、真理や真理についての認識も、すべて捏造されたものにすぎないという相対主義を極端に突き詰めたものとされている。実際、竹田は、ポスト・モダンの唱える相対主義が、これを受け継いだものにほかならないということともに、相対主義を最後まで突き詰めていけば、ここでいわれるように「力」による正当化というところへ行きつくほかはないということを明らかにしている。現代のポスト・モダン思想は、このような極端な相対化を行う手前で、結局はイロニー的態度をとるにいたるというのである。

だが、ゴルギアス・テーゼが世界の無根拠性を主張するのは、どのような理由も根拠も、いったん「根源現象」が起こるならば、すべて無に帰してしまうということを認識しているからなのだ。それは同時に、人間を自己中心性のなすがままにさせるものには、どうしてもあらがうことができないという思いからであるともいえる。自己中心性というものは、それをどのように調整し、乗り越えていくかというモティーフをなくしてしまえば、結局はすべてが、「力」によって正当化されるという考えに行きつかざるをえないのである。それは、政治の世界でいわれるパワー・ポリティックスについても同様なので、それを唱える政治思想が結局のところ、ゴルギアス・テーゼを受け継いでいることはまちがいないのである。

したがって、自己中心性をどのように乗り越えるかというモティーフにとって重要なのは、このゴルギアス・テーゼをどう乗り越えるかという問題にほかならないということになる。竹田の『欲望論』が目指しているものも、これいがいではない。「欲望の現象学」において、自己中心性をどう乗り越えるかと問題を立てた竹田は、『欲望論』においてゴルギアス・テーゼに象徴されるような極端な相対主義をどう乗り越えるかといった具合に問題を立て直したといってもいいのだ。

それを竹田は、ニーチェとフッサールからひきだした欲望相関性、エロス相関性、生成する欲望といった考えを示すことによって行おうとする。その過程において、先に問題にしたハイデガーについて独自の批判を行っていくのである。たとえば、ハイデガーは、ゴルギアス・テーゼが明らかにした世界の無根拠性について、以下のように述べている。

「ライプニッツは根拠の命題を〈大原理〉つまり大きな勢力をもった原理と名付けている」。「すなわち〈如何なるものも根拠無しに有るのではなく、もしくは如何なる結果も原因無しに有るのではない〉と」。「〈つまりライプニッツと思惟しつつ対話をなすということ〉は、根拠の命題の充分なる攻究が吾々の意のままになし得るようになっていない限りは、吾々に阻止されている。ライプニッツとの最初の而も形而上学的なる対話を導き入れたのはシェリングであり、その対話はニイチェの権力意志についての教説の内にまで延び入っている」。

（『根拠律』辻村公一、ハルトムート・ブフナー訳）

ここでハイデガーがいおうとしているのは、ライプニッツのいう「如何なるものも根拠無しに有るのではなく、もしくは如何なる結果も原因無しに有るのではない」という「大原理」を字義通り受け取ったのでは、形而上学的対話をおこなうことはできないということである。というのも、ライプニッツこそ、デカルトが方法的懐疑によって導き出した客観世界には、何の根拠もないということに最初に気がついた者であり、その直観を言葉にするならば、「根拠無しには何ものもない」

という命題自体は「根拠無しに有る」ということになるからである。

そのようなライプニッツとの形而上学的対話は、シェリングからはじめてニーチェの「力への意志」にいたるまでなされてきたのだが、いまだに決着がついていないとハイデガーはいう。そのことは、誰もが根源には何もないかもしれないということに気がつきながら、そのことへの本質直観こそが未曾有の力をもたらす、といったぐあいには考えなかったことからも明らかなのだ、と。

実際、ハイデガーは、この世界に存在するものにはすべて何の根拠もなく、私たちの実存とは、理由なく世界に投げ出されているということにほかならないと考え、それを、「被投性」という言葉であらわした。そういう無根拠な存在でありながら、この世界に存在するかぎり、同じように世界に存在するものに対して、関心、配慮、気遣いといったものをもたざるをえないとして、そこに「共存在」というありかたを見出したのである。その上で、このような存在様態は、現実的には、頽落といっていい存在様態によって覆い隠されているとし、それを乗り越えるためには、先駆的死の覚悟性を身に受けなければならないと考え、そのためには良心の呼び声に耳を傾ける必要があると考えた。

こういうハイデガーの存在哲学に対して、竹田は、二つの点で批判の矢を向ける。一点は、確かにハイデガーは世界の無根拠性から考えを進めているように見えるのだが、最終的には「存在」ということを絶対的な根拠として持ち出してきたということである。つまり、ハイデガーのいう良心の呼び声とは「存在」の呼び声といってもいいものなので、その超越性にこそ、あのゴルギアス・テーゼを克服する根拠を見出している。そう考えるならば、これが二点目であるが、ハイデガーのいう「共存在」とは他者の他者性に出会うことなく形づくられたものにほかならない。つまり、ハイデガーは、ゴルギアス・テーゼが根底において問題にしている人間の自己中心性ということを不問に付したまま、「存在」という絶対的超越性を持ち出してきたとしかいえない。

頽落についても、空談・曖昧・好奇心といった言葉で定義されているものの、内実は、自己中心性にとらわれた者たちの存在様態にほかならない。そこから本来性を回復するためには、そのことに触れることのないまま、非本来的なありかたとして、先駆的死の覚悟性を身に受けなければならないと考える。さらに、竹田の批判は、ハイデガーのニーチェ批判にまで及ぶ。ハイデガーは世界の無根拠性の問題については、ニーチェの「力への意志」にいたっても決着がついていないというが、この問題に決着をつけた哲学者こそニーチェにほかならない。

つまり、ニーチェこそが、ニヒリズムとルサンチマンという言葉によって、人間の自己中心性を根底からとらえた哲学者といっていいのである。それを乗り越えるためにニーチェは、「存在」や「真理」や「善」や「美」といったものをあらかじめ持ち出してくるのではなく、たがいの欲望が、自己中心的なそれとして発露されたとしても、それを生成する欲望へと更新していくことが重要であり、そのためには何をすればよいのかと考えた。「力への意志」とは、正しさを仮装する力などではなく、たがいの欲望を認め合うことによって、力そのものが生成するものとして見いだされることをいうのである。

生成する力と生成する欲望

竹田のいおうとしているのは、無根拠性に対するどのような乗り越えも、ある絶対的なものからの要請として行われるかぎり、それは、決して解決をもたらさないということなのである。人間の自己中心性というのは、人間を超えた場所から不意に現れてくるものであったとしても、それを超越的で絶対的なものによって抑制することでは、何の解決にもならない。これまでの哲学は、そこに人間の倫理を見出してきたのだが、ニーチェだけが、そういう倫理を徹底的に解体することによって、生成する力、生成する欲望をこれに代置した。そう考えるならば、「存在」の呼び声に、倫理的な要請を見出したハイデガーには、ニーチェを批判する理由はないといえる。

こういう竹田のハイデガー批判は、『欲望論』第1巻、第2巻の随所で展開されているのだが、それは、リオタールから初めてデリダにいたるハイデガー批判に比べても遜色のないものである。むしろ、彼らのハイデガー批判が、どちらかというとフライブルク大学の学長就任というかたちで、ナチス政権へ協力したハイデガーへの批判を中心になされているのに対し、竹田のそれが、そういう外的な要因に一切触れることなく、哲学そのものの問題として行われている点で、出色のものということができる。

ハイデガーにかぎらず、竹田の批判は、カントやフーコーにまで及んでいる。私などは、カントの物自体や最高善という理念は批判されるべきかもしれないが、「非社交的社交性」や「徳福の不一致」という言葉で示された思考については、人間の自己中心性を問題にした重要な思念に思われるのだが、竹田からするならば、そういう思念も、結局は最高善という絶対的超越性を設定することによって救抜した点では、批判されるべき余地があるということになる。

これはフーコーについてもいえることで、『言葉と物』『狂気の歴史』『監獄の誕生』によって行われた近代批判には、むしろ竹田の試みに先行するような徹底性が認められると思われるのだが、竹田からするならば、そのことはとりあえず問題ではなく、フーコーのなかに仕舞われている超越的な「構造」に対する信憑が、問題とされなければならないということになる。

「生命、労働、言語《ランガージュ》」という触知しがたい存在の張り出しに覆われて「人間の消滅」する場所を問題とした『言葉と物』のフーコーは、ハイデガーとは別の仕方で絶対的超越性を前提としているとされる。それは、『監獄の誕生』において問題とされた塔の一番上から、監視人が囚人たちを監視しているという「一望監視方式《パノプティコン》」についても同様といってよく、功利的に権力行使をおこなうならば、個々の人間は、自己規律を身に着け、世界の構成にあずかっていくとされる近代特有の世界理念もまた、そういう超越性への視線から免れていないとされるのである。

それほどまでに、竹田のいう欲望相関性、エロス相関性、生成する欲望には、人間的自由への感度が生かされているということなのである。人間の自己中心性を乗り越えるために、いかなる超越性や絶対性にも依拠することなく、むしろ自己中心性の根底にある欲望やエロスをたがいに認め合うことによって、そこから生成していくものに価値をおいていくこと。そのためには、フッサールのいうように、自己中心性そのものであるような憎しみや嫉妬や怨恨によって、たがいに傷つけあうようなことが起こりえないとはかぎらないのだが、それにもかかわらず、どのような超越性も絶対性も解体しながら生成してゆく力によって、その憎しみや嫉妬や怨恨を乗り越えようと考えたニーチェの轍を踏んでゆくこと。それが、竹田哲学の精髄ということができる。

人間のメンバーシップとドストエフスキーへの展望

このような竹田哲学は、最終的に「人間のメンバーシップ」ということを唱える。それは、アレントの提唱した「公共のテーブル」ということに依りながら、どのような人間であっても、欲望相関、エロス相関のもとに承認しあうことによって、このテーブルはかたちづくられるとされる。では、徹底して自己中心的な人物が現れても、彼を「人間のメンバーシップ」とみなし、このテーブルのもとに迎え入れるのかと問うてみよう。すでにフッサールから、たとえ「意思疎通のできない諸人格」であっても、共同主観性が成立するということを受け取っている竹田にとって、そのことは自明であるともいえる。

これについての竹田の展望は、フッサールよりもはるかに明確である。「意思疎通のできない諸人格」が現れるのは、竹田の論理のなかでは芸術作品の価値をめぐる争いの中においてである。このことについて、『欲望論』においては、より精細に論じられているのだが、そのエッセンスは前著の『人間の未来』でも以下のように述べられている。

「一般に「表現＝作品」は、作者の〝個体性〟の本質が外化された（現実的な形をとった）ものと見なされるから、優れた「表現＝作品」を作り出した者は、優れた人間として評価される。それが「表現」の世界における一般的信憑である。しかしこの世界に踏み入ったものは誰でも、きわめてしばしば、優れた作品の製作者がつねに優れた人間とはかぎらず、また優れた人間性、心意、意図が必ずしも優れた作品を生み出すとはかぎらない、ということを経験する」。「この経験は、人に作品と創作の行為（その人間）とのあいだの本質的な「偶然性」を意識させる。作品のよしあしを決定するのは、じつは人間の内的価値ではなく、さまざまな不定要素（天賦の才、時勢、運、その他）ではないか、という偶然性の感覚は、文化や芸術の世界といえども結局はこの世の「サクセスゲーム」の一つにすぎない、という不信を絶えず生じさせる。これをヘーゲルは、「表現＝作品」の、あるいは、「事そのもの」の「消失」と呼ぶのだが、わたしはこれを、表現価値の普遍性に対する不信および懐疑、と呼んでおきたい」。

ここでいわれる「表現価値の普遍性に対する不信および懐疑」こそが、フッサールのいう「意思疎通のできない諸人格」の心を占めるものということができる。彼らは、芸術作品にかぎらず、この世界が「さまざまな不定要素（天賦の才、時勢、運、その他）」で成り立っていることに我慢がならない。なぜなら、彼らは、常日頃から、そういう要素に自分は巡り合うことができなかった、なぜ自分だけがそういう要素から見放されているのかと強く感じている者たちであるからだ。

カントならば、「徳福の不一致」という理念によって、この世界では有徳な者が必ずしも幸福になるとは限らないと述べたうえで、「非社交的社交性」「未成年状態」という理念を持ち出し、そのことに強い不満を持ち、この世界の秩序に不信や懐疑を抱き続ける者に対しても「他人を手段として考えるのではなく、目的として考えよ」とか「あなたのもっている行動原理が、いつでも、万人が普遍的と考える原理に妥当するようせよ」と述べるだろう。だが、カントの定言命法は彼らにとっては馬の耳に念仏なのである。

これに対して、ヘーゲルならば、そういう不信の徒に対して「行動する良心」という理念をあたえる。なぜ彼らが「行動」や「良心」の名で呼ばれるのか、むしろカントのいう「非社交性」や「未成年状態」の方が実態を言い当てているといえるのではないか。だが、ヘーゲルからするならば、彼らは、正義を盾にして自分たちに絶えず批判の矢を向ける「批評する良心」に比べ、ある一点において先を行っているからだ。

なぜかといえば、彼らは、カントのような定言命法に耳を貸すことがなかったとしても、あることをきっかけに、おのれが不信の徒であり、懐疑主義者であるゆえんは、天賦の才、時勢、運、その他を授かった者に対するゆるしがたさからのがれることができないからに違いないということに気がつくからだ。そのことによって、まず第一にこちらに批判の矢を向けてくる「批評する良心」に対して、ゆるしをえようと立ち上がり「行動」を起こす。そういう彼らの「行動」を目の当たりにした「批評する良心」は、「良心」の名に値するのは彼らであって、自分たちこそ「良心」を装いながら、彼らをどうしてもゆるしがたかったのではないかということに気がつく。ヘーゲルによれば、そのことによって、「行動する良心」と「批評する良心」はたがいにたがいを超えたところから承認しあうことを行う。

しかし、竹田のいう「人間のメンバーシップ」とは、カントよりもヘーゲルよりも危機的な事態を見据えたうえで提起されているのである。つまり、彼ら不信の徒であり、懐疑主義者である者たちとは、度を越した自己中心性にとらわれた者たちなのだ。そういう存在にとって、カント的な定言命法はおろかヘーゲル的な良心と相互承認も、焼け石に水であることはまちがいない。なぜなら、「あらゆる相対主義の議論は、あのゴルギアスの三つの帰謬法のテーゼ、存在はありえない、正しい認識はありえない、正しい再現はありえない、にその源泉をもつ」（『欲望論』第2巻　第90節　芸術の普遍性　2）からである。そのうえで、あらためてアレントの以下のような言葉を引用することによって、それを乗り越えることの困難と、それにもかかわらざる可能性とを示すのである。

> 人間の差異性《ディスティンクトネス》は他者性《アザネス》と同じものではない。他者性《アザネス》とは、存在する一切のものがもっている他性《アルテリタス》という奇妙な質のことである。
>
> （『人間の条件』）

「人間のメンバーシップ」は、ここでいわれる「人間的差異性《ディスティンクトネス》の多様性の表現」としてなしとげられなければならない、というのが竹田の最終的に言わんとすることなのだ。フッサールのいうように「意思の通じ合う環境世界にも、意思疎通のできない諸人格が属している」ことは間違いないのであり、にもかかわらず、それを特別な人格とみなすのではなく、「存在する一切のものがもっている他性《アルテリタス》という奇妙な質」の一端とみなすことによって、そこから「相関」や「生成」を立ち上げていくこと、そこに「人間的差異性《ディスティンクトネス》の多様性の表現」としての「メンバーシップ」が実現されていくと竹田は、言っているように見える。

人間の自己中心性についての考察は、こうして「存在する一切のものがもっている他性《アルテリタス》という奇妙な質」についての考察へと向けられていくのだが、それは、『欲望論』第1巻、第2巻を越えて、未刊の第3巻において根本的に展開されていくのではないかと思わせるところがある。そしてそのことは、竹田をして哲学の範疇にとどまらせず、文学の領域へと足を踏み込ませずにいないのではないか。

　政治哲学者であるアレントが、このことを展開するために、ドストエフスキーの『カラマーゾフの兄弟』においてイワンがアリョーシャに語る「大審問官の物語」を引き合いに出しながら、ただ一人の人間の特殊な不幸への共苦《コンパッション》と大多数の民衆の苦悩への憐憫《ピティ》について論じたように。あるいは、ゴルギアス・テーゼを地で行くような「地下生活者の手記」の主人公が、彼に唯一、共苦《コンパッション》をもって対したリーザに向かって、「一杯のお茶のためには世界が滅んでもいい」と嘯くとき、そういうニヒリズムを身に浴びたリーザがどのような傷を受けるのかについて加藤典洋や私が論じたように、竹田は、あらためて竹田独自の欲望相関論、エロス相関論によってそれを展開するのではないかと思われるのである。

「神は死んだ」と宣言することによって、どのような超越性にも絶対性にも依拠しない「生成する力」を編み出そうとしたニーチェの哲学を継承する竹田にとって、「神が存在しなければすべてがゆるされる」という思想を宣言したイワン・カラマーゾフが、その思想にもとづいて父親殺しを実践するスメルジャコフの徹底した自己中心性におびえ、精神に破綻をきたしていくすがたを描いたドストエフスキーを哲学的に論ずることは、必要不可欠なことなのである。

推進力としての不安と怖れ
――大澤真幸『〈世界史〉の哲学』の意義

文学的感度を秘めた社会学的展開

文芸批評の社会学的な展開というものを、常々、苦々しい思いでみてきた。信頼する文芸評論家が、みずからの文学的資質を社会学的な思考のなかに埋没させることによって、新たな展開を進めているような現象を目にするにつけ、ここにあるのは明らかな後退ではないかと思われてならなかった。

もちろん、私のなかに社会学に対する偏見が巣食っていることを否定するつもりはない。だが、これまで私は、見田宗介をはじめ、優れた社会学者の仕事については、十分、敬意を払ってきたつもりだ。むしろ、彼らの学問が生きた思想として現れているのは、その核心に、文学への感度を秘めているからではないかと思ってきた。

大澤真幸の仕事にも、そういう面があることはまちがいない。そこで社会学は、文学的感度を懐深く抱え込むことによって、社会学プロパーでは展開できないものを実現してきた。

一方、文芸批評の哲学的な展開を進め、結果として文芸批評から離陸したかのような竹田青嗣の哲学を別の意味で、私は高く評価してきた。たとえ文芸批評からいったん離陸したとはいえ、竹田の哲学は、これを決して蔑《ないがしろ》にしていないからである。そのことを思うにつけ、二〇〇四年九月号の「群像」誌上でおこなわれた「新しい『自由』の条件」と題する竹田と大澤の対談ほど、不幸な対談はないのではないかと思ってきた。

その対談では、文芸批評に長く携わってきた哲学者の竹田よりも、社会学者の大澤の方が、文学についても感度が生き生きとしているように感じられた。なぜなのかと長い間考えてきたのだが、要するに、竹田の哲学が根底に置いた超越性への批判が、大澤のキーワードである「第三者の審級」に対して拒絶反応を示していたからなのだ。それが、どこかアレルギー症状のような観を呈していなかったとはいえない。

だがこの拒絶反応は『欲望論』第1巻第2巻を上梓したいま、これ以上ないまでの実質をあたえられている。文学的な感度とはいわないまでも、批判に血が通っているのである。このような竹田の超越性批判の前で、大澤の「第三者の審級」についての思考は、よりどころをなくしてしまうだろうか。

いや、大澤は大澤で『〈世界史〉の哲学』を書き進めることによって、それを竹田の哲学に対位できるものとして鍛え上げている。すでに「古代篇」「中世篇」「東洋篇」「イスラーム篇」「近世篇」が上梓され、「近代篇」が書き継がれている現在、そのことは現実のものとしてあらわれているといえる。

では、『〈世界史〉の哲学』の意義とは、実際にどういうものであるのか。

戦前の軍国主義の時代に、京都学派といわれた西田幾多郎門下の哲学者たちが、「世界史的立場と日本」という座談会で、西洋中心の進歩主義的な歴史観に対して、東洋的な無に依拠する哲学を唱えた。やがてそれは、西洋の哲学をのりこえて世界的に受け入れられていくだろうと語り合った。その中の一人である、高山岩男は『世界史の哲学』という著書を公刊して、それを広く明らかにしていった。

しかし、このような哲学は、結局、大東亜共栄圏のスローガンに呑み込まれ、天皇制ファシズムのイデオロギーとなっていった。

大澤の『〈世界史〉の哲学』では、これとまったく逆のことがおこなわれている。京都学派のように東洋によって西洋を乗り越えるのではなく、なぜ西洋的なものが、普遍性をもつことになり、地球規模に広がってきたかということを考えなければならないというのだ。たとえば民主主義という政治制度、資本主義という経済システムが、その一環であることはすぐにわかる。西洋諸国が、これに則って発展を遂げてきたことを否定することができない。と同時に、これらの制度やシステムにも、様々な問題があることが分かってきた。

しかし、このような西洋から発する制度やシステムを乗り越えるために、それを廃棄し、たとえば、イスラム的なものに根拠を求めていくならば、戦前の京都学派の二の舞を演じることになってしまう。イスラム原理主義やＩＳなどが行っていることは、まさにこれなのだ。

そこで『〈世界史〉の哲学』では西洋のエートスを象徴するキリスト教がどのような宗教である

のかという考察からはじめて、それが歴史とともにどのように西洋の歴史にかかわってきたかを明らかにするということをおこなうのである。イエス・キリストの十字架上の死とはどういうことなのかという考察を、くりかえし進めることによって、それが西洋だけでなく、私たちにもかかわる普遍的な問題であることを明らかにしていく。

以上のことを、私自身のモティーフに引き寄せながら、少し精細にたどってみることにする。

普遍性をめぐる問題

歴史的にも地理的にも特殊で特異なものが、むしろ普遍性を獲得するということがある。もちろん、文学・芸術作品では時代を隔て、空間を隔てたものが普遍的に受け入れられることはごく普通に起こっている。だが、ある特異で特殊な事象がどのようにして普遍性をうるかという問題は、まさに普遍的に考えられなければならない問題といえる。

そういう事象を象徴するものとして、資本主義とキリスト教を挙げることができる。ただし、文学芸術作品と異なって、この問題は、資本主義とキリスト教が、西洋という特殊性のなかからあらわれながら、普遍性を手にしていったのはなぜなのかという問題として考察されなければならない。

資本主義が、キリスト教の中でもプロテスタントのエートスによって発展していったということは、マックス・ウェバーの研究によって明らかにされている。節約と勤勉を旨として、商品を生産し、売ることによって神の召命に答えることが、一方で、商品の再生産を促し、利潤をあげていくことにつながり、資本主義の発展をうながしていった。

では、節約と勤勉というプロテスタントのエートスとは、実際にはどういうものなのか。たとえばマルクスは、資本の原理は守銭奴＝貨幣蓄蔵者にあると述べた。この守銭奴は、たんに貨幣を物神化して崇拝しているだけではなく、「多く売って少なく買う」ということをくりかえし行うことによって、資本（貨幣）を無限に増殖させていく者である。彼らがそうせずにいられないのは、欲望が欲望を産み、過剰な欲望に取りつかれていくからであると一般的にはいうことができる。

しかし、プロテスタントのそれに照らし合わせていうならば、むしろ、彼ら資本家たちが資本（貨幣）を無限に増殖させずにはいられないのは、そうしないと不安でならないからである。なぜ、彼らはそのような不安と怖れを隠しもち、それに駆り立てられるのか。彼らはマルクスのいうような貨幣を物神化する者である前に、禁欲を貫き通すことによって、神との直結性を求めずにいられない者だからである。

このような神との直結性が明かすのは、神の子イエスを信じ、神の召命にこたえようとすればするほど、これではまだ足りない、もっと信仰を厚く持たなければならない、さらに神の言葉にこたえることができなければならないという心理である。それは、プロテスタントにおいて徹底した内面の孤独化として現れたのだが、もともとプロテスタントにかぎらないキリスト教を信ずる者に特有の心理なのである。

いったい、そういう心理は、どこからやってくるのだろうか。イエスの十字架上の死というものが、信仰を否定するもの（なぜ神は自分を見棄てたのか）であるとともに、神自身が、子であるイエスを救うことのできない存在にほかならない、というパラドクスからといえる。

このパラドクスこそが、イスラエルの地に生まれた特殊な宗教であるキリスト教を普遍的なものにまでいたらしめた。それが、人間のなかにある信じることの無限性を照らし出して見せたからだ。

たとえば、仏教は人間のなかにある欲望の無限性を照らし出した。しかしこの欲望は釈迦のおこなった悟りの境地にかぎりなく近づくことによって、抑えることができるものとされた。これに対して、キリスト教においては、欲望も信仰も無限に増殖していくものであり、その無限性に目覚めるということこそ、普遍的なものへとつながっていく根拠なのである。

一人の人間の特殊な不幸に対する共苦

このような根拠は、イエスの十字架上の死について、これをみずからの問題として引き受けたのが、ユダヤではなくローマだったという事実からも引き出される。パウロによって、イエスは、すべての人間の罪を贖うために刑死したとされたのだが、その教えは、イエスの復活と相まって、みずからのうちの救われがたさに躓く多くのローマ人たちに受け入れられ、ローマ帝国のエートスにまでたかめられた。

つまり、迷える一匹の羊さえも救いにあずかるというイエスの教えは、おのれの罪深さに気づく者はすべて救われる、なぜならば、そのためにこそイエスは十字架上の死を受け入れ、神の子として復活したのであるからというパウロの教説によって、ローマへと浸透していった。だが一方において、イエス本来の教えを継いでいく者たちによって、そのようなイエスとは、神から見棄てられるほど脆弱な存在であり、あらためてその弱さの由来をつたえるために復活したとされた。そのことによって、ローマをも越えた普遍性の第一歩が刻まれることとなった。

そこで、イエスの教えは、まったく特殊な、現実的にはありえないことをおこなうということで示される。「あなたの隣人を愛しなさい」「右の頬を打たれたら左の頬も差し出しなさい」「人はパンだけで生きるのではなく、神の口から出る一つ一つの言葉によって生きる」というぐあいに。

ここで隣人とはあなたと共存することのできない人間、あなたと敵対するような人間のことであり、そういう人間をも愛することでしか、弱さを克服することはできない。また、右の頬を打たれたら、同じ右の頬を打って返すべきであり、目には目を歯には歯をという互酬の論理こそ尊ばれなければならないのに、なぜあえて、それを受け入れず、右の頬を打たれたら左の頬も差し出したのか。イエスは、相手を攻撃せずにはいられない人間のなかに、みずからの弱さを認めたくない心理がかくされていることに気づくことによって、父である神にさえ見棄てられるという特殊な不幸を刻印された自分にとって、その弱さを認めるためには、攻撃しないということ、あえて相手の攻撃に身をさらすということを実践するいがいないとかんがえたからだ。

そういうイエスを信じるということが、普遍的な信へといたることである。ドストエフスキーは『カラマーゾフの兄弟』において、イワンがアリョーシャに語る大審問官の物語を以下のように進めた。大審問官は獄舎に閉じ込めたイエスらしき人物に対して、「民衆は、ルサンチマンとエゴイズムの塊であって、そういうイエスを信じる心などひとかけらもない、あるのは、自分たちを憐れみ、日々のパンをあたえてくれる者にひれ伏し、魂をその者に売る算段だけだ」というのだが、イエスらしき人物は、そういう大審問官の口説をじっと黙って聞いた末に、彼に反論するどころか、彼の唇に接吻する。

この場面から、大審問官のなかにあるのは、大多数の民衆の苦悩への憐憫《ピティ》だが、イエスのなかにあるのは一人の人間の特殊な不幸に対する共苦《コンパッション》であると述べたのは、ハンナ・アレントである(『革命について』)。キリスト教が普遍宗教であるゆえんは、アレントのいう「一人の人間の特殊な不幸に対する共苦《コンパッション》」を手放さないからだ。それは、神の子イエスの弱さとパラドクスの特殊性のうちにあるともいえる。

これに対して、大審問官が象徴するのは、キリスト教ではなく、教会権力といっていいもので、「大多数の民衆の苦悩への憐憫《ピティ》」がいかに深いかによって、権力の度合いが定められる。ニーチェのキリスト教批判の要諦はここにある。

キリスト教が普遍性をもった原因のもうひとつは、子であるイエスを救うことができないほど弱い神が、同時に、信仰が厚ければ厚いほど、その信仰に試練を与える神として現れるということである。そのことは、「なぜ自分を見棄てたのか」というイエスの言葉を試練に遭う者の言葉として受け取る時、明らかにされる。

試練を受ける者のよるべなさと深い絶望

そのようなイエスの原型ともいうべき存在として、ヨブがあげられる。フロイトによれば、モーセはシナイ山で十の戒めをエジプトから脱出したユダヤ人たちに与えたのだが、ユダヤ人たちは、それを受け入れることができずモーセを殺害した。そして、彼らユダヤ人たちは、同じようにイエスの教えを受け入れることができず、イエスを十字架上へとうながし、殺害へといたらしめた。

このように、イエスとはモーセの反復像であるというのがフロイト説だが、同じように、信仰厚い義人であるヨブが神の試練に会い、危うく信仰を棄てそうになりながら、最終的には、神の知と力に服するというヨブの物語は、イエスの試練を予告するものである。イエスが、特殊な存在として試練に会えば会うほど、神の抽象的な存在性とその力はいや増すというありかたにおいてこそ、キリスト教の抽象性と普遍性が、明らかになるからだ。

この時ヨブの前に神の知と力の象徴としてあらわれるリヴァイアサンとは、ホッブズによれば、人間どうしの闘争を収める国家をあらわすものだが、それ以前に、神は海獣＝リヴァイアサンのすがたを取らなければ、ヨブに試練を与える者としての存在性を示すことができないほど脆弱な存在であるという視点を蔑《ないがし》ろにしてはならない。神の抽象的な存在性とその力は、そのような弱さと表裏をなすものにほかならない。したがって、キリスト教の抽象性と普遍性とは、試練を受ける者のよるべなさと試練を与える者の無根拠性に裏打ちされたものとしてあるといえるのだ。また、イエスの特殊性は、ギリシア哲学のキュコス派・ディオゲネスにも通じている。イエスの刑死とソクラテスの服毒死との間に共通するものがあるといわれているが、ソクラテスには、イエスの弱さを象徴するようなものはみとめられない、むしろ、樽の中に住んだといわれるディオゲネスのもつ貧窮、放浪、世の常識にとらわれない生き方、権威への不服従などは、イエスの持つ特殊性、弱さに、そしてその貴種性につながる。

そのディオゲネスが、大勢の家来を引き連れて棲家である樽を訪問したアレクサンダー大王を前に「あなたにそこに立たれると日陰になるからどいてください」といったという挿話がつたえられている。そこには、おのれの弱さを見つめるイエスのすがたには似つかわしくない、倨傲や矜持がみとめられる。だが、カフカによれば、このようなディオゲネスをとらえていたのは、矜持であるよりも、いかなる矜持をも抱くことのできない深い絶望であり、彼が太陽の光を望んだのは、輝く明るさのなかに身をおこうとしたのではなく、人を狂気にするおそろしいギリシアの太陽の前に身をさらし続けなければならないと思ったからである（『ミレナへの手紙』）。

そうであるならば、このようなイエスとは、アガンベンのいうホモ・サケルではないかとさえいえる。その剝き出しの生――生そのものとしてのゾーエーであるような存在、ローマ法の規定の外にあって、その人物を殺してもいかなる罪にも問われない存在、その人物を宗教的な儀礼に加えることが禁止された存在、いわば法と宗教のどちらからも締め出された「犬の生」を負わされた存在こそが、イエスの特殊性に重ねられる。

罪人たちと交わり、取税人とさげすまれた者たちのなかにあって、娼婦や異邦人のなかに神の光を認めたイエス、しまいには、墓場に住む悪霊たちをレギオンと呼んで、「底知れぬところ」へと堕することを避けさせたイエスとは、彼らの特殊性こそが普遍的な意味にあずかることを明らかにした者にほかならない。

ロゴスとしての神、超越する力としての神とキリスト教のエートス

こうしてイエスの特殊性は、パラドキシカルな転回を経ることによって普遍性へと向かっていったのだが、近代にいたって、この特殊性と普遍性のパラドクスは、一般性へと回収されていかなかったとはいいきれない。それは、西洋近代が確立したロゴス中心主義的なエートスに最もよくあらわれている。理性・言語・法の優位性のもとに国民国家や社会制度の根底をかたちづくってきたロゴス中心主義的なエートスは、科学システムと経済機構を次々と発展へとうながし、多くの人々に富と豊かさをもたらすかに見えた。

しかし、結果は、世界の分断と分断された者どうしの葛藤だった。それは、様々な要因をつくりだすことによって二度の世界戦争を引き起こすことになった。ある意味において、このロゴス中心主義的なエートスこそ、キリスト教においてもっともあらわに示されたものといえる。理性・言語・法は、個々人に帰せられるよりも神の知と力に帰せられるものであるからだ。

たとえば、西洋近代を律するのは等価交換の原理なのだが、この等価交換を推し進めるものこそ絶対的な価値形態としての貨幣であり、言語活動であり、さらには法である。重要なのは、それらすべてが神に由来するような力を内包するものであるということにほかならない。それなくしては、等価交換はおこなわれなかったのである。

それだけではない。西洋近代が最もその恩恵にあずかった科学の発展もまた、均質な物質をさらに微細な単位にまで還元することによって進められた。そこに、絶対的な神の眼といったものが与かっているのはいうまでもない。

さらには西洋近代において、歴史とは、過去から未来に向かっていく時間の流れと解されてきた。西洋近代ほど、歴史が「発展するものの軌跡」とみなされたところはなかった。だが、そのことは、歴史が知と力を象徴するような超越的存在によって、絶えざる発展へとうながされているということでもある。

ベンヤミンの「歴史の天使」とは、そういう超越的存在が瓦解した後、歴史はどのようなすがたで現れるかという問題への回答といえる。山のように積み上げられた瓦礫を拾い集めようとする天使とは、もはや神は存在しないということを知ったうえで、神の不在ののちに集められた死者たちに、どのような意味を与えることができるかを思案しているものなのである。

そこに楽園の方から強い風が吹いてきて、天使は翼を巻き上げられ、抗しがたく後ろ向きに飛ばされていく。超越的なものをすべて失った果てに、もう一度未来に向かって歴史を進ませるとするならば、過去に向かいながら未来を目指すという、いわば後ろ向きの滑空に身を託すほかはない。ベンヤミンにとって近代を克服するとは、このような歴史の天使の不可坑の滑空に身を託すことなのである。

こうしてみれば、超越神のもとで、等価交換を進め、富と豊かさの到来をもたらし、その富と豊かさの配分をきっかけとして分断と葛藤へと陥り、挙句は、世界戦争へと向かっていったその趨勢に、西洋のエートスともいうべきキリスト教があずかっていたことは火を見るよりも明らかである。にもかかわらず、イエスの特殊性から導かれた普遍的な宗教としてのキリスト教だけは、それに一切加担することはなかったといえないわけではない。もしそういえるとするならば、このようなキリスト教を救い上げる方法を提示しなければならない。

デカルトのコギトと神の存在証明の再検証

方法の一つは、キリスト教にとっての神とは、西洋近代を律したロゴスとしての神、超越する力としての神とは異なる、ということを明らかにすることである。そのためには、西洋近代の合理主義精神の生みの親ともいうべきデカルトのコギトと神の存在証明をあらためて検証してみなければならない。

一般にデカルトのコギトは、方法的懐疑によって打ち立てられたものとされている。実際、『狂気の歴史』のフーコーは、西洋近代が生み出したシステムが、デカルトのコギトに由来するものであり、神の存在証明によって超越神の位置に君臨することになったロゴスのもとに布置されたものにほかならないという批判を行っている。これに対してデリダは、デカルトの懐疑は、方法的なものではなく、自己の存在をも疑い、世界の成り立ちをも疑うような終わりのない幻惑をもたらすものであるという（「コギトと『狂気の歴史』」『エクリチュールと差異』）。

もしデリダのいうことが真実であるならば、コギトやロゴスは、絶えざる懐疑や幻惑にさらされたものであって、不安と怖れに駆り立てられて君臨せずにいられないものということになる。それは、神の子イエスの十字架上の死に象徴されるパラドクスに通じるものではないだろうか。西洋近代は合理的な体制を打ち立てるために均質なシステムを張りめぐらしてきたのではなく、そうせずにはいられない衝動に駆り立てられて、それを行ってきたのである。

これは、デカルトのコギトだけでなく、ルネッサンスの科学革命を推し進めたガリレオ・ガリレイや万有引力を宇宙に君臨する神の力の証明と考えたニュートンにも当てはめることができる。彼らは、宇宙における自己の存在を極めようとして天体観測や重力の解明を進めていった。だが、宇宙を広大なシステムとして認知すればするほど、そのなかに組み込まれた自己存在のあてどなさに気づいていった。それにもかかわらず、このような実験を進めずにはいられなかったのは、心の奥に隠された不安や怖れを鎮めずにいられなかったからといえる。

ハンナ・アレントは、近代科学の発展は、量子力学と宇宙物理学によってその頂点に達したとした上で、物質を極小の単位にまで分割しようとする試みは、原子力という巨大なエネルギーを生み出す結果をもたらし、また宇宙のかなたまで探索の手を延ばそうという試みは、最終的にアルキメデスの点にまでいたると考えた。だが、それは地球を動かすような梃子の支点であるどころか、まったき「無」であることが明らかにされたと述べている（「宇宙空間の成立と人間の身の丈」『過去と未来の間』）。

ここには、近代から現代にいたって加速度的に高度化していく科学革命に対する批判と承認とが語られている。量子力学が見い出した巨大なエネルギーも、宇宙物理学が到達したアルキメデスの点も、キリスト教的なエートスのなかで受け入れられなければならないということである。そして、そのキリスト教とは、世界のすべてに君臨する超越的なロゴスによって裏づけられたものではなく、世界のすべてに試練を与えるとともに、みずからも試練を受けることによって、怖れと不安をしずめようとする神への信から成るものなのである。

「第三者の審級」は、ポスト・モダンをどう超えるか

西洋近代が、ロゴス中心主義と大きな物語とで構成されてきたことを批判したのは、リオタールをはじめとするポスト・モダン論を唱える者たちである。彼らの基にあるのが、フーコーのデカルト批判であることはいうまでもない。しかし、デリダやアレントの視点によるならば、西洋近代が、コギトと神の存在証明によって得られた合理的で実証的な方法を駆使することによって、富と豊かさをもたらしたという見方は、必ずしも真実とはいえない。同時に、そのような合理的で実証的な方法が、国家理性をうちたてるとともに、そういう国家理性どうしの葛藤が世界戦争をもたらしたという見方も、字義通りに受け入れることはできない。

このように考えてみるならば、西洋近代を批判することによって、絶対的なもの、超越的なものをすべて瓦解させ、相対性と多様性と表層性へと向かおうとするポスト・モダン的思考に対し、西洋近代がはらんでいる問題は、そのような批判で終結するのではなく、むしろ、あらためてその根へとくぐっていくことによって、キリストの十字架上の死に象徴されるパラドクスに光を当てなければならないというのが、大澤真幸の『〈世界史〉の哲学』の立場であることがわかる。

そこで、超越的な神に代わって、「第三者の審級」というイデーが提示される。これが、パラドクスとしての神に当たるものであることはいうまでもない。しかしこの神を、不安や怖れにとらわれ信じずにいられない者に試練を与える存在とだけ取るのではなく、そういう者に贈与をもたらす存在であり、同時に、不安と怖れのなかから愛に目覚め、みずからのすべてを贈与せずにいられな

い思いに駆り立てられる存在ととる必要がある。

では、なぜそれを「第三者の審級」と呼ぶのか。贈与は基本的に二者の交換としての互酬関係において行われるという考えに対して、そこに第三者が介在するとき、これまでにない贈与があらわれるという考えから導かれているためだ。交換において生ずる与える義務、受け取る義務、返礼の義務が、互酬的な贈与をあらわしているとするならば、それは結局のところ等価交換へと成り変わっていく。

柄谷行人は、人類史の初期に行われた互酬交換に、資本主義的な等価交換を超えた新たな交換様式Xの原型を見出している（『世界史の構造』）。しかし、『〈世界史〉の哲学』においては、互酬交換は、「第三者の審級」の介在によって、愛の力ともいうべき無償の贈与をもたらすものへと変わっていく。そのことによってはじめて、柄谷のいう交換様式Xに値するものとなる。それは、モースのいうマナに通ずるように見えるものの、呪術的な力をいささかも含まない、いわばレヴィ＝ストロースのいう「象徴的思惟」に近いものとなるのである。

「象徴的思惟」と「第三者の審級」

この「象徴的思惟」について、レヴィ＝ストロースは次のようにいう。「交換は、与える義務に始まり、受け取る義務およびお返しの義務により、情緒的・神秘的な絆の助けをまって構成される複合的機構体系ではない。それは象徴的思惟にたいして、且つ又象徴的思惟によって直接に与えられる一つの綜合であって、これは他のすべてのコミュニケーション形態におけると同じく交換においても、事物を対話の要素として自己と他者との関係のもとに同時的に知覚し、かつまた本来的に自己から他者へ移転すべきものとして知覚するという交換に固有の矛盾を超克するのである」(「マルセル・モース論文集への序文」)。

レヴィ＝ストロースのいっているのは、以下のようなことだ。西洋近代において一般的な形態をとる「複合的機構体系」とは、この世界のすべての事物を等価交換の対象とすることによって成立するものである。事物や他者との対話といったコミュニケーションの形態がそこに残されているとしても、それはこのような等価交換のシステムの中でおこなわれるものにすぎない。そして、この矛盾を超克するのが、「象徴的思惟」にほかならないということである。

この「象徴的思惟」こそが、「第三者の審級」に当たるものなのである。

レヴィ＝ストロースのいう「象徴的思惟」には、互酬交換や「複合的機構体系」の矛盾をのりこえるはたらきが示唆されているだけのようにみえる。しかしそこには、「第三者の審級」が互酬交換を純粋贈与、無償贈与へ変成させていくありかたが二重写しになっている。なぜかというならば、「象徴的思惟」は「意味するものの過剰」とか「ゼロの象徴的価値」といった言葉で説明されているからだ。

「人間は、世界を理解するための努力のなかで、つねに余分の意味を処分している」のであり、「これを象徴的思惟の法則にしたがって事物のあいだに配分する」。このような過剰なものや余分なものの「処分」や「配分」には、なにものをも顧みずにすべてを贈与し尽くすことによってしか満たされない思いが関与している。それを、レヴィ＝ストロースは「ゼロの象徴的価値」といった。

「第三者の審級」は、そのような思いのなかから現れるものといえる。

なぜ「第三者の審級」は、なにものをも顧みずにすべてを贈与し尽くすような力をあらわすのか。そこには、どのような隣人をも愛さずにいられず、右の頰を打たれたら左の頰も差し出さずにいられないイエスの愛が映し出されているからだ。それは、罪人、取税人、娼婦、異邦人への無償の愛としてあらわれるものであり、最終的には墓場に住む悪霊たちであるレギオンに対する共苦《コンパッション》としてあらわれるものだからである。

『〈世界史〉の哲学　近世篇』の提起する問題

『〈世界史〉の哲学』に込められた大澤の思想を、私自身のモティーフに引き寄せて解釈してみれば、以上のようになる。では、最新刊の『〈世界史〉の哲学　近世篇』の提起する問題とはどういうことだろうか。以下、この問いを念頭にそれをたどっていこう。

先に述べたように、キリスト教がユダヤ教に対して普遍性を獲得していったのは、それがローマによって受け入れられ、ローマ帝国のエートスをかたちづくるものとなっていったからである。とりわけ、ローマ教会はたんに教会権力であるだけでなく包摂的な世界＝帝国であり、それのもつ中央集権化されたシステムと、資本主義がはらんでいる多元的なシステムとが相まって、西洋を歴史的にも地理的にももっとも普遍化された領域に化していった。

しかしこの普遍性がいつでも、イエス・キリストの特殊性によって裏打ちされているということを忘れてはならない。

たとえば、一六世紀の大航海時代、コロンブスをはじめとする探検家たちは、なぜ普遍的な世界を求めて、海洋へと向かったのか、そして、そのような欲求は、海洋術にはるかに優れていた中国ではなく、ヨーロッパに芽生えたのはなぜなのかと問うてみるならば、その一端が明らかになってくる。

彼ら探検家たちのなかには、聖地エルサレムに向かおうとする無意識の欲求がかくされていたのであり、放浪と巡礼とは、イエス・キリストの行動様式の原初にあるものなのである。それが一六世紀にいたって、未知なる海の向こうへと乗り出していく探検家たちのそれとして結実したのである。したがって、彼らのなかにある普遍的な世界への希求は、いつでも、放浪と巡礼をくりかえすイエスによって抱かれたそれと代置される。

このようなイエスの特殊性から引き出されるのは、キリスト教の核心とは、神が苦悩することにあるという考えである。イエスは死に、死を生き延びる（復活する）のだが、それは、神の威光を示すためではなく、みずからを救うことのできなかった神の子として、再帰するためである。そこではアリストテレス的な意味での知性と経験という二元論は成り立たない。イエスという契機が入ってきたとたんに、それらは同化してしまう。神の受肉とは、神がおのれの弱さを、子であるイエスにおいて経験していることをいうからである。

西洋世界が普遍性を獲得していく過程に、このキリスト教の核心といっていいものが関与していたことは、うたがうことができない。一六世紀の探検家たちだけでなく、一七世紀から一八世紀にかけて科学革命を推進していったガリレオ・ガリレイやニュートンのなかにも、このようなエートスは刻まれていた。
宗教改革を進めたルターやカルヴァンのなかに苦悩する神といった表徴が仕舞われていたことはいうまでもない。それは神との直結性が、神の威光をすべて消し去ることによってえられるというルターや、神の救済は人間には知らされていないというカルヴァンの思念のなかにあらわれている。そして神との直結性も神の救済も、永遠に延期されるというのが、この表徴のつたえる真意なのである。

王の身体の二重性とキリストの死と復活

一八世紀にいたって、絶対王政が築かれたのだが、実際には王とは、王権神授説によらなければ、自らの地位を確保できないほど脆弱な存在であった。そのことは、王が、政治的身体と自然的身体という二重の身体を持つという理念からもうかがわれる。

そもそも、このような理念は、イエス・キリストに由来するものなのだ。人間的な自然の身体と、神的な超越的身体を持つイエスは、ユダヤの王に擬せられるだけではない。二重の身体を持つ王にこそ擬せられるのである。王は国王として君臨したというよりも、むしろ議会や国民によって絶えず王の地位は危険にさらされていた。イエスが、神的な超越性にそぐわないような脆弱な存在としてあったという事実に、それは、通じている。

同じように、絵画において遠近法がなぜ西洋ルネッサンスにおいて確立されたのかという問いを立ててみるならば、ここにもイエスの二重性＝パラドックスが映し出されていることが分かる。絵画の中に現れているものは、現れを超えたものとの関係において現れる。その時、遠近法が成立する。それは、イエスが神の超越性を持ちながら、等身大の人間として現れるという二重性に由来する。

遠近法は、しかし、不変の技法として確立されたのではなく、王の身体が、絶えず危機にさらされているように、新たな技法へと変転していく可能性から自由ではなかった。事実それは、二〇世紀の初頭に生まれたキュビズムによって乗り越えられていくのである。

王の二重性にテーマを戻すならば、シェイクスピアの描く王たちが問題にされなければならない。彼らは、人間的な弱点や欠点に満ち、政治的身体の崇高性や超越性とはほど遠い存在である。だが、自然的身体の限界は、政治的身体にとって足かせになるどころか、むしろ必須の構成的条件となっている。だとするならば、シェイクスピアの描く王たちにこそ、絶対王政における王が持つ政治的身体の有限性が象徴されているのは当然といえる。

これが現実にあらわれたのが、王の死という事態においてである。実際、フランス革命においてルイ一六世は、ギロチン刑に処され、政治的身体と自然的身体をともに失っていった。

またフランス革命では、王のギロチン刑にならんで、英雄の不慮の死が問題となった。その一人として、ジャコバン党の過激共和派であったマーラーの死があげられる。マーラーは実際には、コルデーという若い女性によって殺害されたのだが、J＝L・ダヴィッドの描いた「マーラーの死」では、黒い背景の前面にマーラーの死体がおかれている。ダヴィッドは、浴槽から右手をだらりと垂らした死体の構図をカラヴァッジョの「キリストの埋葬」から得たといわれているが、この死体

J＝L・ダヴィッド「マーラーの死」（1793／左）とカラヴァッジョ「キリストの埋葬」（1603頃／右）

と黒い背景の向こうには、死から復活したキリストの像が表象されているといえる。

マーラーの死体と黒い背景は、二律背反的な意味をになわされている。黒い背景に視線を向けると、マーラーの死体を消去するほど黒のイメージが広がり、マーラーの死体に視線を向けると、背景の黒は視界から消え去るような錯覚におちいる。そこに現れているものは究極的な「無」である。だが、別の観点からすれば、このような虚無の向こうから何かが現れてくる。それこそが、復活したキリストという表象にほかならない。

これに当たるものが、革命後の国民国家のなかで、人民（peuple）あるいは国民（Nation）として現れてくるといえる。近代が真に新しい時代を画するものかどうかは、このような人民（peuple）や国民（Nation）がどこまで復活したキリストの表象に値するかで決まってくる。『〈世界史〉の哲学　近世篇』は、こうして「近代篇」へと受け継がれていく。そこでこの書を貫くテーマとして、あらためて以下のことを確認しておこうと思う。

王権神授説によって裏づけられた王でさえも、いかなる超越性からも遠く、二重性＝パラドクスとして存在するほかなかった。なぜそういうことが起こるのかといえば、西洋のエートスをかたちづくっているイエスの存在自体が、そのようなパラドクスから成っているからである。そこにはいかなるロゴスも、脆弱さや矛盾からのがれることができないという厳しい現実がみとめられる。

超越性や絶対性から限りなく遠い場所に「第三者の審級」が現れるというのは、この意味においてである。それは、みずからの弱さを、愛と贈与の可能性へと変換する力であり、だからこそ、パラドクスのなかに蹲るのではなく、「第三者」として起ち上がるものなのだ。西洋キリスト教のエートスは、そのようなありかたを内包していた。それが教会権力に象徴されるような絶対的超越性として現れるとき、すでにして、核心に秘められたエートスは扼殺されていた。それだけでなく、超越性と絶対性を仮装する思考は、このエートスとは無縁の場所に、みずからの根拠を措いてきたのである。

近代にあらわれる人民（peuple）や国民（Nation）が、もし復活したキリストの政治的身体として現れるのでないならば、あらためて超越性と絶対性を仮装するものの根拠となり下がっていくほかないといえる。こうして『〈世界史〉の哲学』における大澤の思想は、絶えざるクライシスとの直面を経て深化させられていく。

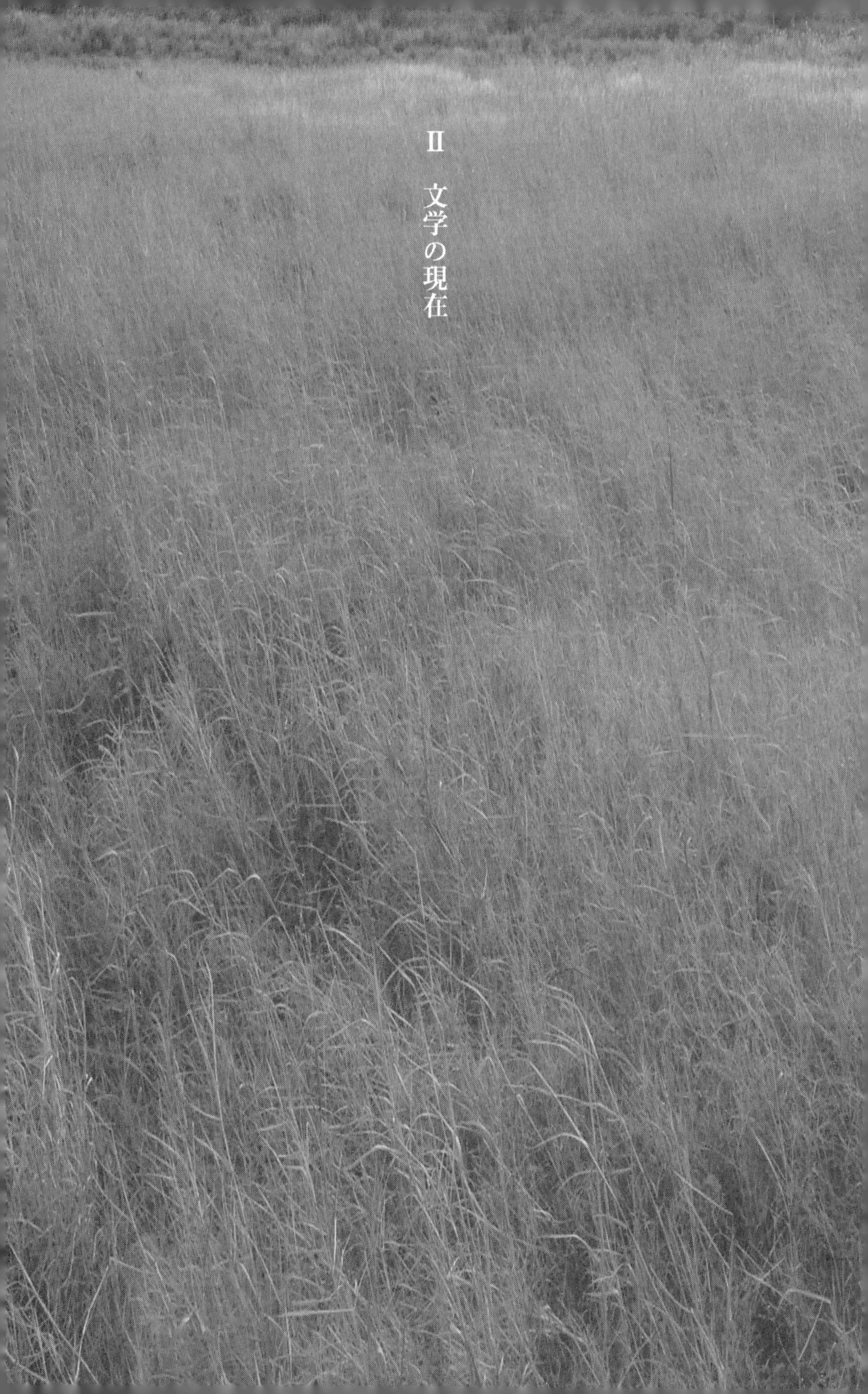

II　文学の現在

詩の不自由について

わが心ながらわが心にもまかせぬ物

詩は不自由からしか生まれない。抑圧や拘束をはねのけるところに詩の自由があるということではない。ここでいう不自由とは、思念や感情をコントロールできない状態、思うがままにならない心のうちから、詩の言葉が紡ぎだされるということである。本居宣長は、こんなふうにいっている。

世にあらゆる事にみなそれぞれの物の哀はある事也、その感ずるところの事に善悪邪正のかはりはあれ共、感ずる心は自然と、しのびぬところよりいづる物なれば、わが心ながらわが心にもまかせぬ物にて、悪しく邪なる事にても感ずる事ある也、是は悪しき事なれば感ずまじとは思ひても、自然としのびぬ所より感ずる也

（「紫文要領」）

「物の哀れ」を感ずるとは、人事・自然の様々な相に分け入り、そこから醸し出されるものを思う

がままに感じ取るといったことではない。感じ取るというのは、忍びないという思いから出てくるものであって、「わが心ながらわが心にもまかせぬ物」なのである。それは「すべて心にかなはぬ筋」に出会ったときに起こることなのだから、真なること、善きこと、美しきことだけにとどまらず「悪しく邪なる事」においても、感じずにはいられないのである。

宣長は、ここから「物の哀れを深く感ずるところから歌が生まれる」という独特の歌論を導き出した。ここから、詩は、人間が負わされた根源的な不自由からうまれるものであるというのが、宣長の思想であることが分かる。このことについて、最も深く考察したのが、小林秀雄の『本居宣長』であることはいうまでもない。私は、この小林の考察についてこんなふうに書いた。少し長いが、引いてみよう。

小林が、宣長の「物のあはれ」論をどのようにとらえているかに、このことは顕著にあらわれている。「あしわけ小舟」から「石上私淑言」「源氏物語玉のをぐし」「紫文要領」と宣長の考えをたどりながら、おそよ次のようなことが述べられるのである。

「あはれ」という言葉は、「情の深く感ずること」をいうのであるが、一般には、ただ「悲哀」のみが「あはれ」と受け取られている。うれしきことも、おかしきことも、おもしろきこともみな、「あはれ」と言っていいはずなのに、なぜことさら悲哀の意味にのみ使われるようになったのか。

それは、うれしきこと、おもしろきことには、どれほど心踊るものがあろうと、感ずることが深いとはいいきれない面があるのに、悲しきこと、憂きこと、恋しきことにおいては、思うにかなわぬことが多いため、感ずることが、こよなく深いからである。つまり、「すべて心にかなはぬ筋」において、「ああ、はれ」と心が動くその心のことが、もっぱら「哀れ」という言葉でいわれてきたのである。

だが「あはれ」を感ずることが、こよなく深いというとき、人はただ「悲哀」のなかに沈んでいるのではない。「あはれ」を感ずるとは、むしろ「あはれ」を知ることにほかならず、「すべて心にかなはぬ筋」において、「ああ、はれ」と心が動くとき、人はそのような心が何者であるかを知ろうとしているのである。「あはれ」を知るとは、「理解し易く、扱い易く、持ったら安心のいくような一観念ではない」。「詮じつめれば、これを『全く知る』為に、『一身を失う』」ようなことでもあるのである。にもかかわらず、心はすでに「あはれ」を知るということにおいて、孤独な魂ということではおさまらない何かを身に帯びている。そこに「あはれ」という言葉を文なすということがおこるのである。

歌とは、そのようにして生まれるものにほかならない。「あはれ」を深く感ずる心を、誰かにつたえずにはいられず、如何にかしてかたちにしようと文なすところに、歌が生まれるといってもいい。それを「歌の大道」ということで言うならば、「物の哀れに、たえぬところより、ほころび出て、おのずから文ある辞が、歌の根本にして、真の歌なり」(「石上私淑言」)ということになるのだ。

(『小林秀雄の昭和』)

こうして読んでいくと、この時の私の考えは、詩の不自由について少し甘いところがあるように思われてきた。たしかに『本居宣長』の小林は、こういう考えを述べているのだが、もっと表現が行き泥《なず》んでいるのである。「すべて心にかなはぬ筋」において、「ああ、はれ」と心が動くとき、人は　そのような心が何者であるかを知ろうとしている。むろん、「あはれ」を知るとは、「理解し易く、扱い易く、持ったら安心のいくような一観念ではない」。「詮じつめれば、これを『全く知る』為に、『一身を失う』ようなことでもあるのである」という一節に当たるところを、何度も行きつ戻りつしているといえばいいだろうか。

悪しく邪なる事

つまり、小林は、「物の哀れを深く感ずるところから歌が生まれる」という宣長の説について、どんなに物の哀れを深く感じようと一片の歌も生まれない、それほどまでに歌というものは不自由なものなのだということに力点を置こうとしているのだ。いったいその不自由さはどこからやってくるのだろうか。『本居宣長』のなかで、それについて論じられるのは、「欲」と「情」についての考察である。どんなに物の哀れを深く感じても、人間は欲望からのがれられないのであって、この、のがれられないということを「すべて心にかなはぬ筋」と受け取る時、「ああ、はれ」という言葉が思わずこぼれおちる。歌の原初のすがたがあらわれてくるのは、そこにおいてである、と。

しかしここでもまた、小林の表現は行き泥んでいるというほかないのである。そのような拘泥は、本居宣長の何に由来するのかということを考えてきたのだが、最初に引いた「紫文要領」の「感ずる心は自然と、しのびぬところよりいづる物なれば、わが心ながらわが心にもまかせぬ物にて、悪しく邪なる事にても感ずる事ある也」という一節にかかわるのではないかというのがとりあえずの私の答えである。

人間が不自由であるということの根本は、「悪しく邪なる事」からのがれられないというところにある。「わが心ながらわが心にもまかせぬ物」も「すべて心にかなはぬ筋」も、人間世界が「悪しく邪なる事」を本質として成り立っているからである。それは「わが心」にも、その「わが心」をつたえずにいられない「誰か」にも忍び寄ってくるものであって、これをいかにかすべきという嘆息にも似たものが漏れ出てくるとき、そこにこそ歌の原型があると、宣長も、小林もいおうとしたのである。

小林は、『本居宣長』を書き上げた後、死の直前まで「正宗白鳥の作について」という批評を書き続けていた。正宗白鳥からはじめて内村鑑三へとおよび、いつの間にかフロイトの『精神分析入門』や『夢判断』について言及するにいたる。そこで小林は、フロイトが神経症患者たちの苦しみの奥から聞き取ろうとしたのは、「あらゆる心的表現から孤立した特殊な精神の領域からの声」であったという。その声を聞き取るためには、「自分の手で、自分の中に潜む「冥界」の扉を開き、明るみに出るのを嫌がる悪靈の抵抗を自分で感じ取り、これを乗り越えて一層心の深部に進まうと努力」しなければならないと語るのである。

ここからつたわってくるのは、『本居宣長』で展開した歌についての考えを、さらに深化しようとする小林の思いである。詩の自由とは、人間世界にはびこる「悪しく邪なる事」をいかにかすべきと思い泥むところにしかあらわれてこない。そのことを、『冥界』の扉を開き、明るみに出るのを嫌がる悪靈の抵抗を乗り越えて一層心の深部に進もうとすることといがいではないといい直しているのである。事実フロイトは、この「悪しく邪なる事」を「死の衝動」という言葉で引き取り、こんなふうに語った。

生の本質が喜びよりも苦しみにあるとするならば、それは人間が、このような衝動からのがれることができないからである。そして、死への恐怖とは、このみえない衝動への怖れであり、その根には、「罪障意識」や「良心のやましさ」がかくされている、と。

人間の不自由の象徴であるような衝動

フロイトにおいてもまた、宣長のいう「悪しく邪なる事」こそが、人間に「罪障意識」や「良心のやましさ」をもたらすものであって、それは、裏を返せば人間の心に憎悪や怨望や屈辱や嫉妬を植えつけるものでもあるという思いがあった。だが、フロイトは精神分析家であって、詩人ではない。第一次大戦から復員した兵士たちの神経症が、彼らの無意識の奥にかくされていた「死の衝動」から引き起こされたものであることを洞察したとしても、そこから詩の根本について語りはじめたわけではない。にもかかわらず、次のような言葉に触れると、人間の不自由の象徴であるようなこの衝動への省察こそが、すべてのもののあらたに生まれるきっかけであると語っているかのようなのである。

もしひとが、みずから死ぬか、最愛の者を死によって失わざるをえないとするならば、あるいは避けえたかもしれぬ偶然の災いに屈したとするよりは、むしろ峻厳な自然の法則、崇高なる必然性に服したとみることを望むであろう。しかし、おそらく死の内的な法則性に対するこのような信仰も、「存在の苦しさに耐える」ために、われわれが作り出した幻想の一つに過ぎないであろう。

（「快感原則の彼岸」）

詩は、なるほど、物の哀れを深く感じるところからうみだされる。最愛の者を死によって失わざるをえない場面や、避けえたかもしれぬ偶然の災いに屈したときに、「ああ、はれ」という言葉がどこからともなく漏れ出てくる。だが、そこからあらわれてくるのは、「存在の苦しさに耐える」ためにつくり出された幻想の一つにすぎない。それを、詩と呼ぶことはできない。詩とは、そういう場面においてもなおかつ「悪しく邪なる事」を感じずにはいられない心、私たちの心の奥にかくされた「死の衝動」に眼を向けずにいられない心、そういう心をやむなく誰かにつたえようと言葉を綾なすところにしか生まれない。

最愛の者を死に至らしめたのはこの「私」ではないのか、避けえたかもしれぬ偶然の災いに屈した「私」のなかの悔恨と屈辱をいかに処すべきなのか、そういう思いを　何度もたどることによって、この痛みを誰かとともにしたいという思いのなかから生れ出るものこそ、詩と呼ぶことができるのではないだろうか。

黒田喜夫の葬儀の場面から

庭に咲いていたくちなしの花を生けてみた。くちなしは、八重がひときわ甘い香りがするのだが、一重でも、十分堪能できる。くちなしの花が咲く時節になると、黒田喜夫の葬儀の日のことをいつも思い起こす。

その日の朝、菅谷規矩雄《すがやきくお》に電話をして「一緒に行きませんか」と誘ったのだった。ところがいつも愛想の良い菅谷が、むっとしたような口調で「私は『飢えと美と』で黒田喜夫批判を書いているので、行くわけにはいきません」というのである。私は、戸惑いの表情をかくしきれないまま、家を後にした。

清瀬の自宅兼葬儀場に行ってみると、三軒長屋のような黒田喜夫の家の生け垣には八重のくちなしが植えてあった。いまを盛りとばかりに咲き誇り、濃厚な甘い匂いが一帯に漂っている。そして、葬儀委員長、谷川雁の弔辞である。いまだかつて聞いたこともないような、芝居がかったというか、それでいて切々と故人への思いを吐露するその調子は、濃厚なくちなしの香りとともに忘れることのできないものだった。

葬儀が終わって、地区の公民館のようなところで会食に呼ばれたのだが、隣に座った中上健次と二言三言言葉を交わしていると、遠くの席から、谷川雁が「おー、中上君」といった調子で滔々と中上に語りかけてくる。一種の文学論をぶち上げているのだが、その一つ一つに、中上健次は小さな声で頷いている。後の文壇一の暴れん坊のおもかげは、その時にはまったくなかった。たとえあっても、谷川雁の独壇場には出る幕がないといった態だった。

菅谷規矩雄も谷川雁も中上健次も、それから一〇年もたたないうちに逝ってしまった。あれからはや三〇年近くが経って、今年（二〇一六年）は、黒田喜夫生誕九〇年。生きていれば九〇歳ということになる。菅谷規矩雄はといえば黒田喜夫より一〇歳下だったと思うので、生誕八〇年になるのだろうか。中上健次はさらに一〇歳下で生きていれば七〇歳になる。谷川雁は、九三歳。あの時いなかった菅谷規矩雄も交えて、清瀬の公民館で席を共にしたらどんな話が持ち上がっただろうか。

谷川雁は、さすがに老齢となって独壇場とはいかないだろうから、八〇歳の菅谷規矩雄に私から、「やはり菅谷さんの黒田喜夫批判は哀悼の思いさえも抱かせないようなものだったのでしょうか」と尋ねてみる。単刀直入というか、遠慮のない聞き方だと思いながらも菅谷は、こたえてくれる。

――それは私も黒田さんの作品は評価していました。特に「毒虫飼育」に見られるような悪夢のリアリティは、ドストエフスキーやカフカをほうふつとさせるものです。しかし、私がどうしても受け入れることができないのは「飢え」をめぐってのあまりに体験からのがれることのできない思いなのです。それを黒田さんは「死にいたる飢餓」という言葉であらわしていますが、この「飢餓」はキルケゴールの「死にいたる病」と似て非なるものです。なぜかというと、キルケゴールの「病」とは、受苦そのものであるのに対して黒田さんの「飢餓」は遺恨であり怨望であるからです。「詩人の生活は全人世との闘いにはじまります。そして、最初の戦闘において彼はつねに負けることを宿命づけられているのです」（『反復』）と語ったキルケゴールを、黒田さんほど深く受け継いでいる詩人はいないようにみえます。しかし、黒田さんは、負けることを最後まで肯ずることができない。そのことは「空想のゲリラ」のなかの「いま始原の遺恨をはらす／復讐の季だ」という言葉からも推し量られます。それでも、黒田さんの詩の言葉がリアリティを発しているのは、復讐をくわだて遺恨をはらそうとする「おれ」は、結局は悪夢のような状況に呑み込まれ「三尺ばかりの棒片を摑んでいるにすぎ」ない自分に出会っていくからなのです。それにもかかわらず、黒田さんには、「飢え」や「病」が人間にとって受苦そのものにほかならず、だからこそそれは共苦《コンパッション》へも情熱《パッション》へも向かっていかざるをえないということが根本的に理解できなかった。私が、黒田さんの葬儀に出かけて哀悼の念を捧げることを拒んだのは、そのことにかかわるのですが、そういう黒田さんの「飢え」の思想は、機動隊に殺された学生の葬儀に世話人だか発起人だかといって名前を貸すようなことを受け入れてしまうのです。「けれど私は飢えによってうまれた優しさだ」と「ゲニウスの地図」に書いたとき、私は黒田さんと違って六〇年安保闘争から大学闘争を闘う精神が、なにものにも加担しない、ただ「飢えによってうまれた優しさ」にだけ加担するものであることを言おうとしたのです。

私は、菅谷のこの言葉に耳を傾けながら、この一〇年の間私なりに考えてきた思想が、ここに発するものだったのだろうかとあらためて反芻せずにいられなかった。たとえば、「飢え」が人間にとって受苦そのものにほかならず、だからこそそれは共苦《コンパッション》へも情熱《パッション》へも向かっていかざるをえないということを、私は、ハンナ・アレントが『革命について』で述べた『カラマーゾフの兄弟』の「大審問官の物語」についての言及からあとづけていった。

一六世紀スペイン、セビリアにイエス・キリストがひそかに姿を現すというこの物語において、そのイエスらしき人物を獄舎に幽閉する大審問官が、彼に語ろうとしたのは「絶対的多数の群衆の際限のない苦悩」に対する憐憫《ピティ》にほかならないとアレントは言う。彼らの「飢え」をいやすことは、その奥にかくされた「遺恨」と「怨望」をはらしてやることにほかならず、そのためにも、奇跡と神秘と権威が絶対に必要になるというのが大審問官の言い分なのだ。しかし、それはどんなに「飢え」からの解放をもたらそうとも、結局はもう一つの権力体系をつくり出してしまう。これに対して、大審問官の長広舌を無言で聞いているイエスらしき襤褸《らんる》の人物のなかにみとめられるのは、「一人の人間の不幸の特殊性」への共苦《コンパッション》にほかならない。そういうアレントの言葉に、私は思想の可能性を見いだしてきたのだが、まさに、それこそが、なにものにも加担しない精神、ただ「飢えによってうまれた優しさ」にだけ加担する精神の産物といえる。

そんなことを反芻していると、隣に座っていた中上健次がおもむろに話し始めたのである。

――菅谷さんのいうことは、よく分かります。あのとき、黒田喜夫の葬儀に参列したのは自分のなかにも間違いなく「飢え」の思想というのがあって、それはどこかで「遺恨」をはらさずにいられないものを抱えていたからでした。しかし、私は、『岬』『枯木灘』『地の果て 至上の時』という一連の秋幸ものにおいて、この「飢え」の思想からどのようにして決別できるかを模索してきたのです。私にとって「飢え」というのは、出生にまつわる損傷ともいうべきものなのですが、それを「路地」に象徴される場所と、そこに生きざるをえない人々の姿を通して描いてきました。とりわけ、秋幸の実父であり、「蝿の王」として人々に恐れられている浜村龍造の存在を浮き彫りにすることによって、黒田さんが「遺恨」と「復讐」の念から悪夢のなかに呑み込まれていくその道すじを小説的現実として提示しようとしました。しかし、それを進めているうちにあることに気づいたのです。黒田喜夫の悪夢のリアリティには、「母」は登場するものの「父」が根本的に不在だということです。私は、ドストエフスキーが『カラマーゾフの兄弟』のなかで、イワンに「大審問官の物語」を語らせた時、奇跡と神秘と権威によってうちたてられる権力の体系の頂点に存在するものこそ「父なるもの」ではないかと考えました。そういう私のモティーフをラカンの「大文字の他者」になぞらえて論ずる批評家もいました。だが、重要なのは、私のなかに浜村龍造に大審問官のリアリティを付与したいという思いが強くあったということだけなのです。ハンナ・アレントは大審問官のなかの「絶対的多数の群衆の際限のない苦悩」に対する憐憫《ピティ》に注目しましたが、私もまた浜村龍造をそういう苦悩への憐れみからのがれることのできない人物として描こうとしました。しかし、『地の果て 至上の時』で私は、このような存在は抹殺されなければならないという思想に達しました。具体的には、秋幸のなかの浜村龍造への殺意と、実際におこなおうとした父親殺害の場面をこのうえないほどのリアリティをもって描くことで、それは果されると考えたのです。しかし、一方において、この父殺しは相当の覚悟で進めていかなければ、黒田さんの「いま始原の遺恨をはらす／復讐の季だ」という詩句を超えることはできないと考えました。考え尽くしたあげくに、私は浜村龍造の自死という場面に行きついたのです。そのリアリティについては、『地の果て 至上の時』の当該の場面をお読みになっていただければ納得できると思います。そして、そこに私がこめたのは、「蝿の王」である浜村龍造が、みずからのうちに巣くっている「遺恨」と「怨望」と「復讐」の塊をすべて溶解するために、死へとおもむいていくというテーマです。そこには、アレントのいう「絶対的多数の群衆の際限のない苦悩」に対する憐憫《ピティ》から「一人の人間の不幸の特殊性」への共苦《コンパッション》へというモティーフが、いずれ読み取られていくにちがいないと考えました。

私は、中上の言葉に耳を傾けながら、ほとんど同世代である彼が、死後も生き延びて、みずからの思想を現在に呼応するかたちで鍛え上げていることに感嘆したのだった。少し離れた席で、もう老齢となった谷川雁が、こんな言葉を何度も繰り返しているのが耳に入ってきた。

――私のなかにあった「瞬間の王」は死んだ。それは中上君の小説の「蝿の王」の死にざまよりもっとセンチメンタルな仕方だったが、それはそれでいいと私は思っている。

生死の境

――漱石の俳句

平俗な日常詠のなかに淡いノスタルジーを感じさせる句

夏目漱石が正岡子規から俳句の手ほどきを受けたことは、よく知られている。第一高等学校本科以来の学友だった子規は、早くから漢詩にみられる漱石の文学的才能に注目していた。後になって、短歌・俳句の革新運動を進めることになる子規にとって、漱石の才能が俳句においても発揮されることは、望ましいことだった。しかし、実際に句作をはじめてみると、漱石の俳句は、子規の唱えた「写生」に通ずるような境地よりも、平俗な日常詠のなかに淡いノスタルジーを感じさせるものだった。

行く秋や縁にさし込む日は斜

松尾芭蕉以来、「行く秋」を枕にした句は様々な俳人によって詠まれているが、漱石のそれは、日常の何気ない情景を平俗な表現によって描き出したものといえる。たとえば、「行く秋をしぐれかけたり法隆寺」といった子規の句には、同じ情景描写でありながら「写生」の理念が確実にうかがわれる。寒い晩秋の一日、時雨が降りはじめる瞬間の法隆寺のたたずまいをとらえる子規の眼は、自然の風物や人事一般の奥にかくされた実在の相を明るみに出そうとする。

「行く秋や縁にさし込む日は斜」という漱石の句に、子規のモティーフを見い出すことはできない。子規にとって「写生」とは、対象を見る観察者の視線といったものを抜きに成り立ちえないものだった。「太陽も死も直視できない」というラ・ロシュフーコーの言葉があるが、究極的には、太陽も死も直視しようとするところにあらわれるのが子規のいう「写生」であったといってもいい。これに対して、漱石の句には、茫洋とした自然や生のありかをそのままに写し出す傾向があるものの、現実の描写というより、小説の一場面を思い浮かばせるものがあった。

実際、崖下の日の当たらない貸家に住む宗助とお米という夫婦の日常を描いた『門』には、日が中天に掛かる頃、ようやく縁側に差し込む陽射しのなかでくつろぐ宗助とお米の姿が描かれている。彼らの姿を、この句の向こうに思い描いてみることもできないことではないのである。とはいえ、俳句とは異なって、宗助とお米の日常にさし込む日は、彼らのおかした「罪」によって、瞬く間に翳る運命をになわされている。崖上の大家の家に、かつて二人に裏切られた安井がやってくることを耳に挟んだ宗助は、心ここにあらずといった態で山門をくぐる。

死が生と隔たるものではないこと

漱石の俳句に、子規の「写生」に匹敵するものがあらわれるのは、この『門』脱稿後の修善寺の大患においてである。明治四三年、病後の養生のため、伊豆の修善寺温泉に滞在していた漱石は、多量の吐血にあって三〇分間、人事不省に陥る。このあいだの事情は、『思い出す事など』という随筆に記されているが、大患後の漱石の心境は、そこに挿入された折々の俳句に読み取ることができる。次に引くのは、そのなかの一句である。

秋の江に打ち込む杭の響きかな

「澄み渡る秋の空、広き江、遠くよりする杭の響、この三つの事相に相応したような情調が当時絶えずわが微かなる頭の中を徂徠した」と『思い出す事など』にあるように、この句において眼前の風景と見えるものは、遠い意識の向こうに映っているものといえる。しかもその風景は、意識の向こうから微かに聞こえてくる響きとともにある。三〇分間の人事不省は、漱石に、死が生と隔たるものではないことを教えた。そのことが、大患以後の句に影を落として、生死の境のようなものを浮かびあがらせる。たとえば、次のような一句にみられるのもそのような境地である。

別るゝや夢一筋の天の川

死が自分一個の存在を無に帰しても、世界は何事もないかのようにありつづける。世界から自分の存在が消えていくとき、親しい者や嘱目の自然との別離が約束されるのだが、その別離は、一筋に流れる天の川を、むしろ、この天地に際立たせるのである。さらに、次のような一句。

生きて仰ぐ空の高さよ赤蜻蛉

仰臥しながら終日、広い硝子戸の向こうの空を眺め暮らした漱石の寝姿が、この句からは伝わってくる。漱石が病に伏すこと一〇年をさかのぼるとき、同じように、仰臥して終日天井を仰いで暮らした子規の寝姿にたどり着く。

はるか彼方の天から俯瞰する眼

子規の住んだ根岸庵は、漱石の療養していた修善寺温泉の旅館のような高級な造りではなかった。天井と障子に仕切られた六畳間が、子規の仰臥する空間だった。しかし子規は、そこにみずからの身体を限ることによって、天地自然の広大を思い見た。「鶏頭の十四五本もありぬべし」という子規の句は、そのような空間のありようを抜きに、味わうことができない。と同時に、そこには「写生」理念の根底をなす子規の視線が、遮断された空間をも透視するさまが見て取れるのである。

これに対して、「生きて仰ぐ空の高さよ赤蜻蛉」という漱石の句には、空間が、みずからの身体からどこまでも高く広がっていくような趣きがある。死生の境からようやく脱した漱石には、子規とは異なって、死に限られた生という思いはそれほどなかった。子規の緊迫した句趣に比べ、漱石のそれには、生は隣り合わせた死とともに、はるか彼方へと向っていくといった趣きが感じられる。だが、それは、死生の境を超えて、はるか彼方の天から俯瞰する眼を漱石に意識させるきっかけとなった。この眼は、晩年の小説『明暗』や、同時期に書かれていた漢詩において現実化されることになる。そのことを思えば、大患後の漱石の俳句は、子規の「写生」に匹敵するようなまったく新しい表現を予告するものとして、記憶にとどめられるべきものといえる。

漱石の漢詩

物語性をそなえた漢詩

漱石の漢詩は、二〇歳以前に書かれたものからはじめて、最晩年の『明暗』執筆時に書かれたものまで、二〇八首が残っている。そのなかの主要なものについては、吉川幸次郎『漱石詩注』で読むことができる。私も、『漱石の俳句・漢詩』で、二〇八首中二〇首に作品鑑賞を試みたことがある。どれをとってもすぐれた技量を感じさせるものなのだが、なかに、物語性をそなえた作品があって、作家漱石をあらかじめ告げているとさえ思わせるところがある。ここでは、漱石二三歳の夏、房総半島を旅した際に漢文で綴られた紀行文（「木屑録」）に収められた作品をとりあげてみよう。

それは、旅に出る前に、友人たちがおこなった送別会のことを詠んだものである。紀行文のなかの漢詩なのだから、旅の途中の景物を叙し、思いをうたったものがほとんどなのに、それだけが趣を異にしている。その書き出しは「魂は飛ぶ　千里　墨江の湄」。つまり、「私の魂は千里を飛んで、隅田川で別れを惜しんでいる友のもとへと向かう」というのである。

「私」は、すでに房総の海辺までやって来たのに、友人たちは、今宵も隅田川のほとりで、酒を酌み交わしながら、旅に出た「私」のことを思い、悲しい詩を書き記している。そのことを胸騒ぎのように感じた「私」は、魂となって、友人たちのもとへと千里を飛んでいくのだ、という意味のことがそこには綴られている。いったい漱石は、なぜこんな幻想にとらわれたのだろう。

正岡子規への哀悼の思い

漱石の幻想は、根拠のないものではなかった。自分にとって、もっともたいせつな友が、別れを惜しみ、悲しい言葉を連ねている。そのことを思うと、居ても立ってもいられなくなる。せめて、魂となり千里を飛んで友のもとへと向かいたい。

この思いには、どこかおぼえがないだろうか。『こころ』の「先生」がみずからの命を絶ち、Kのもとへと向かっていったとき、千里を飛ぶ魂となっていたのではないか。そして、その「先生」の遺書を受け取って、胸騒ぎに駆られながら急行列車に飛び乗った「私」もまた、魂は千里を飛ぶという思いのうちにあったのでは。

実際、「先生と遺書」の章には、お嬢さんをめぐって疑心暗鬼に耐えられなくなった「先生」が、Kを房総旅行へと誘い、二人で旅をする場面がでてくる。そのくだりには、若き日の房総旅行の記憶が投影されているといわれている。

もしそうだとすると、『こころ』を構想しながら、漱石があの漢詩を反芻していたことは十分考えられる。〈あの時、友人たちの別れを惜しむ姿に並々ならぬものを感じ、旅に出てもそのことが気になって仕方なかった。それを、「魂は飛ぶ　千里　墨江の湄」と詠んでみたのだが、あのときの心境を、いま小説の言葉にできないだろうか〉と。

漱石との別れを惜しんでいた友人の一人に、亡き正岡子規がいたことは、想像に難くない。そんなことを考えると、『こころ』という小説が、子規への深い哀悼の思いのなかで書かれていたことが、明らかになってくるのである。

千里を飛ぶ魂の悲しみ
——漱石と村上春樹

千里の旅につく者たち

『漱石辞典』がようやく出た。私の担当は「漱石の漢詩」というコラムだが、原稿を寄せたのは、二、三年前のことだ。読み返してみて、それほど古さは感じさせない。それもこれも、そこで取り上げた「魂は飛ぶ　千里　墨江の湄」という漱石二三歳の漢詩のすばらしさによる。

先に述べたように、「私の魂は千里を飛んで、隅田川で別れを惜しんでいる友のもとへと向かう」という意味なのだが、この時、漱石は、何人かの友人に隅田川のほとりで送別会を開いてもらい、房総半島一周の旅に出かけていた。ところが、旅の途中で、あの送別会のことが瞼に浮かんできて、わけもなく胸騒ぎがしてくる。友人たちは、今夜も、自分の無事を祈って、隅田川のほとりで酒を酌み、詩を綴っているような気がしてならない。そのことを思うと、「私の魂は千里を飛んで、友のもとへと向かう」のである。

友情を歌った詩のように見えるが、それだけではない。「魂は千里を飛ぶ」というこの詩句には、なんとも言えない悲しみが込められている。村上春樹の『騎士団長殺し』では、妹の死を背負って生きている主人公が、妻との別れを機に、彼女の魂を追うように千里の旅に出かける。東北から北海道と、車を駆って、ただひたすら走り続ける。宮沢賢治も、妹トシの魂を追ってオホーックの果てまで汽車に乗ってゆく。

それでは、漱石にも、そういう体験があっただろうか。房総旅行には、少なくともその形跡はない。しかし、親友のKとの間で、下宿の御嬢さんをめぐって様々な思いにさいなまれた『こころ』の先生は、思い切ってKを誘い、房総の旅に出かける。そこに、「魂は飛ぶ　千里　墨江の湄」という詩句の響きがどこかから聞こえてくる。

先生は、その房総旅行から二〇年たって、もはやこの世にいないKの魂を追うように千里の旅に旅立つのだ。そのことを長い遺書に綴って、自分を慕う若い「私」につたえると、「私」もまた、急行列車に飛び乗り、先生の魂を追って、千里の旅につくのである。

悲しみと共苦《コンパッション》にあふれた小説

同じように、妹の面影をとどめた妻との別れをきっかけに、今はこの世にいない妹の魂を追うように千里の旅に出かける主人公のすがたを描いた村上春樹の『騎士団長殺し』。この小説には、『こころ』に匹敵するような「フィロソフィー」がある。それは、思想・哲学・形而上学といったものを最も深いところから生かしている共苦《コンパッション》が、この小説にはまちがいなくあるということだ。

そして、三・一一以後に書かれた文学作品の中で、この『騎士団長殺し』に匹敵する作品は、数えるほどしかない、とも言ってみたい。たとえば、あの日、風邪のため学校を休んで寝ていた小学校三年生の女の子が、津波に呑み込まれていく幻像に何度も襲われ、最後は声を失ってしまったという母親の悲しみに、文学はどういう言葉で向かい合えるのだろうか。そういう問いに対することたえが、この村上春樹の小説には確実にあるのだ。

妹を失い、妹の面影を宿した妻との別れを余儀なくされた主人公の画家の悲しみ、自分の娘かもしれない少女にこだわる主人公の隣人、その少女の、居場所を失ったような孤独を抱きとめる主人公の孤独、そして、主人公の先達ともいうべき老いた画家の、異国の地で恋人を抹殺された悲しみ。

そのほかにも、少女の今は亡き母親、主人公の親友であり老いた画家の息子である男、それだけでなく、老いた画家が、かつて悲しみのなかから描いた『騎士団長殺し』という絵に描かれた不思議な人物たちと彼らの織りなす幻想のドラマ。それらが少しも絵空事めいた感じを抱かせずに展開していくとき、「機関車が終着駅に到着して、ゆっくりとその動きを止めるみたいに、静かにとても自然に」、小説は終わりを告げる。

ここには政治的なメッセージも、社会的な分析も何一つない。しかし、この悲しみと共苦《コンパッション》にあふれた小説には、それらに値する何かが確実に読み取れるのだ。

村上春樹作品に見られる「気がかり」

一番気にかかっていること

あなたがいま一番気にかかっていることは何ですかと聞かれたら、どう答えるだろうか。普段はそんなに気にかかっていることなどないはずなのに、こんなふうに聞かれると、仕事のことや家族のこと、いま付き合っている人のことや別れたまま一度も会っていない人のことなど、いろいろなことが思い浮かんでくる。なぜだろうか。

私たちは、それが何であれ、何かについて「気にかかる」ということを生きているあかしとしている存在だからなのだ。

村上春樹の小説を読んでいくと、主人公や登場人物の誰彼にとって、何が一番気にかかっているかがとてもよくわかるように書かれている。『ノルウェイの森』では、主人公のワタナベ君は、高校生のとき自殺した親友のキズキのことが、大学生になった今も気にかかってならない。それだけでなく、キズキの恋人だった直子と再会すると、彼女のことがキズキのこと以上に気にかかってくる。心の病にかかった直子が、京都の山奥の療養所で過ごすようになると、居ても立ってもいられなくなる。それは、直子もまたキズキ以上にワタナベ君のことが気にかかって、そのことのために心が折れ、自分の前から去っていったことがわかるからなのだ。

『1Q84』では、スポーツインストラクターであるヒロインの青豆は、スポーツクラブで知り合った老婦人・緒方の考えに引かれ、DV加害者の男を暗殺する仕事を引き受ける。そのことがきっかけとなって、小学生のときに一番気にかかっていた天吾と二〇年ぶりで再会する。いまは予備校講師をしながら、作家を目指している天吾は、編集者の依頼でゴーストライティングの仕事を引き受けるが、次第にその小説の世界へと入り込んで、青豆が気にかかっていたことを共有するようになる。それは、現実とは別世界の1Q84と名づけられた世界なのだが、暴力と悪の支配するその世界において、青豆と天吾は、小学生のときなぜあんなにも互いが気にかかってならなかったかに気が付いていく。

事実は小説よりも奇なりという言葉がある。ある人の人生が、小説の主人公のそれ以上に波乱万丈であったり、奇想天外であったりすると、この言葉が使われる。たしかに、小説は、現実の人生ほど荒唐無稽ではない場合が多いともいえる。しかし、優れた小説は、たとえそういう場合でも、間違いなく私たちの生の条件である「気にかかる」ということの意味に照明をあてる。そのことによって、波乱万丈の人生を送った人だけでなく、自分の人生には、小説に描かれているような事件や事故は起こらなかったと思っている人にも、自分は、自分の人生のなかで、いったい何が一番気にかかっていたのだろうかと顧みるようにうながすのである。

優れた小説の条件

たとえば、夏目漱石の『こころ』では、大学生の「私」は、はじめて会ったときから「先生」に惹かれるのだが、それは、この「先生」といわれる人物には、何か特別に気にかかることがあって、そのことからのがれられないでいるということを直観するからなのだ。「私」は「先生」のもとをたずね、何度か話を聞くにしたがって、「先生」は若い頃に取り返しのつかないことを行い、そのことのために今でも苦しんでいるのではないかということに気がついていく。しかし、それがどういうことなのか突き止めることができない。やがて「先生」から「遺書」という名の長い手紙が届き、すべてが明らかになっていく。「私」はそのときになってはじめて、「先生」にとって気にかかっていたことが何だったのかを知ることになるのだ。

「先生」にとって気にかかっていたのは、若い頃に下宿の「お嬢さん」をめぐって親友のKを裏切ったということ、それだけでなく、彼を死へと追いやったということだった。「先生」は、それを自分の「罪」と考え、いまは妻となったその「お嬢さん」にもKとの顚末を明かさない。最後に、長い「遺書」を「私」に寄こすことで、「私」にだけ自分の「秘密」を打ち明けるのだが、そのなかで、妻にはこのことを話さないでくれ、妻の心だけは白紙のままにしておきたいからと語りかける。

そして、「先生」は自殺するわけだが、ここまでくると「先生」という人は、少なくとも妻に対して誠実とはいえないのではないかと思ってしまう。でも、そう思う一方で、三角関係の当事者だった妻にも真実を告げずに、死んでいく「先生」にとって、ほんとうに気にかかっていたこととはいったい何だったのだろうと、あらためて疑問に思う。

　これは、ほんとうを言うと優れた小説の条件といってよく、簡単に謎は解かれてはならないのである。何が気にかかっているのかわからないほど、気がかりの種が深く広く撒かれていると感じさせる小説ほど、優れているといっていいのだ。

　漱石だけではない。一九世紀ロシアの作家ドストエフスキーの『罪と罰』では、貧しい大学生のラスコーリニコフが、金貸しの老婆を殺害する。殺人の理由をたずねていくとラスコーリニコフのなかで、とても気にかかっていたことに突き当たる。それは、貧しさのために能力を十分に発揮できない人間がいる一方で、なぜ、何の役にも立たず、むしろ害毒をまき散らしているだけの人間が、大手を振って歩いているのかということである。ラスコーリニコフは、この矛盾を断ち切るためには、老婆殺しも辞さないと考える。しかし、殺人は、ラスコーリニコフの気がかりを解いてくれるどころか、かえって理由のわからない気がかりにとりつかれていく。

世界からの追放

　理由のわからない気がかりとは、どういうことだろうか。「気にかかる」というそのことだけが心のすべてを占領して、のがれられなくなるということだ。漱石やドストエフスキーは、そういう理由のわからない気がかりにとりつかれる人間を描こうとした。そのことによって、普通には思いも及ばないような心の闇を示唆しながら、あらためて何があなたにとって一番気にかかっていることなのかということを問いかけたのである。

しかし、普通の心の状態で、これらの小説を読んでも、この問いかけに気がつくことはめったにない。まさに、心が折れそうな経験を重ねざるをえない人生を送ってきたとき、たまたま、これらの小説を手にとって読んでみたら、もう理由もなく、あの問いかけが耳に入ってくる。

村上春樹という小説家は、そのことがとてもよくわかっている作家の一人なのだ。『ノルウェイの森』で、直子は、自殺したキズキと愛し合っていながら、性的な一体化までいかないのは、自分の不感症に原因があると考える。が、次第にそのことがキズキの気がかりの種ではないと思うようになる。それから、まるで、キズキの気がかりは、伝染するように直子の心を占めはじめる。ワタナベ君と再会したのは、そんなときなのだ。キズキと違って、いろいろ気にかかることはあっても特別気にすることなく、普通に生きていくすべを心得ているワタナベ君に直子は引かれていく。そして、ただ一度だけ、愛し合い、性的にもエクスタシーを感じる。

しかし、そのときの行為は、直子を生の方ではなく死の方へと向わせることになるのだ。

直子は、なぜワタナベ君との間に至福の思いを感じ取るほど、愛し合うことができたのに、彼の前から姿を消したのか、そして、心を病んだ人々のための山奥の療養所に身を寄せずにいられなかったのか。なるほど、直子はそこから何度かワタナベ君にＳＯＳを発し、ワタナベ君もそれに答えるように直子のもとを訪れ、愛を確かめ合うことができなかったわけではない。それなのに、なぜ直子は自殺してしまったのか。

すべてが、謎といっていい。

そして、このような謎をかけることで、村上春樹は、漱石の『こころ』に値する小説を現代によみがえらせたということができる。「先生」の遺書を受け取り、父親の病状の芳しくないにもかかわらず、急行列車に飛び乗って東京へと向う「私」は、その後どうなったか。漱石は、そのことについていっさい語っていない。この「私」は、直子の自殺を知って、自分のなかの気がかりとは直子のすべてだったといまさらながらに気がつき、自己処罰のように放浪の旅に身をまかせるワタナベ君のように、いつ果てることもないさまよいのなかに自分を追いやったのではないだろうか。

しかし、このことだけははっきりしている。もし漱石が、『こころ』の続編のようなものを書いて、そこに「私」の魂の再生を描いたとしても、『ノルウェイの森』のようにではないということである。というのは、直子とはまったく異なって、自分のなかにどんなに気にかかることがあってもいつの間にかそれを見えない気流のなかへと流してしまう緑という女性の、「あなた、今どこにいるの?」という問いかけを受け入れていくワタナベ君のようには、「私」を描くことはないと思われるからである。

つまり、小説が現実と違う点は、自分にとってもっとも気にかかることを、最後まで抱えつづける人間が描かれることであるというのは、漱石にとっては自明のことだったのだ。この世界から追放され、死や破滅を余儀なくされたとしても、気がかりを抱えつづけることを宿命づけられた存在が私たちの前にあらわれる。それが、小説の世界にほかならないと漱石は考えていたのである。

これから向かう方向を照らし出す探照灯

村上春樹の小説を読んでいくと、そこのところが、現在書かれているどのような小説よりもよくつかまれていると思わせる。しかし、現実に書かれた小説に目を移してみると、このような思いは、いまだ半ばしか実現していないといったほうがいいようにもみえるのである。

たとえば、『1Q84』には、高速道路の非常階段から異界へ足を踏み入れる青豆のすがたが描かれている。その場面には、不思議なリアリティが感じられ、この青豆という女性が、自分にとってもっとも気にかかる何かに出会い、そのことからのがれられなくなっていくであろうと思わせるところがある。

事実、青豆は二〇年ぶりで天吾と出会い、小学五年生のときの二人が、親から見捨てられた存在として、たがいにたがいを呼び合うような経験をしていたことを思い出す。青豆にとっても天吾にとっても、それがもっとも気にかかることであり、あの時、たがいにあれほどまで強い力で惹かれたのは、自分たちが、後になってたがいに協力しあって何事かを成し遂げ、愛を成就するためなどではなく、この世界から追放され、死や破滅を余儀なくされることの予兆だったのではないかと思う。

『国境の南、太陽の西』という作品では、小学五年生のときに転校してきて、「僕」を強い力で惹きつけた「島本さん」という女性が登場するが、「僕」は再会した「島本さん」に惹かれれば惹かれるほど、追放と破滅の予感からのがれられなくなる。

しかし、『国境の南、太陽の西』でも『1Q84』でも、それは紙一重のところで回避される。なぜだろうか。いえることは、村上春樹の主要な小説を、あらためて読み直してみると、彼らが死と破滅を避けることになった理由はわからないまでも、この問題こそが、村上春樹にとって、これから向かう方向を照らし出す探照灯の役目を負ったものであることが、明らかになってくるということである。

そして、『騎士団長殺し』が私たちの前に現れた時、この小説にこめられた悲しみと共苦《コンパッション》こそが、あの探照灯によって照らし出されたところに露わになったものであることが明瞭になってきた。この小説の登場人物たちが、この世界から追放され、死や破滅を余儀なくされることもいとわずに、自分にとって最も気にかかっていることに身をゆだねるすがたを目の前にするとき、村上春樹は初めて、漱石のフィロソフィーを手にしたのだという確信が私たちにやってきたのである。

内向きから外の世界へ

——村上春樹の短編小説

自分がこれまで生きてきた世界の外へと連れ出されたということ

いまこの本、『短編で読み解く村上春樹』を手にしているあなた、もしかして、村上春樹の長編は少ししんどそうなので、まず短編から読んでみようと思ったのではないだろうか。それだけでなく、少し小説でも読んで、自分の外の世界に目を開かなければと思ったりしなかっただろうか。

村上春樹の短編小説は、そういうあなたの思いにこたえてくれるものである。その理由は、どちらかというと内向きの主人公や登場人物が社会問題や政治問題をはじめ、少しずつ外の世界に目を開いていくといったふうに書かれているからだ。ただ、内向きとか外の世界といっても、必ずしも内と外の区別がつけられているとはかぎらない。

村上春樹の小説は、短編も長編も、最初の頃の小説も最近の小説も、たいてい恋愛をテーマにしている。そういう場合、愛し合う男女のすれ違いや悩み、苦しみなどが主に描かれるのだから、それぞれの心の世界に焦点が置かれる。当然社会や政治に関わる問題は、登場人物がそれに関わっているかぎりで顔を出す程度だ。

たとえば、『ノルウェイの森』では、主人公のワタナベ君と直子はさまざまな事情をのりこえて愛し合おうとする。しかし、どうしても、愛を遂げることができない。背景には、一九七〇年代の学生運動の様子が描かれている。二人の愛を妨げたのは、時代の政治の流れであったというと、よくわかるのだが、そういうことはないといっていい。それなら結局、この小説は、社会や政治とは縁のない内向きの小説に過ぎないといわれそうな感じがする。しかし、本当にそういっていいだろうか。

実際に『ノルウェイの森』を読んでみると、ワタナベ君の思いにもかかわらず自殺する直子のすがたが胸に迫ってきて、今まで経験したことのないような気持ちにとらえられてしまう。それは、例えてみれば、自分がこれまで生きてきた世界の外へと連れ出されたということでもあるのだ。

こう考えると、次のようにいうことができる。内向きの恋愛を描いた小説が、読者をわしづかみにして、いままで見たことも聞いたこともない世界へと向かわせるようなことがあったとすると、その小説は、間違いなく外の世界の現実性に気づかせる小説である、と。そういう意味で、村上春樹の短編は、『ノルウェイの森』の原型となった「螢」からはじめて、最近の『女のいない男たち』に収められた作品にいたるまで、最初からそのような要素を持っている。内向きのままで外の世界に向かおうとしない作品は、一編もないとさえいえる。

デタッチメントからコミットメントへ

そうはいっても、村上春樹自身が、これまで書いてきた小説を振り返って、デタッチメント（社会との関わりのなさ）からコミットメント（社会との関わり）へといったような区別をつけたりしている。社会問題や政治の問題にできるだけタッチしないようにしていたのが、ある時期から積極的にコミットするようになってきたということだろうか。ある時期というのは、阪神淡路大震災と地下鉄サリン事件の起こった一九九五年のことだ。

実際、地下鉄サリン事件で被害に遭った人たちへのインタビューをまとめた『アンダーグラウンド』というノン・フィクション小説や、阪神淡路大震災を題材にした『神の子どもたちはみな踊る』という短編集など、それまでの村上作品にはない傾向がみられる。

それまでに書かれた内向きの作品のなかでも、恋愛をテーマにしたものではなく、いじめをテーマにした「沈黙」という作品では、高校生の頃にいじめに遭った時のつらさや苦しみが、ほんとうにリアルに描かれている。それは、いまになっても主人公を脅かし、夜中に目を覚めると、そばで寝ている妻にすがりたくなるとまでいわせる。しかし、そういう内面の苦しみを描くだけでなく、いじめというのは首謀者とそれに加担する多数の人間とによっておこなわれるという考えを主人公に述べさせるのだ。

その通り、といいたくなるが、無言でいじめに加担する者たちを批判する主人公の考えは、読者に同意以上のものをもたらさない。それに比べると、阪神淡路大震災以後に書かれた「神の子どもたちはみな踊る」という短編は、読む者の心を確実に震わせるのだ。そのことは、主人公の出生からも、すでに感じ取られる。

「彼」は、父親に認知されることなくこの世に生を受け、その父親と離婚して新興宗教に入信した母親に、神の子として育てられる。この主人公は、ある意味で、運命にいじめられているともいえる。信仰を強制する母親と自分を認知しない父親がいじめの張本人だが、あるとき、彼は地下鉄の駅で、父親かもしれない男に遭遇する。彼は男を追いかけて、野球場のグラウンドにたどり着くのだ。しかし、そこで男は消えてしまう。

ピッチャー・マウンドに立ちつくした主人公は、突然踊りはじめる。それまで、自分に少しもこたえてくれなかった神様が、彼を踊りへとうながしたかのように。さらに、彼は、自分がいま踊っている地面には、地震や災害をもたらす邪悪なものが潜んでいるかもしれないとも思う。それでも、踊ることをやめない。彼が踊りはじめたのは、神や自然に動かされたからともいえるが、震災やサリン事件で犠牲になった人たちの心の痛みに無意識のうちに動かされたからなのだ。

このような場面は、一見すると主人公の特異な行動からあらわれたもののように見える。その意味では、内向きのものであることにまちがいない。しかし、ここには運命のいじめをきっかけに、自分を超えたものと出会う人間のすがたが描かれているのだ。それだけでなく、自分の力ではどうにもならないものに翻弄される人間の痛みが、リアルに描かれているといえる。

こうしてみると、村上春樹のいうように、地下鉄サリン事件や阪神淡路大震災は、外側の世界に目を向けるきっかけとなったことはまちがいない。でも、そのことで、事件を引き起こしたオウム真理教の社会的責任を追求するとか、地震の原因を突き止め、そういう大地震が再度起こった場合にどう対処したらいいかを訴えかけるというわけではない。内向きから外の世界へというのは、自分や自分とかかわる人間の、心の世界をもっぱら問題にしていたのが、そういう心の世界が外側のもっと大きな世界とどこかでつながっていることに気づき、そのことを問題にするということなのだ。

人間の内面と地続きにある世界

その大きな世界が、社会や政治に関わる世界であることもあるが、村上春樹の場合は、それをもっともっと内面に探っていくという傾向がある。たとえば、最も新しい短編集『女のいない男たち』に「独立器官」という作品がある。五二歳で独身の美容整形外科医が、一六歳下の夫と子供のいる女性に恋するあまり、鬱病になり、最後は食べ物が喉を通らなくなって餓死してしまうという話だ。一見暗い話に見えるが、その美容整形外科医は、村上作品によく登場する、都会的でスマートな、女性関係で憂き目にあうことなどない主人公の後身のようなところがある。

しかし、そういう主人公たちの内面を描いてきた村上春樹が、同じように五二歳になった美容整形外科医の内面を描こうとして、以前にはないのめり込み方をする。まず、夫も子供もいる女性とちょっとした浮気をする場面はいままでの小説でも何度か出てくるのだが、それは、本筋とは別のわき道のようなものだった。ところが、ここでは完全に本筋になっている。その上、この医師は、同じ時期に、ナチスのユダヤ人虐殺で知られるアウシュヴィッツ強制収容所で生き残った医師の話に強くひきつけられる。

自分がそのユダヤ人の医師の立場におかれたら、虐殺されていく人々にどのように対することができるだろうか、それよりも、あの医師のようにまわりの者たちからリスペクトされることなどなく、ただ番号札をつけられ、最後はガス室に送り込まれたのではないかと考えはじめる。そうこうしているうちに、恋する女性にはかえりみられなくなり、食べ物が喉を通らなくなって餓死してしまうのだ。

こういうところに、内向きから外の世界へというモティーフが現実感をもってあらわれているといえる。それが、村上春樹の短編小説の最も優れた点なのである。外の世界というのは、目に見える外側の世界ということではない。人間が内面を掘り下げていったときに、不意に現れてくるような世界である。そういう世界によって、自分の内面が左右されていたと思わせるような世界といえる。

たとえば、夏目漱石は、一八九六年（明治二九年）の三陸沖大地震が起こったとき、熊本の高校の先生をしていたのだが、その交友会誌のようなものに、こんなことを書いている。地震というのは三陸や濃尾に起こるだけではなく、自分の心の最も見えないところでも起こるのだ。何と恐ろしいことであるか、と。

実際漱石は、『吾輩は猫である』や『坊っちゃん』といった小説から『こころ』や『明暗』といった小説へと向かっていく。それは、内面をどんどん深めていくような方向なのだが、そのことによって、地震という自然災害や戦争といった事態が、どんなに恐ろしいものであるかということを示唆するようになる。『こころ』の先生は「私」にあてた遺書のなかで、自分のなかで「苦しい戦争」がたえず吹き荒れていたという。

地震や戦争は、決して比喩ではない。最後の小説『明暗』を書いていたときの漱石は、「点頭録」

という随筆で、当時世界を揺るがしていた第一次世界大戦について語る。この戦争が、相手よりも優位に立とうとする人間たちの力と力の戦いに由来するものだといって、批判するのである。人間の内面に潜んでいた邪悪なものが、世界戦争を引き起こすまでになると漱石はいうのだ。

村上春樹の短編小説を読んでいると、だんだんこのことが分かってくるような気がする。社会や政治にコミットするというのは、それらが人間の内面と地続きにあって、だからこそ恐ろしい結果をもたらすということに本気で関わることなのだ。

共苦《コンパッション》と憐憫《ピティ》

――タルコフスキー『サクリファイス』再考

災厄を内にはらんだ自然

幼少期から岩手の三陸海岸沿いの海を見て育ってきた。とりわけ、東日本大震災に伴う津波によって大きな被害を受けた陸前高田の松原から眺める太平洋の海は、私にとって原風景のようなものだった。その海に沿って広がる松原が津波になぎ倒されていく中で、一本の松が奇跡的に生き残った。後にその松は、大震災の被害を象徴する「奇跡の一本松」と名づけられた。私には、この松に決して重ならないものの、海辺にかろうじて根を生やしている一本の木について、忘れられないイメージがあった。それはタルコフスキーの映画『サクリファイス』の冒頭のシーンに映し出されるイメージである。

一人の男と幼い息子が、静かな北欧の海辺に枯れかかった一本の木を植えようとしている。瓦礫の海となった陸前高田の海辺からは想像もつかない穏やかな自然のなかで、木は、男と幼い息子の手で少しずつ持ち上げられ、ついにはすっくと天に向かって立ち上がる。そこには、災厄のイメージが微塵も感じられない。むしろ、祈りや希望といったものがつたわってくるのだが、福島原発事故を経験した後から省みるならば、チェルノブイリ原発事故の直前に完成されたこの映画の海辺の一本の木と大震災の被害を象徴する「奇跡の一本松」には、偶然とはいえない符合が感じられてくるのだ。

タルコフスキーはその映画において、核戦争の恐怖から家族や愛する人々を救おうとするアレクサンデルという人物の犠牲を映像化する。そのメッセージは、彼の口を通して次のような言葉であらわされる。

人間は他人や自然から
絶えず自分を守ってきた
絶えず自然を破壊した
そして文明は
権力　抑圧　恐怖　征服の上に
築かれてきた
我々の技術は進歩したが
我々に　得られたものは
型にはまった満足と
権力維持の兵器だけだ

罪悪とは不必要なもののことだ
それが真実なら
文明は
罪悪の上に築かれている
我々の文明は病んでいる
根本からまちがってきた

このメッセージを、映画のタイトル『サクリファイス』になぞらえて次のように解釈してみるならばどうか。

私たち人間は、他人や自然の前に裸のままにさらされるとき、みずからが劣位に貶められることをどうしても受け入れることができない。それは、死の恐怖となって私たちをとらえる。このような恐怖からのがれようとするとき、私たちは見えないところで何かを犠牲に供している。それは自分よりもさらに劣位にあるものでもあれば、自分にとって手の届かない絶対優位の存在でもある。私たちはそれらをサクリファイスすることによって、自然を征服し、恐ろしい他者をのりこえ、文明といわれるものを築いてきた。

だが、一方において、このような犠牲は、権力、抑圧、恐怖、征服を結果として生み出してきた。文明とは、それらを隠蔽するために、その隠蔽の上に築かれてきた罪悪にすぎない。どんなに文明が進もうと、そこに得られるのは、自分を保持できたという満足と、その満足を維持するための装置でしかない。私たちの文明は、その罪悪の上に築かれている。根本的な病い、根本からのまちがい。それが私たちの文明だ。

タルコフスキーのメッセージをこのように受け取るとき、現代文明がどのようにして築かれてきたかを芯から理解することができる。とりわけ二〇世紀に起こった二つの世界大戦は、どのような文明も、その文明のもとに築かれたどのような国家も、権力、抑圧、恐怖、征服を結果として生み出す装置にすぎないことを明らかにしてきた。

だが、私は、タルコフスキーが「文明」だけでなく「自然」をも、恐ろしい他者と同位のものとしてとらえていることに注目せずにいられない。それは、アレクサンデルが、枯れかかった一本の木を幼い子供とともに植える北欧の海辺を象徴するような自然ではない。むしろ、みずからがささげる犠牲として、ラストシーンにあらわれる炎上する家屋に象徴されるものだ。

なぜアレクサンデルは、核戦争を阻止するために神と契約を行い、それを履行するために我が家に火をつけ、ぼうぼうと燃え上がる炎のまわりを迷走したのだろうか。恐ろしい他者としての「自然」を再現し、それにおのれを犠牲として捧げるためである。私たちにとって、最初の恐怖は、「自然」からもたらされるものであって、「自然」とは災厄をはらんだものにほかならないというのが、タルコフスキーの根本思想なのだ。それは、『惑星ソラリス』『ノスタルジア』といった作品からもうかがうことができる。宇宙の果てのソラリスの海も、夢想のなかにあらわれる故郷の風景も、よそよそしい他者であり、ときに恐れの淵へと陥れるものである。

あらためて、アレクサンデルが先の言葉を述べる場面に眼を移してみよう。

いくつもの灌木が立ち並び、丈の高い草が一面に生えている海辺の緑地を風が吹きすぎていく。灌木のひとつにもたれて座りながら、はっきりとした口調でひとりごつアレクサンデルのまわりを、小さな子供が赤子のように這って遊んでいる。ざわざわと音たてて吹きすぎていく風の向こうには、おい茂った草が不気味にゆれているばかり。と、いつの間にか子供の姿が見えなくなる。あわてたアレクサンデルは、立ち上がって何度か呼びかける。しんとした一瞬をはさんで、子供が、ふいにアレクサンデルの背中に飛び乗ってくる。その子供を魔物かなにかのように、渾身の力で払い除けたアレクサンデルは、そのまま倒れ伏してしまう。投げ飛ばされて地面に顔をぶつけた子供の、鼻血を拭う姿と、「神様、私はどうしたのでしょう」と呟いて倒れるアレクサンデルの姿。

不意に場面は暗転して、モノクロの、いいがたい終末のイメージからなる映像が流れていく。アレクサンデルの独言に込められたメッセージは、異様な力をもって当のアレクサンデルを不意に襲ったのである。

「我々は、死の恐怖からのがれようとしてサクリファイスをおこなう。他人や自然から自分を守ろうとして。その結果、権力、抑圧、恐怖、征服を世界にはびこらせるのである。我々は、死の恐怖からのがれ、他人や自然から自分を守るために、より高い文明を築こうとする。だが、サクリファイスが、権力、抑圧、恐怖、征服を結果として生み出すのであるなら、文明とは、それらを隠蔽するために、その隠蔽の上に築かれてきた罪悪にすぎない。どんなに文明が進もうと、そこに得られるのは、自分を保持できたという満足と、その満足を維持するための装置でしかない。我々の文明は、その罪悪の上に築かれている。根本的な病い、根本からのまちがい。それが我々の文明だ」。

その文明が、瓦礫のように次々に崩れていく。声を無くした子供の、不意の襲来におびえて、昏倒するアレクサンデルをとらえたのは、根本的に病んだ文明、誤謬の文明が崩壊していくイメージだ。

同時に忘れてはならないのは、その崩壊した後の瓦礫の積み上げられた世界の向こうに、私たちに災厄をもたらす恐ろしい「自然」が映し出されているということだ。大災害とは、文明の崩壊を予告するものなのだ。そう受け取らなければならないほど、私たちは病んだ文明のなかに生きているということをタルコフスキーは告げようとしている。

文明の終焉と大災害の到来は、サクリファイスの終わりをもたらすと同時に、最後のサクリファイスを遂行させる。タルコフスキーの映画では、それを行うのは主人公のアレクサンデルである。だが、そのためにアレクサンデルは、小さな子供のいたずらにもおびえ、無邪気なるものにいわれない傷を負わせ、みずからも倒れ伏さなければならない。みずからを生け贄として、捧げなければならないのである。その不意の昏倒が、これからやって来る彼自身のサクリファイスを予告することだけはまちがいない。

サクリファイスのさまざまな相

映画『サクリファイス』の冒頭の場面に戻ってみよう。

遅い春の光の、照り返しが眩しい北欧の海。その海を望む小高い丘の上で、ひとりの男が、小さな男の子と一緒に、枯れかかった一本の木を植えている。男はしきりに何かを語りかけながら、土を掘り、水をやり、まわりを固めて、自分の倍ほどの高さの枯れそうな木を立てようとする。小さな男の子は、男の言葉が耳に入っているのかどうか、ただ楽しそうに土や石を運んで、木の根元に埋めている。ようやく木が立ちあがると、男は、梢の方を見上げて、賛嘆の声をあげる。

何でもない場面ながら、不思議に忘れがたい印象をのこすシーンだ。岡の向こうには、小波の光る穏やかな海。灌木がところどころに生える緑の草原を、不意に風が渡っていく。その間をゆるやかにカーブを描いて続いている一本の道。そこを通って、アレクサンデルの誕生日を祝うために、何人かの人たちがやって来る。そうして物語ははじまる。その物語とは、枯れかかった木を支えながら、小さな男の子に語りかけていたアレクサンデルの、こんな言葉から紡がれていくものだ。

ずっと昔のあるとき
年とった修道士が僧院に住んでいた
パムベといいった
あるとき枯れかかった木を山に植えた
そして

ヨアンという若い修道僧に言った
〝木が生き返るまで毎日必ず水をやりなさい〟

毎朝早くヨアンは
桶に水を満たして出かけた
木を植えた山に登り
枯れかかった木に水をやって
あたりが暗くなった夕暮れ
僧院に戻って来た
それを三年は続けただろうか
ある晴れた一日
山に登って行くと
木はすっかり花でおおわれていた

ひとつの目的をもった行為は
いつか効果を生む
ときどき
自分にいいきかせる

毎日　かかさずに
正確に　同じ時刻に
同じひとつのことを
儀式のようにきちんと同じ順序で
毎日変わることなく行なっていれば
世界はいつか変わる
必ず変わる　変わらぬわけにいかぬ

同じひとつのことを、儀式のようにきちんと同じ順序で、毎日変わることなく行なうこと。そうすれば、今にも枯れそうな、乏しく、貧しい木が、いつか緑で覆われ、花に満たされる。貧しく惨めなものが、実は豊穣で華麗なものの、身をやつした姿であったということが、証されるのではない。ここに証を立てられるのは、乏しく貧しいものが、その乏しさ貧しさに拘泥し、豊穣で華麗なものを羨み続けるならば、花も緑もついに望まれることはない。むしろ、繰り返される単調な日々を、あたえられたものとして喜びをもって迎えるとき、乏しさも貧しさも緑に覆われ花で満たされる。そういうことではないだろうか。

キリスト教では、イエス・キリストの十字架上の死が、サクリファイスという言葉でいわれる。イエスは、人類の罪を贖うために犠牲に供されたというのが、キリスト教の教義の要である。だが、イエスのサクリファイスからは、そのような「意味」を読み取ることができない。むしろどのような「意味」も消し去られたところにイエスのサクリファイスはある。それは、神への信仰を試すために行われたアブラハムとイサクの物語にさかのぼることができる。

神が命じられた場所に着くと、アブラハムはそこに祭壇を築き、薪を並べ、息子イサクを縛って祭壇の薪の上に載せた。そしてアブラハムは手を伸ばして刃物を取り、息子を屠ろうとした。（「創世記」）

アブラハムが神の命に従って、ひとり子イサクをサクリファイスしようとした場面である。祭壇を築き、たきぎを並べ、子を縛って祭壇に供えるアブラハムと、黙って父親のなすがままにされるイサクの姿が、枯れかかった木を山に植えたパンベと、彼のいうままに山に登り、木に水をやって、あたりが暗くなった夕暮れ、僧院に戻ってくるヨアンのすがたに重なる。

同じひとつのことを、毎日変わることなくおこなうとき、乏しく貧しい木が緑で覆われ、花に満たされる。そのように、祭壇を築き、たきぎを並べ、黙ってサクリファイスに備えるアブラハムのもとに、神があらわれる。神は、ひとり子を捧げようとするアブラハムの信仰の厚さを知って、その手をさえぎるのである。

この話には、たしかにイエス・キリストの十字架上のサクリファイスを予言するものがある。イエスもまた、アブラハムのようになにものかにすべてをあずけ、しかしアブラハムのひとり子イサクと違って、死に赴いていく。マタイやマルコと異なって、ルカは、そのようなイエスのすがたを次のように語った。

既に昼の十二時ごろであった。全地は暗くなり、それが三時まで続いた。太陽は光を失っていた。神殿の垂れ幕が真ん中から裂けた。イエスは大声で叫ばれた。「父よわたしの霊を御手にゆだねます」。こう言って息を引き取られた。（「ルカによる福音書」）

こうしてみれば、イエスとは、アブラハムが祭壇に並べたたきぎだ。ただいけにえを燃やすためだけに集められ、ほかにはほとんど顧みられることのない乏しく貧しいもの。だが一方で、それは、アレクサンデルやパンべに植えられた一本の枯れ木、アレクサンデルの小さな男の子によって、また若い修道僧ヨアンによって、毎日欠かさずに水やりをおこなわれる木だ。どのような見返りもなく、石のような沈黙の中に置かれて、なお日々繰り返される単調な仕事を、むしろ喜びをもって容れることができるなら、やがて死でさえも贖われるにちがいない。イエスの十字架上のサクリファイスは、そのことを語っているようにみえる。

アブラハムの物語、イエスの物語が語りかけるサクリファイス、そしてパンべやヨアンの挿話から読み取られるサクリファイス、それらは共同体の秩序を保つため、人々の安寧を約束するために古来からおこなわれてきた様々なサクリファイスの様式を一瞬青ざめさせる。もっとも卑しく汚れたもの、最低のものを犠牲に供し、それを聖なるものとして祭り上げる、そのことによって共同体の安寧を守っていく、そういう供犠の様式を、根底から震撼させるのである。

だがサクリファイスが、人間を共同体のこちら側に止めるためにおこなわれる壮大な儀式という側面をもっていることを否定することはできない。そこには、血なまぐさいものと聖なるものとをこもごもにまといつけた独特のアンビバレントな力がはたらいている。それは、人間がこの世界に存在する仕方の根本を規定している力である。

サクリファイスを浄化したいという祈り

そのことに関して、たとえば、ドストエフスキー『カラマーゾフの兄弟』のなかで、イワンがアリョーシャに語りかける「大審問官の物語」に登場する人物が思い起こされる。異端審問の嵐が吹き荒れる一六世紀スペイン、セビリアに、この襤褸をまとった男が現れるのだが、民衆はすぐにこの男がイエス・キリストであることに気がつき、息を引き取ったばかりの少女を連れてきて、奇跡を起こすよう願う。その様子を遠くから見ていた大審問官は、すぐにこの襤褸の男を引き捕らえるよう命じ、暗い獄舎に幽閉してしまう。一日が過ぎ、大審問官はみずからその獄舎に足を運び、このイエスらしき男に語りかける。

おまえは自由や愛のために生きることを説いたが、人間というものは、おまえが思っているよりもはるかに卑屈で、浅ましく、屈辱的なふるまいに会っても、唯々諾々と従う奴隷にすぎない。自由や愛に代わって、地上のパンを余すところなく彼らに行き渡らせるならば、奇跡と神秘と権威によって築き上げられた地上の王国に殺到し、従順な羊のようにしてその前にひれ伏すだろう。そのことを知っているからこそ、自分はおまえの偉業を修正してみせたのだ。そう語ることによって、彼はなにを言おうとしたのか。イエスがおこなった「十字架上の死」という偉業を、たとえ世界が滅ぼうとも「死」を怖れることはないという精神によって、塗りかえてみせたのだと言っているのである。
この大審問官について、彼をとらえているのは「絶対的多数の群衆の際限ない苦悩」への憐憫《ピティ》であって、「一人の人間の不幸の特殊性」への共苦《コンパッション》とは異なるものだと語ったのは、『革命について』のハンナ・アレントである。後者がイエスの立場を象徴するものであることは、いうまでもない。アレントは、イエスをとらえている共苦《コンパッション》に光をあてることによって、大審問官の憐憫《ピティ》が、絶対的多数の群衆の怨望を裏返したものであることを示唆する。大審問官とは、そのような人間の感情を抑制する術に長けた統治権力者であると同時に、どのように篩《ふるい》を掛けようと頽落してゆく者たちに対して憐憫《ピティ》を絶やすことのなかった存在だからである。この共苦《コンパッション》と憐憫《ピティ》について、アレントは次のように述べている。

共苦《コンパッション》とは、まるで伝染でもするかのように他人の苦悩に打たれることであり、憐憫《ピティ》とは、肉体的には動かされない悲しさであるから、両者は同じものでないだけでなく、互いに関連さえないものであろう。共苦《コンパッション》は、それ自体の性格からいって、ある階級全体、ある人民、あるいは――もっとも考えられないことであるが――人類全体の苦悩に触発されるものではない。それは一人の人間によって苦悩されたものを出るものではなく、依然としてその本質は苦悩を共にするということにある。その力は情熱自体の力に依存している。すなわち、情熱は理性とは対照的に、特殊なものだけを理解することができるのであり、一般的なものの概念を持たず、一般化の容量も持ちあわせていない。（志水速雄訳・一部改訳）

「一人の人間の不幸の特殊性」への共苦《コンパッション》とは、たとえば、スペイン、セビリアの広場に集まった人々へ向けられたものではない。彼らは、そこに現れた襤褸の人がイエス・キリストであることを信じて、救いを求める一方で、大審問官の憐憫《ピティ》にたやすくみずからを売ってしまう者たちだからだ。では、この場面でイエスの共苦《コンパッション》が向けられているのは、誰に対してだろうか。大聖堂に運ばれてきた白い棺の中の七歳の少女にである。

母親は、彼の足もとにひれ伏して、「もしもあなたがイエス・キリストなら、わたしの子を生き返らせてください！」という。だが、イエスはみずから奇跡を起こすことによって、母親をはじめそこに集まった民衆に信仰心を植えつけることは決してしない。それを行えば、「奇跡と神秘と権威」によって民衆を支配する大審問官となんら変わらないことになってしまうからである。

それでは、棺のなかの七歳の少女にイエスがほどこしたのは、どのような仕業だったのだろうか。その少女が、犠牲に供せられる存在であることを認め、そういうサクリファイスされた存在にこそ共苦《コンパッション》が向けられなければならないということ。そのことを民衆の一人一人に示すことであった。そのようなイエスの意図を直観したからこそ、大審問官は、彼を幽閉し、あらためて「奇跡と神秘と権威」による民衆の統治について語ったのである。

そういう大審問官にとって、棺のなかの少女は格好の供犠《サクリファイス》の対象ということができる。最も痛ましい存在を神に捧げることによって、奇跡と神秘からなる権力の体系をつくりあげていくことが、大審問官の願うところだった。したがって、大聖堂に運ばれた少女の白い棺は、何事もなければ、聖なる存在として祭り上げられるためのものであったということもできる。

しかし、イエスは、この少女の痛みをまるで自分のものであるかのように感じる。いや、この少女やその母親の悲しみに何ひとつ意味をあたえることなく、ただ「一人の人間の不幸の特殊性」として受け入れようとするのである。サクリファイスということに意味があるとするならば、まさにこのような共苦《コンパッション》をとおしてなのだ。「白い棺のなかの少女」とは、ある意味で、アブラハムが神に犠牲として供するイサクなのである。

では、タルコフスキーの映画において、イサクとは、誰なのか。アレクサンデルの小さな子供、喉の病の予後のために包帯を首に巻きつけた子供にほかならない。アレクサンデルがひとりごちている間、ざわざわと風の吹きぬける丈の高い草の間を、赤子のように這って歩く子供のすがたを思い浮かべてみよう。どこからかヒュー、ヒューという息のもれるような音が聞こえてくる。それはこの子供の病が、決して軽視できるものではないことを私たちにつたえる。

彼は、まさにイサクのように祭壇にささげられようとしているのである。そのことを知ってか知らずか、ひとりごちているアレクサンデルの背後から、いきなり子供が飛び乗ってくる。それは、イサクにはついになしえなかった神へのあらがいなのかもしれない。そして、アレクサンデルによって地面にたたきつけられた子供は、まるで父親を恨むかのように鼻血を拭いながらこちらを睨みつける。

その場面を観ていくならば、イサクを祭壇にささげ、さらにはその身代わりとして雄羊をささげることは、ある大きな共苦《コンパッション》のもとででなければならないということが、明らかになってくるだろう。それは、まさにイエスの共苦《コンパッション》にまで行きつくようなもののもとでなければならないのである。

アレクサンデルが我が家に火をつけ、ぼうぼうと燃える家屋のまわりを迷走したのは、みずからをサクリファイスするためにであった。そのことを通して、彼はイエスの共苦《コンパッション》を再現しようとしたのである。しかし、そのことを理解することのできない人々によって、アレクサンデルは精神病院に搬送されることになる。だが、その一部始終をどこかで見ていた彼の子供は、初めて父親の行為のなかにサクリファイスということの重大さを認めるのである。

ラストシーンにおいて、子供は水の入ったバケツを下げ、海辺に植えられた木のもとへとおもむく。彼は、アレクサンデルの話にあったヨアンのように、毎日同じ時刻にその枯れかかった木のもとへとおもむき、水やりをおこなうことを誓う。そのとき、水やりを終えた子供は喉に包帯を巻いたまま、静かに木の根元に横たわる。そして「はじめに言葉ありきとは、どういうことパパ」とひとりごつのである。

バッハ『マタイ受難曲』のアリアが流れ、やがて枯れかかった木がスクリーンいっぱいに映し出されていく。そのとき、アレクサンデルの遺志を継いだ子供が、いまみずからを犠牲に捧げていることに私たちは気がつくのである。

Ⅲ　批評の実践

批評の精髄
——江田浩司『岡井隆考』

私的な葛藤、危機意識

短歌批評が文芸批評であるための条件とは何だろうか。岡井隆の短歌と詩を論じた江田浩司の批評を読みながら、脳裏に去来したのはこの問いだった。

日本の文芸批評を確立したのは小林秀雄だが、その批評の要諦を一言でいうならば、対象の奥にかくされた様々な葛藤のあとを、みずからのそれに重ね合わせてリアルに再現することである。「他人の作品をダシにしておのれの夢を懐疑的に語る」というのは、他者を手段として自己を語るということではない。他者の苦悩や挫折を目的としておのれの夢を語るということである。夢は懐疑的にしか語れないからこそ夢といえるので、同じように、どのような葛藤も「最初の戦闘において、彼はつねに負けなくてはならぬ」（キルケゴール『反復』）からこそ、葛藤といえるのである。江田浩司の批評はこのことを十分すぎるほどにわきまえたうえで、岡井隆という対象に向き合おうとする。

たとえば、『天河庭園集［新編］』の「工業のたなびくなかの星の夜のまなくときなく惑ふこころは」という一首について、江田は下句の「まなくときなく惑ふこころは」に注目する。いったん、これが『古今和歌集』「大歌所御歌」の「しもとゆふ葛城山に降る雪の間なく時なく思ほゆるかな」を踏まえたものかとしながら、結局は以下のような断案を下すのである。

いずれにしても、当時の岡井の葛藤、あるいは危機意識は、絶え間なくいつまでも心にかかるものであったことが詠われている。

これに続けて江田は、「それは前の歌との関係から類推すると、医学と文学の間にあって、思想上の葛藤や私生活上の危機に遭遇していたことが連想される」と語るのだが、この引用文がなければ、江田の批評文は危うく伝記的鑑賞に堕するところということもできないことはない。だが、それを岡井隆における「私性」の問題として引き取ることによって、これがたんなるプライベートな危機や葛藤ではなく、おのれの夢を語ろうとするとき、「絶え間なくいつまでも心にかかる惑い」であることを明らかにしていくのである。

岡井隆ほど短歌における「私性」の問題にこだわった歌人はいないというのが、江田の考えなのだが、それは、岡井隆ほど家庭崩壊をふくめ家族、親族の不幸を前に葛藤し、危機へと追い込まれる人生を歩んだ歌人はいないという見方を暗に示しているように見える。実際、江田の批評は、そのところが透けて見えるような岡井の歌をくりかえし引用し、言及する。だが、それは、伝記的鑑賞にみずからの批評を引き渡すためではなく、それから自立するためなのである。

別にいえば、「私性」の問題にこだわる岡井隆とは、そこでの葛藤や闘い、怖れや危機意識をいかに懐疑的に語るかにこだわっている歌人にほかならないというのが、江田の立場なのだ。だが、江田は、岡井が同時に詩を書くことによって、「私性」の問題から脱却しようとしていることを指摘する。詩には、とりわけ現代詩の先鋭的な詩人の作品には「私性」の問題に対する防御が張られている。彼らの作品の言語実験場には、これの入り込む余地がないのである。岡井は、そのことに早くから気づき、みずからもまたそのような姿勢で詩の創作に取り組もうとした。

だが江田によれば、そのために、岡井の詩が短歌に比べて目を見張るような結果をもたらしたかというと、必ずしもそうとはかぎらない。やはり、「私性」を奥深くに秘めた歌にこそ、本来があるといえる。私的な葛藤、危機意識は、みずからのそれを超えて誰の心をも襲う「惑い」として詠われるのである。「まなくときなく惑ふこころ」は、ある公的な「惑い」として再現される。江田は、そのようにいっているのではないだろうか。

パブリックな光を待ち受けるということ

「私性」に対して「公共性」という理念を対置したのは、『人間の条件』のハンナ・アレントである。アレントは、このプライベートとパブリックというエートスをギリシアにさかのぼることによって取り出してくる。アレントによれば、プライベート（private）というのは、「欠如した」とか「奪われている」といった意味を含んだ言葉であって、真に人間的な生活に不可欠なものを奪われて生きること、自分以外の人間によって見られ、聞かれるときに生ずるリアリティを奪われていること、さらには、共通の対象を介して自分以外の人間と結ばれたり、分け隔てられたりすることから生ずる関係を奪われていることを意味する。

こう定義したうえで、この「奪われている」とは、自分を自分たらしめるような他者が存在しないことであり、そこにおいて彼は、何一つとして他人の関心をひかず、あたかも存在しない人間であるかのように扱われるのだという。

このようなありかたが、象徴的にあらわれるのは、ポリス（都市―政治）に対するオイコス（家―家政）においてである。そこは、生を維持するための必要と必要に駆られてあらわれる欲望の支配する世界であり、自分を自分たらしめるような他者よりも、自分に対抗することを専らとして、絶えず闘いと葛藤へといざなう他者から成る世界である。彼はそういう他者との葛藤のなかで、何度でも敗れ、敗北せざるをえないがゆえに「奪われている」のである。

このようなエートスは、ギリシアにかぎらない。怨望と憎悪と嫉妬の支配する世界で、たがいに奪い、奪われることをくりかえしながら、最終的に「あたかも存在しない人間であるかのように扱われる」者たちの痛みや苦しみや惑いこそが、プライベートということの核心にあるものなのだ。これを普遍的な問題として引き受けることによって、それらは、真にパブリックなものとして再現される。

そのことを明らかにするために、アレントは、芸術や文学において、パブリックな光が射しこんでくるのは、「なんの助けもなく、進む方向も判らずに、人間のそれぞれ孤独な心の暗闇の中をさまようように運命づけられ」た者が、「矛盾と曖昧さの中にとらわれ」ながらも、なお「他人の存在によって公的領域を照らす光」をもとめるときであるという。

ギリシアに範型をもとめるアレントの公共性論が、ポリス（都市―政治）をあまりに理想化しすぎているのではないかという批判を承知のうえで、プライベートとパブリックというエートスが、文学や芸術においてどのようなものとしてあらわれるかをあとづけてみると、以上のようになる。江田浩司が注目する岡井隆の「私性」とは、まさに矛盾と曖昧さの中にとらわれながら孤独な心の暗闇の中をさまようありかたをいうのであって、それでもなお、この「私性」は、他人の存在によって公的領域へとみずからを差し向けようとするとき、パブリックな光に照らされていくのである。そのことは、岡井の優れた歌を引用しながら解釈していく局面で何度でも明らかにされる。たとえば、弟の死を哀悼する岡井の歌に引き寄せられる江田は、こんなふうな批評でそれを実践してみせる。

弟を妬むおもいのセロの音のいくたびか梳きかえす部屋なか　（『眼底紀行』）
やがて救いのカラマーゾフの夜よ来よ弟がまた選ばれてゆく　（同）

弟への屈折した劣等感は、これらの歌からも読み取ることができる。特に、『眼底紀行』の二首は、岡井にとっての弟の存在を象徴的に示していよう。また、弟を追悼する歌の中にも、弟の存在が特別なものであったことが詠まれている。

デウス・エクス・マキナのごとく降りてきてかれはわれを救ひぬ　（「鮎と弟」）

「デウス・エクス・マキナ」は、劇における解決困難な錯綜した局面を天から降りてきた神（絶対者）のように、解決に導く者を指している。岡井は自己の窮地を弟にたびたび救われたことを哀惜と感謝を込めて回想しているのである。

死にゆく弟は、「なんの助けもなく、進む方向も判らずに、人間のそれぞれ孤独な心の暗闇の中をさまようように運命づけられ」た者にほかならない。そして、その弟を哀悼する岡井もまた、そういう存在としてパブリックな光を待ち受けるのである。その時、この「公的領域を照らす光」は「デウス・エクス・マキナのごとく降りてきて」弟の死を救抜し、それを哀悼する「われ」をも救うのである。岡井の「私性」をモティーフとした歌は、それだけのひろがりをもっていると、江田はいっているのだ。

とりわけ私が注目したのは、弟の死をテロやアフガニスタン紛争の犠牲者の死と織り重ねるようにして詠んだ歌について、以下のように述べる江田の視点である。

「このテクストは身内の死の現実の外で進むアフガニスタン紛争の悲劇を含意しながら、犠牲者の『死』が、死にゆく弟と織りなされているところに、深い意味を見出すことができる」。

「死にゆく弟の姿の他方に、アフガニスタン紛争における犠牲者の死があるとして、そこで見出す、人間の営みを被う不条理と悲哀と虚無感は、死者の間を往還するように揺れ動いているのである」。『弟よ』がすぐれたテクストであるのは、弟への追悼の織りなす哀切な世界に、アフガニスタン紛争への感懐が描かれているところにある。弟への追悼詩を中心としながら、反歌はその詩に従属せず、独自の世界を構成したうえで、詩と交感する詩的トポスを創造し、最終的に相互の表現が補完し合いながらテクストの完成が図られているのである」。

このような視点は、『中国の世紀末』を論ずる際にも、生かされている。そこに収められた詩や歌が、中国を観光旅行する岡井の様々な思いを詠んだものでありながら、盧溝橋事件や、重慶爆撃、さらには超国家主義者北一輝のアジア主義と織り重ねられていると江田はいうのである。岡井はそこにおいて、日本の中国侵略という事実を決して私的な領域に追いやるのではなく、歴史の現実として公的な光をあてていかなければならないと考えていると江田はいっているかにみえる。そしてここにおいても、侵略の犠牲となった中国人や侵略の片棒を担がされた日本人の「孤独な心の暗闇」がパブリックな光によって照らされる場面を再現するところにこそ、岡井の作品における「私性」の意味があるのだということができる。

「性愛」にあらわれる「私性」の問題

ところで、岡井の「私性」が象徴的にあらわれるのは、社会や歴史をパブリックな光によって照らし出すものとしてのそれだけではない。むしろ、そういう光を無《な》みするような性愛へのまさに私的な拘泥においてといえる。それは、九州逃避行のあいだに想を練られた歌や、老年になっての家族崩壊をも辞せぬ愛への執着をモティーフとした作品にあらわれているのだが、それだけでなく、江田によれば佐々木幹郎との組詩『天使の羅衣《ネグリジェ》』に収められた作品にもあらわれている。それはたとえば、次のような歌から読み取れるものである。

みだらなる言葉をただに悦ばぬかかる境には何時到りけむ
およそわれ女を視つつをののくは水禽ならむ　喚ぶ声は霜
夜の椅子女に向けてはなちたる紙飛行機はたゆたひにけり
部屋内を腋窩あらはに行きにしをピザかじりつつ想ひ出でつも
女らは熟睡の腕垂らしたり書をし開くごとくひろげて
性愛のまにまに頽れゆきにしや岡井隆といふ青年は

（「性愛にかかわる素描集・他」『歳月の贈物』）

ひややけき女の腹にふれし時退路たたれてとぶ黒き鳥
歯のなかに舌あることのたのしさの　女を嚙みて夜のほどろまで
揺れながら開かれてゆく人体と遠ざかりゆく女声といづれ
さだまらぬ女のこころいぎたなく定まりてゆく男に添へて

含むとは乳首をふふむくちびるの人こそは見め〈愁〉ふくむと
逢ひたいの逢ひたいのとぞ泣きながらおろかしきまで、青ねぎ畑　（『天使の羅衣《ネグリジェ》』）

江田は、これらの歌に岡井の、ジェンダーについての自覚を読み取り、一見女性への性的執着と見えるものの、その奥には「男たちの共同性」や「男の物語」をもとめる岡井独特の性向が認められるとする。それは、弟の物語に過度に執着する岡井の「私性」と織り重ねられるものにほかならない。そのような江田の見解を受け入れたうえで、なぜ岡井は、そこまで性愛に執着するのだろうかという問いを立ててみようと思う。というのも、これらの歌に詠まれた女たちが、アレントのいうプライベートな領域に追いやられたものであるとするならば、どのような意味においてであるのかについて考える必要があるからである。

アレントは、プライベートとパブリックというエートスに付随するものとして、インティメートとかインティマシーというエートスを問題とする。親密性とか親密圏ともいわれるこのエートスは、「魂の親密さ」や「過激な主観主義に満ち」た「情緒生活」から成るものであり、同時に「人間の魂をねじまげる社会の耐えがたい力に対する反抗」から成るものである。だが、アレントによれば、これらのエートスは、プライベートのそれのようにパブリックな光を呼び寄せることがない。なぜなら、それはどこまでいっても「人間存在の主観的な様式」にすぎないからである。

このようなアレントの親密圏に対する考えは、様々に受け取られてきた（たとえば、これをフェミニズムの理念に通ずるものととらえることによって、親密圏を批判するアレントは、フェミニズムに対する無理解を呈しているとされた)。しかし、私の考えではアレントがいおうとしているのは、「魂の親密さ」や「情緒生活」や「人間存在の主観的な様式」は、性愛において象徴的にあらわれるということなのである。それは、国家・社会の共同性とは異なった、いわば対幻想の領域に属するものなのだが、一方において、家族や親族の共同性とも相容れないまさにn個の性に当たるものなのである。しかし、ドゥルーズ＝ガタリが提唱したこの性概念もまた、アレントからするならば、パブリックの成り立つ機縁のないものとして退けられる。

このようなアレントの考えは、バタイユのエロティシズムについてのそれに対する根本的な批判にもなっているといっていい。というのも、バタイユのエロティシズムが、社会の制度や規範、さらには人間の倫理や道徳に対する過激な抵抗を旨とするものであり、禁忌とされるものへの根底からの侵犯であるとするならば、そこにパブリックなものが呼び寄せられる余地はないからである。バタイユもまた、「なんの助けもなく、進む方向も判らずに、人間のそれぞれ孤独な心の暗闇の中をさまようように運命づけられ」た存在どうしの性愛に、死に至るまでのエロスの蕩尽をみようとした。エロティシズムとは、非連続性を負わされた者たちを連続性へともたらす唯一の糧なのである。

にもかかわらず、アレントからするならば、そういうエロティシズムがもたらす連続性への希求が、パブリックなものを同時に容れるものではないとするならば、そこに思想の根拠を置くことはできないということになる。

こうしてみるならば、性愛を詠んだ岡井の歌が、アレントのいう「親密圏」にあるものであり、バタイユのいうエロティシズムにシンクロナイズするものであるとするならば、アレントの批判を免れないということになる。そこには、たしかに性を介してあらわれてくる「魂の親密さ」や「情緒生活」というものがみとめられ、さらには、死に至るまでの性の蕩尽といった危機的なエロスがみとめられる。しかし、「人間と人間が共に存在し関係しあう場」であり、「多様な人間どうしを結集させると同時に分離させ、そのことによって共通するものへの関心を絶やさせないようにする場」としての公的な領域の成立する余地がどこにもない。

もちろん、この性愛のエロティシズムには、社会の制度や規範に抵触し、それらの根底をなす倫理や道徳にあえて唾を吐きかけることによって、その欺瞞性を暴くという意味がないとはいえない。にもかかわらず、そこには制度や規範や倫理や道徳の底板に当たるようなパブリックなものへの関心がみられないのである。

とはいえ、江田のいうように岡井のエロティシズムが「男たちの共同性」や「男の物語」をもとめる岡井独特の性向から発するものであるとするならば、そもそも公的領域やパブリックな光というものと無縁であって当然ではないだろうか。アレントの批判は、願うところであるといっていい。岡井における「私性」の問題は、性愛の「私性」に関する限り、むしろパブリックなものを蔑《ないがし》ろにすることによって再現されるのである。

奥にかくされたたとえようのない暗鬱さ

だが、そういってしまうには、岡井の性愛のエロティシズムも、アレントの公的な光も、その奥にたとえようのない暗鬱さを覆い隠しているように思われてならない。いや、この暗鬱さには根拠があるというかのようにそれを秘めているのは、アレントの公的な光であって、岡井のそれは、岡井個人の「私性」から来るものにすぎないようにも見える。たとえば、先に引用した性愛を詠んだ歌に続けて、以下のような歌を引いてみよう。

苦しみを遠ざかるたび苦しみの顔見えて来てまうらがなしも
たひらぎはかくのごときか目覚めたる闇のいづくにも乳房は憩ふ
みまかりし父はいまはに「もう、いい」と言ひて右向きたりしときの間
たへがたく鬱たへがたく極彩の積木崩れてゐたりけるかも
〈物〉といふ言葉こそ物　狂ひたる女はいくそたび〈物〉といふ
性愛はつらい負荷、熱い氷に煮られてふつふつ凍ってしまう
ザンクト・ペテルブルグの闇に斧を振るラスコリニコフこよひわが友
寂しいと言はず淋しさを知らせ合ふ瞳の奥の魚の光り

江田の引用した岡井の歌から、アレントの公的な光がはらむ暗鬱さに匹敵する暗鬱さを印象づける歌を引いてみた。こうして引用しながら味わってみるとあらためて、これを岡井の「私性」にのみ帰すことはできないと思われてくる。では、アレントの公的な光がはらむ暗鬱さとはどういうものなのか。

プラトンの『国家』において問題とされた、洞窟の比喩について考えてみよう。暗い洞窟のなかで、人間たちは後ろ手に縛られて、洞窟の壁に向き合っている。プラトンによれば、洞窟の中で後ろ手に縛られた人間たちは、壁に映った影を実体と思い込んでいる。それほど悲惨な状況の中にありながら、洞窟の人間は、そのことに気づいていない。彼らをしてそれに気づかせるのは、洞窟に差し込んでくる光なのだ。しかし、彼らはすべてこの光に気づいて、自分のいまある状況から脱しようと考えるとはかぎらない。むしろ、差し込んでくる光は、洞窟の壁に映った影絵の輪郭を際立たせるだけで、彼らをいよいよ影の世界へと没入させる。

では、洞窟の壁に映った影絵とは何か。小林秀雄は、『考えるヒント』に収められた「プラトンの『国家』」において、洞窟の壁に映し出される影絵とは、人間の最も忌むべきすがたにほかならないという。イデアの光に照らされるとき、人間は自分が、不正の徒であることを知らされるのである。それをいいかえるならば、公的な光に照らされるとき、人間は、自分がまったく私的な存在であることを知らされるということになる。

だがここでいう、プライベートな存在とは、真に人間的な生活に不可欠なものを奪われ、自分以外の人間によって見られ、聞かれるときに生ずるリアリティを奪われた存在というだけでは足りない。むしろ、真に人間的な生活に不可欠なものを奪い取られることによって、怨望と憎悪と嫉妬の支配する世界に生き延びてきた存在なのだ。洞窟のなかでは、そのような存在こそが、後ろ手に縛られて洞窟の壁に向き合っているのである。パブリックの光とは、このような暗鬱さを洞窟の壁に映し出すものなのである。

小林のいう「人間の最も忌むべきすがた」「不正の徒」とは、まさにこの暗鬱さをもたらすものといえる。プラトンによれば、イデアの光をもとめる者こそが、この暗鬱さからのがれることができる。だが、アレントも小林も、この暗鬱さからは容易なことでは、のがれることができないと考えている。なぜならそれは、何よりも倫理の影であり、罪のにおいをまといつかせた死の影にほかならないからだ。それを照らし出すことのできるのは、パブリックな光だけであるとアレントはいう。それは、人が生を享け、やがて死んで去っていくということでは容易に消滅することのない、永続的なものへの可能性をもたらすからだ。

こうしてみるならば、岡井のエロティシズムや私性の奥にかくされた暗鬱さとは、これにほかならないということができる。人間の闘いや葛藤が、決して二者において行われるのではなく、三者のなかで、承認をめぐる闘争が行われるということ。承認されるために飽くなき闘争をくりかえすというのは、その三番目の存在にこそ承認されたいためなのだ。だからこそ葛藤や闘争は、倫理の影をまといつかせずにいない。そこでは、主人になったものも奴隷となったものも結局は敗者なのである。主人は、たとえ一度は勝利したとしても、やがて敗れる存在にほかならず、そして、奴隷もまた、労働によって主人を乗り越えていくのではなく、死の影にさいなまれることによって敗者となっていくのである。

これほどまでに悲惨な洞窟的状況に、光を与えるものこそパブリックなものといっていい。「人間と人間が共に存在し関係しあう場」であり、「多様な人間どうしを結集させると同時に分離させ、そのことによって共通するものへの関心を絶やさせないようにする場」としての公的な領域があらわれるのは、そのような暗鬱さで覆われた世界を受け入れることによってなのである。そうであるとするならば、岡井のエロティシズムや私性の奥にかくされた暗鬱さは、けっして倫理や道徳に唾を吐きかけるものではなく、むしろそういう倫理や道徳が罪をもたらすところにあらわれるものであり、それは、死の影といってもいいものであることを忘れてはならない。

洞窟のような場所から掬い上げられたもの

江田の批評は、そこのところを、まぎれもなく重要主題として、岡井隆という洞窟的存在をとらえようとしている。そのことは以下のような批評の言葉から受け取ることができる。

> 詩歌を言葉による生命体とするならば、みずからを生かし、保つために、自死する言葉を内在させることが、詩の生命に関わる重要な要素であると考えさせられる。それは単に時代環境への適応という問題ではなく、詩表現がその起源から内在させる本質的な性格であり、そのことに無自覚な創作は言葉の作用の偶然性に詩の生命を委ねる行為を夢見ることにしかすぎないものかもしれないと思わせられる。

江田は、「自死する言葉を内在させる」作品ということで、岡井の暗鬱さに言葉を届かせようとするのだが、これだけではまだ暗さが足りないというならば、以下のような一節はどうだろうか。

そもそも、この「スケッチ帖」の存在自体が不気味である。この「スケッチ帖」が暗示するものは、生の営みによる犠牲と喪失の集積の寓意である。その犠牲と喪失とは、一方的に与えられるものではなく、自己と他者の双方に強いられるものだ。
内部思考による内的な対話によって進められてゆくこの詩は、存在そのものに対する虚無感が内発的に醸し出されている。それは岡井が負う危機的な状況を呼び出すものであり、生の営みのグロテスクさに言葉を付与するものである。

「スケッチ帖」というのは、以下のような詩だ。

なにかしらね　それ　と彼女はゆきがかり上きくといつたかんじできいた
むかし殺したんだよ　と男は言つた
その横には牛がかいてあつた
それは　ときくと
これもむかし　とすこしためらつて　死んだんだといつた

これを「不気味」と取り、ここには犠牲と喪失が寓意されているという江田は、この作品のみならず、先に引用した暗鬱さをおしかくした岡井の歌を念頭に置いているといっていい。そこには、「存在そのものに対する虚無感」が醸しだされ、「生の営みのグロテスクさ」があらわれているというのである。

江田の言葉は、まぎれもなく岡井の作品の言葉が、みずからの内部の洞窟のような場所から掬い上げられたものであることをとらえている。それは、犠牲をもたらす暗鬱さである。自己と他者の双方に強いられるものであり、同時に存在そのものという、第三者に対して虚無としてあらわれるような暗鬱さである。そこで問題になっているのは、存在に投影された人間の倫理の暗さであり、罪を犯さずにいない者の暗鬱さであり、死の影といっていいものなのである。それは、ベンヤミンの言葉を借りるならば、「罪あるもののあがないのためにいけにえとして死んでいく」（『ゲーテ　親和力』）ものの暗鬱さにほかならない。

にもかかわらず、そういう暗鬱さの先にこそパブリックな光が見えてくるというのが、岡井の作品のテーマなのである。そのことを江田は、「呼び出された危機的な状況は詩の内部に呼び込まれ、詩の言葉を通過することによって浄化されてゆく」という言葉で述べる。それは「歌の内部に呼び込まれ、歌の言葉を通過することによって浄化される」といっても同じことだ。

要するに、岡井の言葉は死と犠牲を通して人間の罪を取り除き、その空虚な場所に、これまでの人間とはまったく異なった「人間と人間が共に存在し関係しあう場」がうまれるということを私たちに確信させ、そこにこそ、「多様な人間どうしを結集させると同時に分離させ、そのことによって共通するものへの関心を絶やさせないようにする場」としての公的な領域があらわれることを予見させるような言葉であると江田は、いっているかのようなのだ。

私は、岡井隆の作品のなかからこのような言葉を紡ぎ出してくる江田浩司の批評を、文芸批評の精髄を宿したものと信じてやまない。

究極的な批評の形式

——詩論展望

今日的な思想的課題

詩論とはどういうジャンルなのだろう。戦後の詩論家としてもっとも大きな影響力を持ったのは、いうまでもなく吉本隆明である。しかし、吉本の残した膨大な批評を詩論の名でくることができるだろうか。

そう問うてみて、なおこれを肯うことができるとするならば、ある条件が必要である。すなわち、その批評が対象とした文学・芸術・政治・社会・思想すべての根底に「詩的なもの」を読み取るということ。それは、同時に、「詩的なもの」を核にして、文学・芸術・政治・社会・思想のすべてを読み取るということでもある。

このように考えるならば、詩論とは、どのようなジャンルの批評にも当てはまる究極的な批評の形式であるととえる。

たとえば、夏目漱石は『文学論』において「凡そ文学的内容の形式は（F＋f）なることを要す。

Fは焦点的印象または観念を意味し、fはこれに附着する情緒を意味す」という言葉で、文学を定義した。しかし、このような定義とそれにしたがった批評を詩論ということはできない。そこには「詩的なもの」への配慮が見られないからである。

だが、実際に『文学論』を読み進めていくと、シェイクスピアをはじめとする文学作品の個々の批評には、「詩的なもの」を核としなければ出てこないような分析が次々に現れる。そこで、漱石は、fについて、これを単なる情緒（feeling）とするのではなく、fear すなわち人間存在の根源的な怖れとみなすのである。それでは、先の定義でいわれる観念の形式としてのFとは何か。人間に根源的な怖れをもたらす力（force）にほかならない。北村透谷が力《フォース》としての自然と内部生命といった言葉でとらえたものが、漱石においてもまた、浮上しているのである。これを詩論と呼ばずして何と呼べるだろうか。

とはいえ、詩論が究極的な批評の形式であるためには、もう一度『文学論』の意図に戻ってみなければならない。なぜ漱石は、人間に怖れをもたらさずにいない力を問題にしながら、一方で、人間どうしの了解を根底とした観念の連想や形式を、視野に入れようとしたのだろうか。そこには、もっとも内的なクライシスからどのようにして共同了解の網の目が織られていくのかという問いが込められている。

であるならば、この二重性にこそ、批評が詩論であることの普遍的な根拠があるといえるのではないか。たとえば、ナショナリズムとグローバリズムの問題について独特の視座から考察を進めた東浩紀『ゲンロン0　観光客の哲学』は、ドストエフスキーやルソーについて論じながら、以下のような考えを明らかにする。

人間は人間が好きではない。人間は社会をつくりたくない。にもかかわらず人間は現実には社会をつくる。言い換えれば、公共性などだれももちたくないのだが、にもかかわらず公共性をもつ。ぼくには、この逆説はすべての人文学の根底にあるべき、決定的に重要な認識のように思われる。

ルソーやドストエフスキーの根底にあるペシミズム・ニヒリズム・狂気といったものを、まさにfear（怖れ）として取り出すことができるとするならば、彼らはなぜそのような精神の危機に瀕しながら、社会や公共性の底板を固めるような形で哲学や文学をすすめていったのかと東は問うている。それは、もっとも今日的な思想的課題であると同時に、もっともアクチュアルな詩論のそれでもあるのだ。

「主観性の廃墟」と「共同主観性」

『北川透現代詩論集成2戦後詩論　変容する多面体』に収録された「現代詩、もうひとつの戦後空間　シュルレアリスムを超えるもの」という画期的な論考において、北川は、ブルトンをはじめとするシュルレアリストたちが、夢や無意識を方法的に表象していくところに新しい詩のありかたを見出していったとしながら、それを決して方法の問題として受け取らないという立場を明らかにする。

そのために北川がとったのは、サルトルのシュルレアリスム批判を批判的に検証すること、さらには北川自身どこまで自覚していたかは別にして、シュルレアリスムの根底から現象学的還元というイデーを取り出すことである。

それでは、サルトルのシュルレアリスム批判とはどういうものか。客観世界、客体としてのもの、外界の像、そして全現実を破壊し、無化することによってそれらを精神の現実に服従させる。それだけでなく、主観的なものさえも瓦解させ、神秘不可思議な客観性を現出させる。そのようなシュルレアリスムの自動記述とは、結局のところ「主観性の廃墟」を露出させるにすぎない。それは、知的ブルジョアの行うことであって、戦闘的マルクス主義者の社会変革とは無縁のものだ(「一九四七年における作家の状況」『文学とは何か』所収)。

これに対して、北川は、その「主観性の廃墟」にこそ、詩的なものの根源が見出されるとする。なぜなら、そこからこそ「家族、宗教、国家などの共同性が作り上げている、理念、常識、道徳的なタブーによって侵犯されている意識界、その裏側に沈められている、奇怪で、真実なもう一つの自己を、浮かび上がらせないわけにはいかないからである」。それは同時に「非合理で反論理的なカオス」「悪魔的で退廃的な反論理性の領域」を現出させるのであり、「恐怖」と「狂気」を不可避のものとして呼びよせずにいない。それはまさに全現実の「崩壊感覚」のなかから現れ出てくるものにほかならない。

シュルレアリスムの自動記述がもたらしたものをこのように受け取ることによって、北川は、サルトルが廃棄しようとした「主観性の廃墟」にこそ根拠を置こうとする。一方において、サルトルが問題とした客観世界や外界の像といったものをどのようにシュルレアリストは問題にしたかを、ブルトンの『シュールレアリスム宣言』の次のような一節を引きながら、明らかにしていく。

> 或る晩、まさに眠りに入ろうとする前に、私は、そのなかの一語たりとも変更することはできないほどはっきりと発音され、しかも、それにもかかわらずいかなる音声からも分離されたすこぶる奇妙な語句を感じ取ったのである。その語句は、私の意識の認めるところによれば、そのとき私がかかわり合っていたさまざまな出来事の痕跡をとどめることなしに私のところにやってきたものであり、私には執拗なものに思われ、あえて言うならば、窓ガラスをがたがた叩く語句であった。
>
> （森本和夫訳）

北川はここに自動記述の方法が秘めている「自己にとっても、まったく見知らぬ他者であるような自己の出現」、「根本的な不条理性によって、とりわけ真価を発揮する内的世界の回復」「無意識界を含めた全体」の対象化といったイデーを見出している。それは、同時に、客観世界や外界の像を括弧に入れることによって、主観の内部にありありとした姿で現れる内的世界の全体を取り出して見せたフッサールの現象学的方法に通ずるものではないだろうか。

フッサールは、客観的に存在するとされるものすべてを疑うことによって、どうしても疑うことのできないものたちが「窓ガラスをがたがた叩く」ように意識内部に現出する世界を「主観性の廃墟」ならぬ「共同主観性」や「間主観性」の世界とみなした。「内的世界の回復」や「無意識界を含めた全体」の対象化といったものは、まさに「自己にとっても、まったく見知らぬ他者であるような」存在どうしの、それ以上疑うことのできない了解のもとになされなければならないと考えたからである。サルトルのいう「社会変革」がおこなわれるとするならば、この「共同主観性」や「間主観性」の世界を現実化するときいがいではないとフッサールは考えたといっていい。

このようなフッサールの考えを、シュルレアリスムに即して明らかにするならば、どういうことになるのだろうか。

北川は、自動記述が明らかにするのは「〈私〉の解体が他者生成の坩堝となる場所」であり、そのような「他者性」が「断片、破片として、亀裂として、絶えざる〈ずれ〉として現れざるをえない」としても、そこに現出するのは「多像性」であり「多次元、多声性」にほかならないという。私たちは、このようなイデーを前にして、客観世界を統括するロゴスの全一性に対し、多なるものの散乱を対置するポスト・モダン的な方法ではないかと、疑ってみる必要がある。その上で、北川のいう「多像性」「多次元、多声性」が「他者生成」と不可分のものとされていることに注意しなければならない。つまり、北川はこのようなイデーを明らかにすることによって、ポスト・モダン的な対抗理念ではなく、「見知らぬ他者」や無理解な他者との間でいかにすれば、「共同主観性」や「間主観性」が現実化されるのかというフッサール的な問題を問いかけているということになるのである。

「社会」や「公共性」への徹底した反措定

これに対して、『リップヴァンウィンクルの詩学』の宗近真一郎は、北川のいう「多像性」「多次元、多声性」に対しても、フッサールの「共同主観性」や「間主観性」に対しても留保を置くことによって「主観性の廃墟」へさらに深く潜行しようとする。具体的には、戦後詩における暗喩をどのように転換させるかという問題として提起されるのだが、深い森にさまよいこんで、ようやく帰ってみると世界は一変していたというアーヴィングの主人公に擬された語り手の呟き――「俺が俺ではない――自分が誰だか判らない」という意識にとっては、主観の深度を測るようにして喩が繰り出される暗喩的詩法では、何かが足りないのである。

しかし、この欠落を、暗喩から換喩へといった転換の詩学によって充塡してみせた阿部嘉昭『換喩詩学』の、深度ではなく、広がりの度合いこそが問題とされなければならないというイデーに対しても、そこに見出されるのは、選択の自由によってあらわれる多数性にすぎないとして、これを民主主義的な多数性から派生する理念とみなす。宗近の潜行が赴くところは、では、どういう喩法であるのか。菅谷規矩雄が提起した存在喩というものに、その極致がみいだされる。それは、「原感覚を仮構した『意識の意識』が『意識の意識』の意識という審級」にまで至ることによって、ブレヒトのいう「異化作用」のさらなる異化が遂げられるとき現出するものである。そこに伏在する無言への沈潜こそが、「主観性の廃墟」を意味あるものとする。

このような宗近の詩学は、「社会」や「公共性」への徹底した反措定《アンチ・テーゼ》と成っているといっていい。そこには、フッサールの「共同主観性」はもちろんのこと、ハイデガー的な「配慮」と「気遣い」

を通してあらわになる「共存在」への視線も無《な》みされざるをえない。にもかかわらず、それには相応の理由があるのだ。

宗近からするならば、北川透がシュルレアリスムから引き出してきた「非合理で反論理的なカオス」「悪魔的で退廃的な反論理性の領域」、「恐怖」とも「狂気」ともいえるエートスは、容易に多数性や共同性に回収されてはならないのである。なぜならば、それらの根底には、死の衝動といっても攻撃衝動といってもいいタナトスが見え隠れしているからだ。それを宗近は、池田小児童殺傷事件の宅間守について語りながら、こんなふうに言う。「宅間守はなぜ全身リビドーとして荒れ狂ったのか」「『共有』への志向性が毀損されただけ、リビドーは『過敏性』として自己への攻撃性へと旋回する」「自己への攻撃性は他者への攻撃性として、むき出しのリビドーとして地上に現れる」(「全身リビドーの彼岸へ——宅間守 精神鑑定書をめぐって」)。

そうであるならば、このようなタナトス的存在の「恐怖」と「狂気」を迎え入れる「社会」や「公共性」などどこにあるというのかという反問を、宗近は投げかけているということができる。フッサールの「共同主観性」もハイデガーの「共存在」も、宗近のいうタナトス的存在のリビドーには目を瞑ったところに見出されたものといってまちがいない。もっともフッサールにおいては、「共同主観性」とは「意思疎通のできない諸人格が」「たがいに関係しあう諸主観なのである」(「環境世界の中心点としての人格」『イデーンII—II』)という言葉からも、たがいに無理解な存在どうし、いかにして了解が可能かというモティーフがうかがわれる。だが、ハイデガーにいたっては、そういう人間の存在様式を非本来的なものとすることによって、本来性に立ち返ることをモティーフとしたため、死の先駆的決意性に拠って立つような「民族」の共同性へと回帰していくほかなかった。

このようなハイデガーの存在論から発する詩学に、初めてといっていいようなメスを入れた『哲学の骨、詩の肉』の野村喜和夫は、ルネ・シャールとパウル・ツェランを通してハイデガー的な「共存在」に肉迫していく。『芸術作品の根源』（ハイデガー）において語られる「大地」と「自然《ピュシス》」と「存在するものの空け開け」という言葉のなかに、存在と自然と人間の共生を読み取る野村は、しかし、そこにハイデガー的な存在忘却と世界の分節からの回復を望み見るのではない。むしろ、ルネ・シャールに見られる分節以前へとエロスをかくまい、開かせるような媒介を遠望するのである。そのことを、両者の同一性以上に差異性にこだわることによって明らかにしていく。

受苦と共苦《コンパッション》

野村の考察の秀逸さは、歴然としている。ハイデガーの「芸術作品の根源」におけるあれらの言葉と相前後して「世界とは、歴史的な民族の命運となるような単純にして本質的な諸決定の広い軌道の、それ自体を開けている開けである」という一節が現れることへの疑義に、それは現れている。「なぜここで『民族』が出てくるのか、私などはやや戸惑ってしまうのだが」とあくまでも穏やかな語り口で述べる野村は、これをルネ・シャールの大地性に照らし合わせて以下のように述べるのである。

民族なる概念は、ある言語的な共同体への帰属と固有化の促がしである。だがシャールには、詩人としてそれを本能的に拒否するようなところがある。「おぞましく甘美な大地」と「異質な人間の条件」とは、たえざる闘争状態のなかにおかれてこそ、それぞれの存在意義をもつのであり、またそこからポエジーも輝き出るのである。

こう述べる野村は、ルネ・シャールがレジスタンスの闘士として、ヘラクレイトスのあの一節「闘いは万物の父であり、万物の王である」を片時も忘れることがなかったということも指摘してやまない。だが、野村のいう「闘争状態」は、ヘラクレイトス的な万物の流転を意味するにとどまらない。宗近のいうタナトス的存在のリビドーをも視野に入れたものとして提示されるのである。パウル・ツェランについての言及を通して、そのことはなされる。ここでもまた、ツェランはハイデガーとの同一性においてよりも、差異性において描き出されるのである。ハイデガーを畏敬していたツェランがトートナウベルクにある山荘を訪れた際のエピソードは様々に語り継がれているのだが、野村は何よりもツェランの作品「トートナウベルク」に注目する。そこで表象される

湿原台地の丸太敷きの
径《みち》、

たくさんの、
水気を帯びたもの、

これこそが、ハイデガー的な「大地」や「自然《ピュシス》」への応答にほかならないとして、そこにみとめられるのは、「傷そのものである言葉であり、あるいは言葉をも越え、沈黙そのものへと晒された傷なのである」と述べるのである。

いったい野村はここで何をいおうとしているのだろうか。強制収容所での両親の死という経験をもつツェランの、ハイデガーに対する最後の抵抗について語ろうとしているのだろうか。いや、たとえそうであるとしても、ここには被害意識や反動感情のひとかけらもない。あるのは、いいがたい受苦の感覚だ。それはみずからが受けた災厄への拘泥を超えたところで、いわば、災厄そのものの否応なさへの思いといってもいい。ツェランのなかには、ヘラクレイトス的な闘争への思いだけではなく、たとえば宗近が宅間守のなかに読み取ったタナトス的存在のリビドーによって傷を受ける者への汲みつくしえない思いが秘められている。それこそが、野村のいう「沈黙そのものへと晒された傷」に対する受苦の感覚にほかならない。

野村は、もしルネ・シャールのいうエロス的な媒介というものがありうるとするならば、ここから以外ではないといっているかのようだ。そして、「社会」や「公共性」が見出されるとするならば、ここにおいて以外ではないということを、まさに、ツェランの言葉は示唆しているといっているかのように私には聞こえるのである。それは、『ゲンロン0　観光客の哲学』の東浩紀が語った以下のような言葉と、深いところで共振しているようにも思えるのである。

「たまたま目の前に苦しんでいる人間がいる。ぼくたちはどうしようもなくその人に声をかける。同情する。それこそが連帯の基礎であり、『われわれ』の基礎であり、社会の基礎なのだ」。「もしこのような感情（憐れみ、同情）がなければ、人類はとうの昔に滅びていただろう」。

シンプルな言葉だが、ここに詩論でしか語ることのできない究極的な批評の形式があると、野村喜和夫、宗近真一郎、北川透のそれと同様にいってみたい思いがある。そのことは、山田兼士『詩の翼』、岡本勝人『「生きよ」という声　鮎川信夫のモダニズム』、佐々木幹郎『中原中也　沈黙の音楽』、たかとう匡子『私の女性詩人ノートⅡ』についても同様であることを述べたかったが、別の機会に譲るほかない。

後ろ向きの前衛

――西出毬子『全漆芸作品』(MARIKO NISHIDE『The Urusi Story』)

このうえないものへの憧憬

西出毬子をはじめて知ったのは、合田千鶴名で書かれた短歌作品を通してだった。現代短歌が、岡井隆、塚本邦雄、寺山修司、春日井健などによって、日本の韻文芸術をリードしていた頃に青春期を過ごした者にとって、その後塵を拝するような歌人の決して多くないことに内心失望していた。岡井隆の未来短歌会に属して、短歌を発表していた合田千鶴は、数少ない前衛短歌の末裔と私には思われた。その彼女が、前衛的な美術作品を制作していることを知ったのは、それからしばらくしてからだった。

ただ、正確にいうと西出は、まずオランダ在住の漆芸家として私の前に現れた。桃山・江戸時代にヨーロッパへ輸出された国宝級の漆工品の修復を主に手掛けているということだった。時々、その修復の模様がネットなどで伝えられるのだが、私の故郷である岩手の浄法寺の漆で修復作業をおこなっている様子に触れ、なつかしさとともに、一種の威厳のようなものを感じた。

そうこうしているうちに、直接連絡を取れるようになって、今回、これまでに制作した漆芸作品の画像を見せていただくことになった。それらの画像を眺めているうちにあることに気がついた。この作品の素晴らしさは、プロの手によるものなのだろうが、どこかに素人の感触を残しているのだ。漆芸作品というのが、日本でどのように扱われているのかは知らない。だが、西出の作品を、日本の漆芸作品の世界に投げ込んでみるならば、たぶん芸術性過多ということで、評価の外に置かれるのではないだろうか。

もともと、漆器というのは、実用性を重んじて制作されてきたもので、輪島塗とか秀衡塗といった由緒あるものでも、根は柳宗悦のいう「民芸品」といえる。伝統的な流派のもとで制作されてきた漆芸品も、決して美術作品としての芸術性が愛でられてきたのではないと思う。そこには、手触りのようなものを第一とする玄人の感触が重視される傾向があるからだ。

そういうなかに、西出の作品を置いてみると、やはりこの人が短歌制作を通して、言葉の芸術性というものをさぐって来たことが、よく理解できる。漆という媒体を言葉と同様に扱って、そこに何を表現できるかを絶えず考えてきたといってもいい。それを批評の言葉でいうならば、このうえないものへの憧憬を、最も地上的な媒体であらわすならば、どのような形があらわれるかということの実験とでもいえばいいだろうか。

たとえば、円錐形をモティーフとしたいくつかの作品があるが、漆芸作品でなければ、ガウディによるサグラダ・ファミリアの尖塔がすぐに想起される。しかし、それらヨーロッパの建築様式には、キリスト教のエートスが背景にあるため、このうえないものへの憧憬は、神の恩寵や、イエ

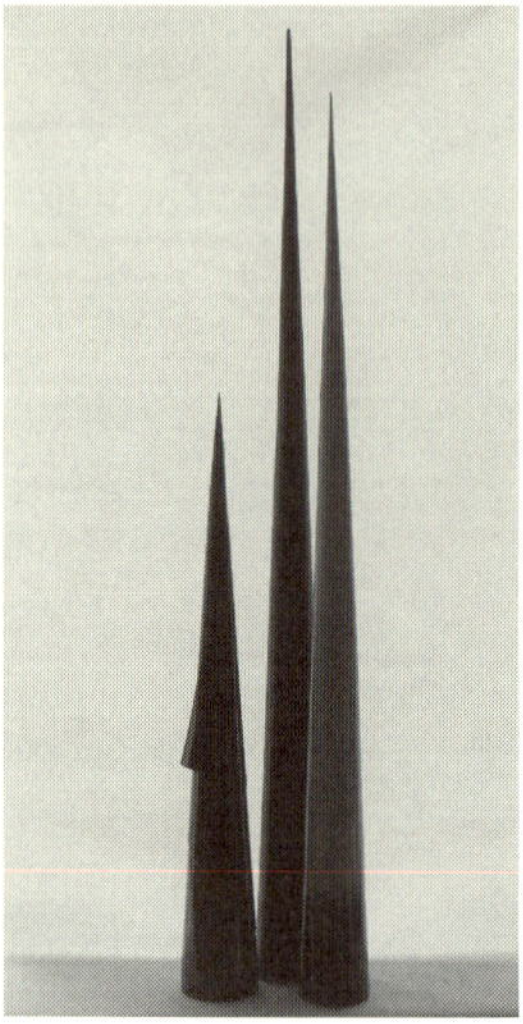

西出毬子の作品より

ス・キリストの救いを象徴するものとみなされる。しかし、これが、漆芸作品としてあらわれるや、そういう信仰にまつわる思いが黒漆や朱漆に塗りこめられて、憧憬そのものの唯物性があらわにされるのである。それは、ロマン的なものを、どこかで扼殺することによってあらわれてきた唯物性ということもできる。

ここには、漆という素材のもっている物質感には還元できないものがみとめられる。西出の漆には、憧れや希求といったものを、そのままでは受け入れまいとするかたくなな意志がかくされているのだ。そのことから推し量ると、彼女の漆芸のモティーフが、汚れない精神や無垢な心情というものを、一度黒く塗りつぶしておかなければ、真の憧憬に至り着くことはできないというところにあることがわかってくる。とりわけ円錐形を横に倒した形の漆芸作品には、そのような西出のモティーフが感じ取られる。

しかし、西出はみずからのモティーフが、あまりにあからさまにあらわれるのを危惧するかのように、この円錐形のオブジェに、少し波打ったような大きな長方形の覆いのようなものをかぶせる。これにはいくつものヴァリエーションがあるため、どれが最初の発想をかたちにしたものか見分けがつかない。だが、どれをとっても、西出毬子という表現者の最も深いところから生み出されてきたものであることに、まちがいはない。

サグラダ・ファミリア教会（スペイン）

再帰と反復

芸術の本質が模倣《ミメーシス》にあることを明らかにしたのはアリストテレス（『詩学』）だが、これを反復という理念によってとらえ直したのは、キルケゴールである。模倣《ミメーシス》を本質とする芸術は結局、イデアの影を追い求めているにすぎないと考えたプラトンに対して、アリストテレスは、そういう影とされるものの個々のリアリティを重視した。だが、キルケゴールは、プラトンのいうイデアに限ることのできないものへと絶えず再帰しようとして、これを反復するところに、芸術に限らない人間の営みの本質があると考えた。

西出の最も優れた作品が、いくつものヴァリエーションをもって制作されているのは、キルケゴールのいうように、イデアに限ることのできない何ものかへと絶えず再帰しようとしているからにほかならない。しかも、それを反復することによって、みずからのモティーフを鍛えようとしているからといえる。それでは、彼女にとって、再帰すべきあるものとは何か。それこそが、ロマン的な心情を扼殺することによってあらわれる憧憬なのである。

プラトンがイデア説を述べるにあたって、洞窟の比喩といわれるたとえを使って語っていることは、周知のところだ。暗い洞窟の奥に何人もの人間が横並びに縛られている。時折、灯りをもってさまざまなフィギュアを照らす人々がやってくると、そこから漏れた光によって、彼らの影が洞窟の壁に照らし出される。しかし、彼らは、それが自分の影であることに気がつかない。ところが、ある時、洞窟の入り口から強烈な光が射し込んで来て、彼らをいっせいに照らし出す。その時初めて、自分たちがこの光の影にすぎないことに気がつき、洞窟を逃れてこのイデアの光を求めようとする。

ところで、プラトンが『国家』において語ったこの洞窟の比喩から、西出の再帰しようとしているものを探しもとめようとすると、実際のところどこかそぐわないように思われてくる。プラトンの洞窟には、ロマン的なものの扼殺ということが語られていないからだ。あるいは、ロマン的なものを求めて挫折した人間の絶望のようなものが、語られていないからといってもいい。

しかし、プラトンが『国家』で述べた洞窟の比喩とは、もとはといえばソクラテスの語ったものである。そのことをわきまえて、あらためてたどってみるならば、ある重大なことに気がつく。洞窟の奥に横並びに縛られている人間たちとは、彼ら挫折し、絶望した人間たちだったのだ。だから、フィギュアを照らす人々の灯りなどでは、自分の状態に気がつくことができない。彼らを、挫折から立ち上がらせるのは、まさに、洞窟の入り口から差し込む強烈な光以外ではない。そういう光を求めるところにこそ、真の憧憬が芽生えるのだとソクラテスは語ろうとした。

このようなソクラテスの思念を読み取ったキルケゴールは、それを「死にいたる病」と名づけた。ほんとうに深い絶望の淵に陥った人間は、信仰によって救われるほかはない。それは、神の恩寵やイエス・キリストの救いを求めることにかぎらない、真の憧憬を何度でも反復することにほかならない。そのように、キルケゴールを読みかえるならば、西出のモティーフが見えてくるのではないだろうか。

後ろ向きの天使のイメージ

西出毬子が、合田千鶴名で書いてきた短歌作品を読んでいくと、このようなモティーフが直截的に読み取られる。だが、漆芸作品となると、漆の伝統性に紛らわされて、挫折や絶望といったものが見えにくくされてしまう。そこで、あえてガウディをはじめとするヨーロッパの建築や彫刻などを引き合いに出してみた。だが一方において、それらの芸術作品は、十字架上のイエス・キリストの像をこのうえないものへと昇華させたところにあらわれたものである。その意味では、西出の漆芸作品とは異なるものなのである。

イエスが十字架上で息絶える間際に、「わが神よ、わが神よ何ぞわれを見棄て給いし」という言葉を残したのは、マタイやマルコによる福音書からも明らかである。だが、その後のキリスト教は、なぜかこの言葉をそのようには受け取らず、むしろ、イエスは、旧約聖書で予言されていた通りにその言葉を述べたのだとされるのである。

建築や彫刻という芸術作品は、さすがにそこまではいわないまでも、このイエスの絶望の言葉を、イエスの像に昇華させることによって、このうえないものを志向してきたのだといえる。これに対して、黒漆や朱漆を塗り込んだ西出の漆芸作品を、漆の伝統性に紛らされることなく受け取っていくならば、そこに、決して昇華されることのないイエスの死を思わせるものが見出されないとはかぎらない。

こういう西出の漆芸作品が、伝統を重んじる日本の漆芸界に迎えられることがないのはやむをえないといえる。だが、それ以上に、それらが、西出の住んでいるオランダをはじめ西欧諸国からは、日本の伝統をシュールレアリスム風にアレンジしたもので、ある意味では、異端をあえて装うものととられかねないということも否定できない。

それならば、西出の漆芸作品をガウディやロダンの建築や彫刻にではなく、たとえば、ベンヤミンが描いた歴史の天使になぞらえてみたらどうだろうか。漆芸作品のなかでも、大きな長方形の笠をかぶったような円錐形のオブジェは、瓦礫を前にして楽園から吹いてくる強風のために翼を広げることを余儀なくされた天使のすがたに、どこか似ているからだ。

この天使は、すべてが崩壊した後の瓦礫を拾い集めて形を造り成そうとする。それを、イエスの十字架上の死の後の、何もない瓦礫の丘に降り立って、イエスの死後をいかにすれば復活のかたちに造り成すことができるかを思いあぐねている者とみなしてみる。だが、楽園から強い風が吹いてきて、彼はあらがうすべもなく後ろ向きに吹き飛ばされていく。イエスの復活とは、そのような天使の手で織りなされたものにほかならない。そういうメッセージをここから受け取ることもできないことはないのだ。

後ろ向きのままに吹き飛ばされていく翼を開いた天使とは、私たちが進歩と呼んでいるものののの別名にほかならないとベンヤミンはいう。それを、マタイやマルコの語っている「イエスの復活」とは、神の手によってもどうすることもできなかった「イエスの死」の意味を反芻することによって、あらたな一歩を踏み出そうとする者の別名にほかならないと読みかえてみるならばどうだろうか。

西出の漆芸作品もまた、この天使にも似たイメージを円錐形と大きな長方形の笠によって表現することによって、私たちが伝統から抜け出て進歩へと向かおうとするとき、どのような姿をとらざるをえないかを語っているように思われる。それは、死を昇華することによってロマン的な憧憬へ身をゆだねることではなく、死と直面することによって、ロマン的なものを扼殺した苦い憧憬に全身をあずけることにほかならない。西出にとって、憧憬とはそういうものなのである。

［追記］西出毬子は、本書（『The Urushi Story』）が刊行された二か月後の二〇一七年四月、長年在住したオランダの地にて永眠した。享年六五歳。

「没後の門人」の「不思議な恋愛感情」
――吉増剛造『根源乃手』

吉増剛造は、吉本隆明の初期詩篇「日時計篇」四八〇篇を全篇にわたって書き写してきた。それも一度ならず、二度、三度、吉本没後まるで憑かれたようにこの書き写しは進められたのである。吉本のいったい何が、吉増をそれほどまでに引きつけてきたのだろうか。そう思って、この「吉本隆明添え書き」ともいうべき書『根源乃手』を読んでみた。

いってみるならば、吉増は、吉本隆明という思想詩人のなかに「万象に間断なく触れている根源乃手」を読み取ろうとしているのである。それは、「根源現象が私たちの感覚に対して裸のままで出現すると、私たちは一種の怖れを感じ、不安にさえ襲われる」(『箴言と省察』)というゲーテの言葉の向こうに、当のゲーテの手を読み取るような所作といえる。そのゲーテの「手」が、あの『ファウスト』をうみだした巨大な何かにではなく、ウェルテルやロッテやオッテーリエやエードアルトの「死の淵をのぞき込んでいる」ような「恋」、〝死ニチカイ；.;恋ノカガヤキ〟に触れているように、吉本隆明の根源乃手もまた、「病弱な少年と少女たち」の「気耻しさ」、日時計を草で編んで女の子たちと遊ぶ（その女の子のなかには三歳上の姉政枝も混じっていて、やがて二七歳でこの世を去る姉の不幸の影が、草で編んだ日時計に差し込んでいるような）そういう種類の「気恥しさ」に触れている、そう吉増は言っているかのようなのだ。

　だがいったいこの「気恥しさ」とは何なのか。それは、「ブーヘンヴァルトからダッハウ強制収容所へ」と副題された本（『人類』）のなかで、ロベール・アンテルムが報告しているボローニアの大学生、あのユダヤ人として生を受けた少年のような大学生が、足手まといになるとしてSSから銃殺を言い渡されたときに、思わず赤らめたバラ色の頬に通ずるものではないだろうか。

　なるほどそうであるとして、それは、柳田国男が『山の人生』において、世の中の不景気に思い屈した炭焼きの男が、二人の子供の首に鉈を振り下ろしたときのとりわけ片方の「幼い〝もらわれてきた子〟」、その「女の子の行き所のない心の激発」からにじむバラ色の頬の色にも通ずるのだ、そうこたえながら吉増は、この「もらわれっこ」の「幼い、深い、小さな女心」と、いわれるところのユダヤ人の少年のような大学生とのあいだに「不思議な恋愛感情」にも似た「激しい感情」が起こらなかっただろうか、たとえフィクションであれそういう場面を思い描くことはできないかと問いかけているかのようなのである。

　この吉増剛造の根源から発する問いに、こたえてみようと思う。その大学生の俤《おもかげ》は、やがて『罪と罰』のラスコーリニコフのそれに重なってゆく。わが身の不遇をどのように救抜するかを考えた末に、世の中に害毒を巻き散らしているにすぎない「虱《しらみ》のような」（『罪と罰』）金貸しの老婆を殺害したペテルブルクの大学生ラスコーリニコフ。彼が、たまたま鉢合わせになった老婆の「もらわれっこ」のような義理の妹リザヴェータに斧を振り下ろしたとき、この信心深い女性の「行き所のない心の激発」から滲み出てくるあるものにとりつかれなかっただろうか。

そのとき、「病弱な少年と少女」の後身でもあるラスコーリニコフとリザヴェータは、「死の淵をのぞき込」みながら、「不思議な恋愛感情」にも似た「激しい感情」を感じ取ったのだ。そのことを、ドストエフスキーは、リザヴェータの化身であるソーニャとラスコーリニコフの、どこにも行き場のない切迫した恋愛感情として描きだしていくのである。

すでに私のこたえを承知していたかのように吉増は、吉本隆明の根源乃手は、そこにこそ触れているので、そのとき、リザヴェータの「木の葉のように小きざみにふるえ」（同前）る頬と「幼い子供が何かにおびえて、その恐ろしいものをじっと見つめながら泣き出そうとするときの」（同前）ゆがんだ唇の源をたどっていくと、吉本の『母型論』のあの一節「〈母〉が不在なためにホモジニアスな性に充たされ、とり囲まれてしまった大洋面にぽつんと孤立した状態で、〈母〉をどの世界から呼び求めればいいのかと問う」「ほとんど絶望にちかい」「困難」がかいまみられるのだとこたえるだろう。それは、自分が吉本隆明の「没後の門人」であるからこそ、わかることなのだ、と。

アメリカを欲望し続ける者

――岡本勝人『「生きよ」という声　鮎川信夫のモダニズム』

戦後の詩人・思想家のなかで鮎川信夫ほどアメリカについて語った者はいない。このことは、もっと注目されていいはずなのだが、これまでの鮎川信夫像は、戦争体験と戦争の死者たちへの遺言執行人というところからのみ描かれてきた。なぜ鮎川は、この国に何百万という死者をもたらしたアメリカに対して、怨望や反感よりも飽くなき欲望を抱きつづけたのだろうか。それは、戦後の大衆が戦勝国であり占領国であるアメリカに対して抱いた欲望とも異なる。いわば、アメリカの民主主義の根本にある「自由」への欲望なのである。

このような鮎川信夫像が、戦後の日本をアメリカの傀儡ととらえ、そこからの脱却をはかる知識人たちに対する根本的な批判となっていることを明らかにしたのが、岡本勝人『生きよという声　鮎川信夫のモダニズム』にほかならない。もちろん、岡本は江藤淳から白井聡にいたるまで、アメリカ従属論を唱える者たちへの反措定《アンチ・テーゼ》として、真正のモダニストであるとともに筋金入りのリベラリストである鮎川信夫について語っているわけではない。だが、天皇制ファシズムと全体主義の信奉者であった「父」を反面教師として、みずからの思想信条をかたちづくっていく鮎川の軌跡を丁寧にたどる、ある意味伝記的手法から、この反措定《アンチ・テーゼ》がおのずからみえてくるのである。

とはいえ、岡本の手法には、伝記的とはいいきれないものがある。戦前の天皇制ファシズムと全体主義について言及するにあたって、丸山眞男の『超国家主義の論理と心理』に分け入り、そこから戦前の大衆の行動様式と丸山自身の戦争体験を引き出してきたり、ドイツ第三帝国の支配的イデオロギーであるナチズムに対しても、これに対する根底からの抵抗を行ったベンヤミンの「遺言執行人」としてアドルノを位置づけ、彼の全体主義批判の書『啓蒙の弁証法』(ホルクハイマーとの共著)を検証したりと、周到な手続きを欠かしていない。

そこで明らかにされるのは、彼我を問わずアメリカへの欲望を抱く大衆に対して、これを否定しないという姿勢こそが、全体主義への批判を実効あるものとするという考えだ。この点について丸山眞男における大衆嫌悪と近代主義という問題も視野に入れながら、鮎川信夫のモダニズムが検証されるのである。そういうモダニストであり、リベラリストである鮎川信夫とは、アメリカのデモクラシーがはらむ頽落の様式を絶えずチェックしながら、なおかつアメリカを欲望し続ける者なのである。

そのような詩人・思想家としての鮎川の独特の位置を明らかにしたということで、鮎川詩を「引用素」という視点から丁寧にたどる手法ともども、文学史に残る鮎川信夫論といえる。

非国民のためのオブセッション

――添田馨『非＝戦（非族）』

北朝鮮のミサイル発射実験は、一向に止む気配がない。日本上空を飛行して太平洋に着弾するという事態にいたって、あらためて二〇世紀の戦争は終結していないという感を深くした。しかも、北朝鮮の標的とするアメリカが、朝鮮戦争の敵国としてのそれだけでなく、グローバリズムの覇者としてのそれをも二重映しにしているため、イスラム原理主義によるテロ事件をはじめとする二一世紀の世界内戦状態にもリンクしていると思わせるのである。

こういう時期に、添田馨『非＝戦（非族）』が上梓されたことには、大きな意味がある。二〇一六年一二月に緊急出版された『天皇陛下〈8・8ビデオメッセージ〉の真実』において、象徴天皇についての独自の考えを明らかにした添田は、現在の事態を予知していたかのようにこの詩集を世に問うているからである。

添田によれば、「ビデオメッセージ」で述べられた「象徴天皇としての務め」とは、具体的には「戦争で亡くなったすべての人を追悼する」ことであり、そのことが憲法に定められた「象徴行為」

に実質をあたえることになる。実際、今上天皇は、沖縄からサイパン、パラオにいたるまで、先の戦争の激戦地を訪れ戦没者への追悼を行ってきた。戦争の放棄をうたった憲法が、天皇制護持と思われかねない第一条と響きあうためには、天皇の象徴行為こそ、戦争の放棄をシンボリックにあらわしたものでなければならない。

このような考えを深化したところに著わされたのが、『非＝戦（非族）』であるといえる。タイトルで二度使われている「非」とは、何を意味しているのか。添田は、象徴天皇を説明するにあたって、天皇とは空虚な容器にすぎないのだが、そこに天皇霊がつくことによって天皇となるという折口信夫の「大嘗祭の本義」を引き合いに出しながら、「象徴」とはここでいわれる「空虚」ということではないかという。そうであるならば、この「空虚」こそが「非」にほかならない。

折口は戦後になって、「神道宗教化の意義」をはじめとするいくつかの論文において、日本が戦争に敗れたのは、現世の矛盾と闘い、みずからは滅び行くことも辞せずにこの世を救おうとする者が現れなかったからだという意味のことを語っている。みずから空虚であることを受け入れながら、なおかつ、現世のすべての矛盾と闘う者、そして戦いのむなしさを最もよく知っている者がもし現れるとしたならば、その者にこそ「天皇」の名を冠することができるというのが、折口の真意であるといえる。

添田のいう「象徴天皇」とは、まさにそういう存在なのである。そして、この存在が「戦争で亡くなったすべての人を追悼する」ことができるのは、「非＝戦」を戦い抜くからにほかならない。彼がたんなる平和主義者でないのは、ラカンのいうように、現実界における様々な他者との葛藤、闘争を反復することで、象徴界に出現する者だからなのだ。

添田は、そういう存在になりえなかった者の代表のように三島由紀夫について言及する。詩語とは思われないような痛烈な言葉を発しながら、詩でしか語ることのできない根底的な批判がおこなわれるのである。批判の言葉だけではない。ここで発せられる言葉には、言葉自体が負わされた非融和性をいかにして乗り越えるかというバベル以後ともいうべきモティーフが込められているため、散文にはない力がいたるところに感じられる。

もちろんその力は、独特の抒情性をもって読む者の心を震わせるのだが、その根底には、詩語をおくりだす強靭な発条としての思想性があるといっていい。それをタイトルの一部に使われている「非族」という言葉に探っていくならば、「国民統合の象徴である天皇」にとって「国民」とはどういう存在かという問題が浮かび上がってくる。

戦争が遂行されるのは、為政者によるプロパガンダに国民大衆がのせられるからだけではない。他国や他民族に対して優位に立ちたいという欲望は、国民大衆のなかにこそ隠されている。戦前の天皇制ファシズムが、いかにそのような国民大衆の心理の上に成り立っていたかは、立証済みといえる。ならば、象徴天皇制が土台とする国民とは、これに対位するような存在でなければならない。対位は、他のなにものでもなく非在化によって成し遂げられる。天皇が「空虚」であるように、国民もまたみずからの欲望を「非」と化していなければならないのである。

そのことを添田は、

非国民の、非国民による
非国民のためのオブセッションを
想像（イマジン）せよ

という詩語であらわす。ではいったいこの「非国民」とはどういう存在であるのか。他国や他民族に対して優位に立ちたいという欲望とはどうあっても交差しない人々。小林秀雄は「国民は黙って事変に処した」と語ったが、この「国民」こそ、そういう人々だったのではないか。しかし、小林秀雄はそこまで踏み込むことをしなかった。

これに対して、エマニュエル・レヴィナスは、「裸出された顔」という不思議な言葉でそういう人々の存在様式について語った。裸のままにむき出しにされた顔に直面すること、顔の見えない、表情のとらえがたい人々のなかの、裸出性ということに気づくこと。それはアウシュヴィッツで虐殺されたユダヤ人に限らない。国民という名の負けたくない人々の奥の奥に、必ずそういう人々が控えているということだ。彼らこそ、添田のいう「非国民」なのではないだろうか。

「再帰」から紡がれる言葉
──伊藤浩子『未知への逸脱のために』

伊藤浩子がラカニアンたらんとしていることは知っていたが、ラカンを苦手とする私は、この人からラカンについて問いかけられたらどう答えたらいいだろうかと思うことがある。しかしたとえば、「汝の隣人を愛しなさい」というイエスの言葉について「私は私の隣人を自分自身のように愛することに尻込みします。というのはそのことの果てには何か耐えられないような残酷さのようなものがあるからです」（『精神分析の倫理』）と語るラカンの言葉にならば、こんなふうに答えられるかもしれない。

「私もまた私の隣人を自分自身のように愛することに尻込みします。にもかかわらず、汝の隣人を愛しなさいというこの言葉が、復活したイエスの口からもれ出た言葉であるならば、耳を澄ましたいと思います。十字架に架けられ、神はおろか誰一人自分を救ってくれる人がいないということに絶望しながらも、再びあたえられた生のなかで、それほどまでに神をはじめ、隣人といわれる者たちは力なき者であったのかと気づいたとき、思わず口をついて出てきた言葉であるならばです」と。

この詩人は、私のこの答えをいつかどこかで耳にしたことがあるのだろうか。この詩集の言葉をたどっているうちに、何度もそう思わずにいられなかった。ラカンのいう「尻込みするほどに耐えられない残酷さ」から決して目をそらさず、しかし、そこにとどまるのではなく、そこから再び帰ってくることができたとするならば、どのような言葉を耳にすることができるのか、そのことをいくども反芻し、反芻した末にその模倣《ミメーシス》のように紡ぎ出されたのが、この詩集の言葉ではないかと思われるからだ。

やがておとずれる一切を予感し
くろかみは償いはじめる
まっすぐな瞳をおおった
傾いだ道しるべを
あるいは姉たちの饒舌な
乳房さえをも

まるで言葉は、無防備そのものであるかのように紡ぎ出されるのだが、この無防備さに眩まされてはいけない。詩人は、ラカンではなく、次のようなベンヤミンの言葉をエピグラフに持ってきて、ひそかにみずからを防備しているからである。「わたしたちが耳を傾けるさまざまな声のうちに、いまや黙して語らない人々の声がこだましているのではないだろうか」。

黙して語らない人々の声とは、耐えられない残酷さをもたらす人々の声だ。それらの声にどんなに悩まされ、傷つけられたか、イエスが隣人といわれる者たちによって裏切られ、唾を吐きかけられたように。しかし、そのようにして再び「言い寄っている女性たちには、もはや彼女らすらも知ることのない姉たちがいるのではないだろうか」そういうベンヤミンの言葉で装いながら、「言い寄っている女性たち」「もはや彼女らすら知ることのない姉たち」の「饒舌な乳房さえをも」「くろかみは償いはじめる」というのである。

償わなければならないのは、彼女ら残酷な女たちではなく「まっすぐな瞳」と「くろかみ」をもって「やがておとずれる一切を予感する」この私ではないか。無防備さのなかからそのような言葉が頭をもたげてくる。耐えられない残酷さで言い寄ったのは、この私ではなかっただろうか、そういう思いから再帰するようにしてこの詩集の言葉は紡ぎ出されていくのである。だからこそ、これらの言葉は、無防備なるものの輝きをいたるところにあらわし、にもかかわらず、その輝きが、底知れない暗黒なくしてはありえないものであることをもあらわしているのである。

詩集は、特に未知の詩人の詩集は、最初の何行かによって読み捨てられもすれば、読み進められもする。私の批評などなくとも、この六行の言葉は、読む者を惹きつけずにいない。そして、確実に先を読みたいと思わせずにいないだろう。すべてを読み終わってもう一度、ここに帰ってきたとき、この詩人が再帰ということをイエスの復活にも似た事柄として受け止めていることに気づくだろう。

プルーストの文学の普遍性を問う

――葉山郁生『プルースト論　その文学を読む』

このプルースト論考は、おもに著者の葉山郁生が勤めている大学の紀要論文として書かれたものである。その意味では、アカデミックな研究といっていいものだろう。しかし、タイトルからして、そういう類の著述ではないことは、明らかだ。プルーストをめぐっての、文学散歩や文学紀行といったものでもない。葉山がここで目指しているのは、プルーストの文学を、二〇世紀初頭から二一世紀の文学状況のなかに位置づけ、そのモティーフの普遍性を問うということなのである。その意味において、文芸評論の精髄を体現した書ということができる。

では、プルーストのモティーフの普遍性とは何か。人間の内面や記憶といったものが、その人間の特殊な不幸によって彩られれば彩られるほど、それをあらしめた無意識の大きな流れのようなものが浮き彫りにされるということ。そして、この無意識とは個に還元することのできない時代そのものの流れであり、同時に個を超えた運命的なもののあらわれでもあるといえる。葉山は、このことを明らかにするために、ドストエフスキーとカフカをプルーストのかたわらに置いてみせる。

一般的にいえば、ドストエフスキーとカフカこそが、その変幻自在の物語性と悪夢のような寓話性によって、個に還元することのできない時代の無意識や、個を超えた運命的なものを小説表現にとり入れていった作家とされている。だが、葉山によれば、プルーストの描く内面や記憶にもまた、無意志的記憶といわれるものにかぎらない時代や運命の影が投じられている。その証拠のように、プルーストの文学に注目した文学・思想家として、ヴァルター・ベンヤミン、オルテガ・イ・ガセットを挙げ、さらには、プルーストの文学を解読する手がかりとして、メルロー＝ポンティの身体論、ルネ・ジラールの欲望の三角形、ミシェル・フーコーの比喩論について論じていく。いうまでもなく、ジョルジュ・プーレやジル・ドゥルーズによる優れたプルースト論にも言及される。

こうした葉山の批評のひろがりをたどっていくにつけ、わが国の文芸批評が、いかにプルーストを避けてきたかにあらためて思い当たるのである。プルーストと同時代を生きたジイドやヴァレリーについては、小林秀雄をはじめ多くの批評家が論及しているにもかかわらず、肝心のプルーストに関しては、鈴木道彦をはじめ数人しかいない。

小林秀雄が、ルソー、ドストエフスキー、ジイド、プルーストの一人称小説を私小説の名で論じたことはよく知られている。だが、そこで問題となったのは、プルーストを除いた三者にみられる壮絶なまでの自我の葛藤だった。では、あらためてプルーストをくわえた四人の一人称小説の本質とは何だろうか。葉山ならば、そこにみとめられる「死の影」にほかならないというのではないか。そして、プルーストの無意識や記憶こそが、最も濃く「死の影」に覆われたものなのだと。

本書に引用された『失われた時を求めて』の一節一節を読んでいくと、随所に現れる沈み込んだような瑞々しさにあらためて打たれずにいない。それは、たとえばカミュの『異邦人』のムルソーが、死刑宣告を受けたあと護送車のなかから感じた「夏の夕べのかおりと色」「すでにやわらいだ大気のなかの、新聞売りの叫び。辻公園のなかの最後の鳥たち。サンドイッチ売りの叫び声。街の高みの曲がり角での、電車のきしみ。港の上に夜がおりる前の、あの空のざわめき」に通ずるものだ。そう思ってみると、『失われた時を求めて』の一節一節が、「死」を負わされた者の眼によって切り取られたものであることにあらためて気づかされる。葉山の批評は、そういうことを考えさせずにはいないのである。

ミメーシスとしての鎌倉佐弓

――鎌倉佐弓『鎌倉佐弓全句集』

俳句作者鎌倉佐弓を表現者という点からとらえるならば、ミメーシスという言葉が最もふさわしい。この度の『全句集』に収められた「初期俳句」から未刊の第六句集『雲の領分』にいたるまで、鎌倉佐弓は、一つのモティーフを再現し、反復し、そこへとたえず再帰しようとしている。それをミメーシスと呼ぶのは、根本においてある重大なモティーフの模倣から成るからだ。では、そのモティーフとはどういうものか。

「ひとつの光景がある。私がまだ十歳だったとある夏の日の午後の窓。白くかがやく雲が二つ。それぞれの雲の縁から強烈に射してくる銀白色の光」。「その時の私は、ひたすら雲の縁から射す光に近づきたかった」。

（「光から言葉へ――現代俳句と私性」）

はるか彼方から、まばゆいほどの光が差し込んできて、こちら側にとめおかれた存在をこのうえないものへと向かわせる。プラトンの洞窟の比喩で述べられたイデアの光である。鎌倉佐弓は、その光から目をそらすことができない。いやイデアの光というよりも、中原中也の

あれはとおいい処にあるのだけれど
おれは此処で待っていなくてはならない
（「言葉なき歌」）

という詩句にあらわされた「あれ」から目をそらせないというのである。

このことは、洞窟に差し込んでくるイデアの光を感ずることはできるのだが、その光に誘われてこのうえないものをめがけることができないということでもある。中原中也は、ここで待っていなくてはならないといったが、鎌倉佐弓は、雲間から漏れてくる光をどうにかして受けとめたいと願いながら、涙ぐみ、ただじっとしている以外なかったという。しかし、言葉を失くしてただそこにいるというその姿勢こそが、鎌倉佐弓を表現へと向かわせたのではないだろうか。

彼女の俳句は、そのような場所に身を置くとき見えてくる情景を詠んだものということができる。だから、それは写生句とか自然詠というものとは根本的に異なるのだ。

福音書のイエスの言葉に「野のユリを見よ」というのがある。鎌倉佐弓の詠む自然物は、まさにこの「野のユリ」や「空を飛ぶ鳥」なのである。「働かざる者食うべからず」といったパウロの言葉が、どのような苦難に見舞われてもこのうえないものを目指して「働くこと」に自己回復の道があるということを意味しているとするならば、イエスは、もはや自己回復を目指すことさえも奪わ

れた存在に、どのような光からも照らされることなく、しかし、雲間に漏れる光のもとでだけ輝く「野のユリ」や「空を飛ぶ鳥」がいるということを示そうとした。そういうものを見るためには、あなたはここで待っていなければならないのだと。

鎌倉佐弓の表現者としてのモティーフは、何度もここに再帰する。そして、みずからの表現をこのモティーフのミメーシスとして起ち上げるのである。

窓の外の暗闇を一瞬のように駆け抜ける「Tiger」のイメージ

——川口晴美『Tiger is here.』

普通の人間が、普通に生きていくことの困難について、多くの文学作品がテーマとしてきた。だが、それが、最も普通でない生き方をした存在の受難と決して無縁でないことを語った作品は、そう多くはない。川口晴美の『Tiger is here.』は、その意味で、稀なる詩集といえる。

『Tiger & Bunny』というアニメを下敷きに書かれたというこの詩集に登場する「Tiger」は、「わたし」のなかにいて「わたし」を駆り立て、「わたし」を食い殺さんばかりに襲ってくる。一方で「わたし」を遠くから見守り、「わたし」を鼓舞しさえする。そんな「Tiger」を自分のなかに飼ってしまった一人の女性のセルフ・ヒストリーのかたちをとりながら、普通に生きていくことの困難が少しずつ語られてゆく。

福井県の小浜という海のある町で育った「わたし」は、思春期を迎えるころから内なる「Tiger」に気づき始めるのだが、それでも、父母と弟と四人の家族のなかで何事もなく暮らしている。だが、そういう生活をどこか不穏な眼で睨んでいるものの存在を強く感じるようになった頃、突然のように父親の死に遭遇する。それが、不幸のはじまりであるかのように、「わたし」はどのように満たされようと、どこかで自分のなかにいる「Tiger」の眼からのがれられなくなる。

それは、父の死を受け入れることができない母との心理的な葛藤となって現れたり、自分にとって欠かすことのできない存在である「弟」の、長じての病の発症となって襲ってきたりする。

それだけではない。三・一一を機に、この「Tiger」は原発の県ともいわれる福井県に生まれ育った「わたし」をして、震災の死者たちや原発の被災者たちへの思いへと駆り立てる。そういう災厄の象徴であるかのような「Tiger」を、時には身震いするほどに怖れ、時には不思議な感情にとらわれ愛おしむ。その姿が、柔らかで流れるような散文体の言葉で綴られていく。

たとえば、手術を受け、死から蘇生したかのように寝台に横たわる弟を看病する「わたし」の姿は、以下のような言葉で語られる。

まだ寒かった春に手術が終わったあと
麻酔から覚めかけて朦朧としながら指が痺れると言う弟の
右手をふたつのてのひらであたためるように包んでマッサージした
大人になってから弟の体に触るのは初めてだったから
ふしぎな気持ちがして
夜はひどく深い
昨日までの体からは失われた部分があるから

いま目の前で生きているのは今日からのあたらしい体
弟の
遠く近い体をやわらかく擦りながらわたしは
面会時間をとうに過ぎた窓の外の暗闇を走り出すように見つめていた

麻酔から覚めかけて朦朧としながら指が痺れると言うこの弟のすがたに、あえて十字架から降ろされて横たわるキリストを重ね合わせてみるならばどうだろうか。彼のなかに「あたらしい体」を感じ取りながら、右手をふたつのてのひらであたためるように包んでマッサージをしている「わたし」とは、その受難を最も低い場所から受け止めている者のいいではないか。そんなふうに読むことができるのは、この場面を一瞬のように駆け抜ける「Tiger」のイメージが、暗闇の向こうに映し出されるからだ。

普通の人間が、普通に生きていくことの困難が、最も普通でない生き方をした存在の受難と決して無縁でないことをこのイメージは告げるのである。それこそが、「Tiger is here.」というタイトルの意味するところではないだろうか。

人間のうちの見捨てられたひとびとよりもさらに下方に位置する言語

――細見和之『「投壜通信」の詩人たち〈詩の危機〉からホロコーストへ』

優れたドイツ思想の研究家である細見和之は、時代と歴史のなかに凍結された存在として、アドルノやベンヤミンやフランクフルト学派の批評家たちに向かい合ってきた。その解凍を試みるという仕方で、新鮮な読みを展開してきたのだが、本書においては、「難破船の船乗りが、船が沈没して行くぎりぎりの瞬間に」投じられた投壜通信として、作品を読み解くことが試みられている。対象とされているのは、エドガー・ポー、ステファヌ・マラルメ、ポール・ヴァレリー、T・S・エリオット、イツハク・カツェネルソン、パウル・ツェランという六人の詩人たちである。

それは同時に、一九世紀後半から。両大戦間の荒廃を経て、大戦後の記憶のなかで詩を書き続けた詩人たちが、反ユダヤ主義の勃興からホロコーストにいたるまで、現実の試練を受けながら、いかなる言動を残してきたかという問いへの回答ともいえる。

なかでも、ワルシャワ・ゲットーに収容されながら、イディッシュ語で膨大な詩や戯曲を書き残したイツハク・カツェネルソンについての、細見の言及には他の追随をゆるさないものがある。はじめて、その一端に触れたのは、「ワルシャワ・ゲットーとヨブ記」という文章においてだった。アウシュヴィッツで横死を遂げるまでの間、カツェネルソンは「ヨブ記」を戯曲化する試みを行っていたというのだが、細見によって明らかにされたその内容は驚くべきものだった。

私は以前から、神の試練にさらされたヨブが、全身を掻きむしらずにはいられないような皮膚病に侵されながら、信仰を守り通したという「ヨブ記」の記述に疑念を抱いていた。というのも、ヨブはその後、遠くからやってきた友人たちの説教に背くように神への不信の言葉を述べはじめるからである。細見によれば、カツェネルソンの戯曲「ヨブ」では、神の試練に耐え続けるヨブに対して「いっそ神を呪って死ぬがいいんだわ」という言葉を吐き捨てる妻は、サタンの化身として登場するという。その妻が差し出す陶器の水差しを割って、破片で全身を掻きむしるヨブは、そのことによって、神への背信行為を行っていたということになる。

だが、カツェネルソンは、そういうヨブをサタンの誘惑に打ち勝つことのできなかった不信の徒として描いたのではない。むしろヨブのなかにきざした神への不信や、背信のおこないに、ある真実を読み取ろうとしたのではないだろうか。それは、イエス・キリストが十字架上で「わが神よ、わが神よ、なぜ私をお見捨てになられたのか」とつぶやいた、あの言葉に通じるものを、ヨブのなかに見出していたということにほかならない。

『滅ぼされたユダヤの民の歌』の手書き原稿が、ワルシャワ・ゲットーからフランスのヴィッテル収容所に移されたカツェネルソンの手で、壜に詰め、収容所の地面に埋められていたという。収容所の解放後、壜は地中から掘り出され、陽の目を見ることになったというが、そこには、ポーによって選び取られた「壜のなかの手記」という文学形式が、現実の事態となって現れたのであると細見は述べる。

そうであるとするならば、「壜のなかの手記」の語るものは、ヨブにおいても、さらにイエスにおいても秘められていたあのことにほかならない。すなわち、「わが神よ、わが神よ、なぜ私をお見捨てになられたのか」という言葉の意味するものこそが、壜のなかに詰められ、海上はるか彼方まで漂い、あるいは土中深く埋められて、それを読み取る者との邂逅を待ち続けたのだと。

細見は、ドレフュス事件に抗議するゾラへの賛同の言葉を絶やさなかったマラルメについて語る一方で、マラルメを師と仰ぎながら政治的には反ユダヤ主義を隠さなかったヴァレリー、さらには伝統主義者と目されていたエリオットのなかに、根強い反ユダヤ主義が生きていたことについても言葉を費やす。そこではあたかも、反ユダヤ主義は、あのイエスの言葉をついに解することのできない者たち、壜のなかに秘められたものをとらえることのできなかった者たちの思念であって、両大戦間のような危機の時代にこそ、最も顧みられなければならない言葉であるにもかかわらず、ヴァレリーやエリオットというすぐれた文学者の中にさえ、それに対する忌避の姿勢があったといっているかのように思われるのである。

そういう細見の洞見は、「パウル・ツェランとホロコースト（上）（下）」において、いかんなく発揮される。アドルノは、両親をアウシュヴィッツで失ったツェランの作品を評して「彼の詩は、人間のうちの見捨てられたひとびとよりもさらに下方に位置する言語、それどころかあらゆる有機的なものよりもさらに下方に位置する言語、石や星といった死せるものの言語を模倣するのである」

と述べたというが、それはまさに、あの壜のなかに秘められた言葉を最もよく模倣するものこそツェランの詩であるということではないだろうか。

細見は、ブレーメン文学賞受賞講演のなかで語られたツェランの「詩は言葉の一形態であり、その本質上対話的なものである以上、いつの日にかはどこかの岸辺に――おそらくは心の岸辺に――流れつくすという（かならずしもいつも期待にみちてはいない）信念の下に投げこまれる投壜通信のようなものかもしれません」という言葉を引きながら、詩とは「自分がつぎの瞬間には海の藻屑と化してしまうかもしれない難破船の水夫が、渾身の思いで壜に詰めて放った類の最後の通信である」と述べる。この細見の言い方には、その壜のなかに秘められていたのは、どのような後悔、いかなる恨みにも染まることのない「わが神よ、わが神よ、なぜ私をお見捨てになられたのか」という言葉ではないだろうかという問いが込められていると、私には思われるのである。

Ⅳ 対話から照らされる思想

遠藤周作『沈黙』をめぐって

――若松英輔との対談

遠藤周作『沈黙』

神山　私が大学に入った年の翌年、一九六六年に遠藤周作の『沈黙』が出版されました。大変評判になって批評も出ましたが、当時、二〇代だった文学好みの青年にはあんまり受けなかった。なぜかというと、六〇年代から七〇年代は政治の季節で、どちらかというと埴谷雄高や吉本隆明が注目され、文学は政治的問題と切り離すことができないという意識の中にありましたので、キリスト教の問題、江戸時代の切支丹の踏み絵の問題は、歴史小説のような感じで受け取られたところがあったからです。

唯一問題になったのは、「踏み絵を踏む」。「転ぶ」ということですから、戦前のマルクス主義の転向の問題と結びつけられて論じられたりしていました。そういう背景がありましたので、ある意味で感動はしたのですが、当時、私はドストエフスキーも読んでいて、ドストエフスキーの持っているキリスト教のエートスとも違うという感じもして、素通りしてしまっていました。

今回、遠藤周作特集（「三田文学」二〇一六・夏）で若松さんとお話しさせていただくということで、もう一度『沈黙』を読んできました。たまたま四月一四日に熊本地震があって、死者あるいは何万という被災者の人たちのことが報道されました。三・一一の東日本大震災から五年目でまた大きな地震があった。東日本大震災で非常に多くの東北の人たちが苦難に遭い、さらに今度は九州の人たちがさまざまな苦しみをなめている。そういう時代にもう一度『沈黙』を読み直したら、これはやっぱりすごいなと思いました。

踏み絵を踏んで、キリスト教を棄てる。そのときに踏み絵のイエスが「踏みなさい」と言う。「おまえたちの苦しみのために自分は十字架にかかったんだ」と言う。それはロドリゴや、踏み絵を踏まされる切支丹の人々に語りかけているように聞こえますが、今のこの状況の中で考えると、全然そうじゃない。多くの被災者や、さまざまな苦難を背負わされた人々に語りかけている。

そういう文学だということがようやっとわかった感じがします。ですから、このあたりを入り口にして考えてみたいと思います。若松さんは私とは世代が少し違いますけれども、いかがでしたでしょうか。

若松　今日はお会いできるのをとても楽しみにしてまいりました。よろしくお願いいたします。

さて、私は個人的にというよりも、環境的に遠藤さんとは少しだけ特別な関係があったんです。まず、私自身がカトリックで遠藤さんと同じく子供のころに洗礼を受けていること、私の師は、井上洋治というカトリックの神父ですけれども、神父が遠藤周作の大親友なんです。文字どおり刎頸《ふんけい》の友でした。一九歳ぐらいのときから井上神父のところに通いましたが、ときどき遠藤さんがいらっしゃっていました。私にとっては、作家でありながら、同時に教会でときどき姿を見たという方でした。「三田文学」では遠藤さんとのつながりはあまりありませんでしたが。それと高校生のときですが、ペンクラブの旅行で韓国にご一緒した事があります。

今年は遠藤さんの没後二〇年です。今でも覚えていますけれども、二〇年前の遠藤さんが亡くなったちょうどその日に、井上神父のところで仲間たちと食事をしていました。奥様の順子さんから「遠藤がいよいよ亡くなる」と電話がかかってきたので、慌てて道でタクシーを拾って、井上神父を慶應病院まで見送った。今でもはっきり記憶に残っています。

遠藤さんの死は、それから少し経って、テレビのニュース速報で知りました。その間、仲間たちもほとんど口をきかずに座っていました。そのときに改めて、遠藤周作が自分の中でいかに大きい存在なのか、まざまざと知らされたように思います。自分でも予想しなかったほどに遠藤さんから影響を受けていることに気付かされた。亡くなったと聞いた時、文字通りの意味で、自分のうちにある何かが崩れ去った感じがしました。

作品が好きとか嫌いという感覚はまったくないのです。崇めているわけでもない。しかし、キリスト教のある一面を教えてくれた人であり、文学を教えてくれた人でもある。私にとって、文学を教えてくれたのは小林秀雄と遠藤周作です。小林さんは批評を、信仰と文学という問題を教えてくれたのは遠藤さんだった。それは自分で感じているより、今も影響が大きいように思います。

ですから、『沈黙』という作品は、何度読んでも読み終わらない作品という感じがします。はじめて読んだのは十代で、今もまた、読んでいます。何回読んだかわからないくらいですけれど、読むたびに自分に新しい意味を帯びてくる。そして、自分が変わっていく。目には見えない、見えるものとは違う。人間の情念に直接訴えかけてくるような何かを非常に強く感じます。

本のテクストの文言は記号的にはすでに定まっているわけですが、意味的にはうごめきます。優れている作品であればあるほどうごめく。遠藤周作の『沈黙』は、現代の中で数少ない、そういう可能性を持った本だという感じがします。

『沈黙』の舞台は一六三七年の島原の乱以降ですけれども、遠藤さんの散文を読んでいると、彼は当時、島原の乱やキリシタンに深い関心があったわけではありません。その世界のことをあれほどに見事に書けるというのは、いわゆる文献学的研究の成果ではありません。そうした推論をしても彼の創作の秘密には辿りつけないように思います。さきほど神山さんがエートスとおっしゃいましたけれども、彼の中に何か自分でも制御できないような強いものがあったという感じは、私も致します。

神山　そのとおりだと思いますね。芥川賞をもらった『白い人』も『海と毒薬』も非常に優れた作品です。『白い人』は、もともとサドを研究していて、そういう悪の存在性みたいなものを小説の中に書いていく。『海と毒薬』も罪の問題といいますか、日本人が戦争で何を行ったかという視点から問題を浮き上がらせていく。『海と毒薬』になると、小説としても実に優れたものになっていきます。遠藤周作という人は、戦後文学の武田泰淳論もやっていますけど、武田泰淳、大岡昇平の系譜を引く「第三の新人」の非常に象徴的な作家だというのが『海と毒薬』でわかると思います。

そのほかにも傑作がありますけれども、『沈黙』は例外的なというか、何かにとらわれないと、あれは出てこない。

若松　そうですね。

神山　第二次世界大戦後、一九五〇年代、六〇年代、日本だけでなく、戦争を経験した国々でさまざまな小説が書かれていますけれども、同じころに書かれていた世界文学の中のもっともすぐれた作品に伍するものだと私は思います。

内村鑑三、幸徳秋水から遠藤周作へのつながり

神山　遠藤周作が近代文学あるいは戦後文学において、どういうふうに位置づけられるか考えてみました。

まず、「踏みなさい、おまえたちの苦しみのために自分は苦しんできたんだ」という踏み絵のイエスの言葉は、画期的なものだと私は思っています。ユダをモデルにしたような形でキチジローという人物も出てきますが、このユダに当たるような人物を書いてきた作家は多くいて、その代表は太宰治でしょう。「駈込み訴え」を書きました。彼もイエス・キリスト、あるいはキリスト教のエートスに非常に影響を受けた人だと思います。けれど、ユダに当たる人は出てきても、踏み絵のイエス・キリストは出てこない。

では、おまえたちの苦しみのために自分は踏みつけられ、最後は十字架にかかったんだという言葉がどこから出てくるのかと考えると、ずっとさかのぼって、日露戦争のときに非戦論を唱えた人たちにいきあたります。内村鑑三や幸徳秋水です。幸徳秋水は大逆事件で死刑になる前に「死刑の

前」という長い文章を残していて、ここで同じことを言っています。自分より苦しんでいる人たちがたくさんいる。いろいろなところで、食えない人もいれば、病気で亡くなっていく者、いろいろな苦しい人たちがいる。そんな人たちが一〇年や二〇年で死んでいくのに、自分の死を悲しむことはできない。そういうことを言うんです。苦しむ人々に対する共感の言葉は、『社会主義神髄』の中にも出てきますが、彼の死の直前にも出てくる。それがまず一つ、もとのもとかなという感じがします。

若松　今、二年がかりぐらいで非戦論を書いています。おっしゃるとおり、日本の非戦論は内村鑑三ではなくて幸徳秋水から始まる。幸徳秋水と内村鑑三は実はとっても親しくしていた。内村は幸徳の『帝国主義』に序文を寄せました。内村は幸徳が亡くなってからも、彼の非キリスト教的な発言を批判しても、人間・幸徳に対しては深い信頼を隠さなかった。

神山　夏目漱石が一九一〇年の大逆事件のときにちょうど「修善寺の大患」で、修善寺日記を残しています。そこでいろいろなことを考えていますが、大逆事件に大きな影響を受けています。もちろん幸徳秋水の言葉を読むことはできないけれども、どこかで感じ取っている。それは何かというと、『白痴』なんですね。『白痴』を一生懸命読んだ。特にムイシュキンが夜会で、死刑寸前の様子について話している場面、これはペトラシェフスキー事件で死刑寸前までいったドストエフスキーが死刑の前に考えたことですけれども、これに夏目漱石は非常にシンクロナイズしたんですね。そのあたりのところに何かもとのもとがあるのかなという感じがちょっとしています。

一九六六年の遠藤周作の「踏むがいい」という言葉が、ずっとさかのぼって、約五十年前の一九一〇年の幸徳秋水の死刑の前の「自分よりも苦しんでいる人がたくさんいるんだ」という言葉につながってくる。それを私は考えたいという感じがします。

若松　夏目漱石への影響はもちろんあると思いますが、漱石と遠藤周作とのつながりは直接的ではなくて、そうしたつながりを考えるならば、どうしても見過ごすことができないのは芥川龍之介だと思います。

神山　ああ、なるほどね。

若松　今おっしゃった時代の雰囲気、幸徳、内村、漱石というつながりは、もちろんあります。それを遠藤さんまでつなぐのが芥川龍之介の世界です。芥川龍之介の意味を遠藤周作が再発見するのは彼が長崎に行ったときです。

『沈黙』という小説は、長崎に取材に行って書いたものではありません。何げなく長崎に行って、たまたま踏み絵を見た。踏み絵を見たときも実はそんなに感動しなかった。ただ、東京に帰ってきて二日ぐらいしたら、自分がとんでもないものを見たことに気がついた。これは後で『切支丹の里』というエッセーに書いています。遠藤周作のあの小説は、書き手が何かを意図してプロットを書いてという物語ではないと思います。むしろ何か名状しがたき主題に彼のほうがつかまれて、彼も動かされた。

明治初期から連綿とつながる、苦しむ者、虐げられた者たちへの視線。ただ、漱石から芥川にバトンが渡されたとき、芥川はそれを十分に拾い上げることができなかった。より精確に言えば、それはひとりの人間になし得るものでもなかった。それは多くのプロレタリア作家によって継承されていきます。芥川もそのことに気がついていて、自殺する一ヵ月前に中野重治を呼んで、民衆と文学の新しい関係を模索するような詩を書き、「自分の詩を読んでくれ」と言ったり、「政治に没入するのはいいけれども、絶対に文学を捨てるな」と語るわけです。その芥川の受けとめ切れなかった一つの悲劇みたいなもの、その宿題がそのまんま遠藤さんのところに流れ込んでいるという感じがします。遠藤さんは芥川のことをはっきりとは書きませんけれども、芥川の存在が自分のところに流れ込んでいるというのは大変深く認識されていると思います。遠藤さんの息子さんの名前は龍之介です。偶然だとも言えますが、必ずしもそうとは言えない。

神山 おっしゃるように、遠藤さんの中に芥川の挫折をどういうふうに引き受けるかというモチーフがあったと思いますが、やはり見えない何かにとらわれたというところがあるんでしょうね。

幸徳秋水、内村鑑三、漱石、もっとたどるとトルストイですけれども、そういうところで日本の近代が何とか背負ったものが、まさに芥川の挫折が象徴しているように、大正から昭和になって消える。行き場がなくなっちゃう。その行き場がなくなったものが太宰の中で少しずつ、少しずつ育てられるんだけど、また行き場がなくなり、戦後になって、戦後文学の武田泰淳や大岡昇平や、戦争に行ってそれこそ最も恐ろしい悲惨な事態を見てきた人たちの目を通して、ようやく少しずつあらわれてきて、遠藤周作の『沈黙』に出てきたのかなという感じがします。

「踏むがいい」というコトバ

神山 こうしてあらわれてきたものを何という言葉で言えばいいかと考え、私は、苦しみを共にするという意味の共苦《コンパッション》という言葉を使ってきました。これはもとはハンナ・アーレントが『革命について』で述べた言葉です。ドストエフスキーの『カラマーゾフの兄弟』に大審問官が出てきます。イエスが悪魔に試されるときに「石ころをパンに変えてみろ」と言われますが、イエスは「人はパンのみにて生きるにあらず。神の言葉によって生きる」と答える。それに対し大審問官はパンを求めずにいられない多くの人々の苦しみを忘れてはならないと言う。大審問官には、人々の苦悩に対する大きなあわれみがある。このあわれみには意味があるのだが、それよりも、そこでじっと黙って大審問官の話を聞いているイエスの中で生きているものを見落としてはいけない。それは、一人の人間の特殊な不幸に対する共苦《コンパッション》なのだと、そういうふうにアーレントは言います。

『沈黙』の中に出てくるイエスの「踏むがいい」も、目の前にいて苦しんでいるその人の痛みをどうすれば分かつことができるかを考えている。お前の足の痛さをこの私が一番よく知っている、踏むがいいという言葉は、そのことを言っているような感じがします。

若松　とても重要なご指摘だと思います。『沈黙』はもともと「日向の匂い」というタイトルだった。編集者が『沈黙』とタイトルを変えたのですが、「日向の匂い」だったら、絶対こんなに売れなかったと思う。遠藤さんが「日向の匂い」としていたことがとても象徴的に示しているのは、遠藤さんはあの小説の中における神の沈黙の意味を、書き終えたときにはそんなにわかっていなかった。

小説家は、自分が何を書いているかすべてをわかってはいないと思うんです。画家もそうですね。画家も自分の絵を意識的に描いているかというと、そんなことはなくて、描き上げてみたときに最初に驚くのは画家自身だと思う。遠藤さんもやっぱりそうで、彼は「日向の匂い」というタイトルで書いていたけれども、それを読んだ編集者は「いや、これは絶対『沈黙』だ」。我々は今、『沈黙』という小説を手にしているからこそ、沈黙ということが本の主題だと即時的にわかるわけです。けれども、「踏むがいい」は沈黙でも何でもない。神は言語を超えて、語っているわけで、そこをとても強く批判したカトリックの神父もいます。

神山　ああ、なるほど。

若松　神がほんとに沈黙しているならまだしも、「踏むがいい」と語っているではないかと。その人の言うこともわかります。ただ、もう少し考えてみたいのは、「踏むがいい」と言った言葉というのは、私たちが通常語っている言語なのか。ここが遠藤周作の作品を読むときに非常に大事な主題だと思います。

後年、遠藤さんは哲学者の井筒俊彦と親交を深めていくわけですけれども、井筒俊彦という人はあるときから、漢字の「言葉」と片仮名の「コトバ」を使い分けるようになる。もちろん「言葉」は通常の言語であることもありますが、「コトバ」は、五感ではとらえきれないうごめく意味そのものを指す。だから、画家は色というコトバを使って美を表現する、音楽家は旋律というコトバを使って表現する、彫刻家は形というコトバで表現する、そういう言い方ができる。

そうすると、遠藤周作の『沈黙』における「踏むがいい」という言葉は、果たして言語的存在なのか。あれは小説だから私たちは言語として読むわけですけれども、ロドリゴの胸に響いている言葉はもちろん井筒俊彦の言う「コトバ」でなくてはならない。「コトバ」は言語の領域をはるかに超えてくるから、読み手も言語的認識とは異なる認識で読まなければならないと思います。言語的な認識で読むと、「沈黙」なのに、声に出して言っているじゃないかということになってくる。「コトバ」というもの、もっと言うと意味は、言語の世界をはるかに超えて訴えかけてくる。そのことは『沈黙』という小説のもっとも重要な主題なのではないかと、私は思います。

神山　確かにそのとおりです。「踏むがいい」というあの言葉は、私は昔、その言葉どおり受け取って、踏み絵の歴史小説だと読みましたが、やっぱりそうじゃないんですね。大審問官とイエスの話をしましたけれども、あそこでイエスらしき人物はずっと無言でありながら、まさに「踏むがいい」と言っている。

若松　そうですね。

神山　大審問官は、苦悩する多くの人々にあまねくパンをあたえるような政治を実現することによって救おうとする。イエスは、それでは救われないんだ、むしろ苦悩する人々のなかの一人一人の不幸に寄り添ってその苦しみを共にするんだ、そのとき自分もまた痛みをわかつのだから踏むがいいのだ、そういうふうに言っている。そういう言葉が遠藤周作の中から出てきた。でもね、今回読んで、やっぱり、もとは、たどるとあると思いました。

自然をいかに描くか

神山　私は最近、自然を作家がどういうふうに描写したり、捉えるかというところがポイントだと思っています。例えば、漱石の後期の小説はどちらかというと自我の問題を扱っていますから自然はあんまり出てこないのですが、最後の『明暗』で、津田が温泉にいる清子に会いに行くとき、すごい自然、恐ろしい夜の自然があらわれてくる。

もう一つ、先ほど芥川龍之介の話が出ましたけれども、志賀直哉という人は内村鑑三に一度心酔していますから、やはり大きなものを得てきていると思います。『暗夜行路』の最後、大山で自分が自然に吸い込まれていく。あの自然も単なる東洋的な自然ではなくて、何か大きなものじゃないかという感じがします。

若松　今、『こころ』論（『図書』岩波書店）を書いています。それは遠藤周作の『沈黙』とも少し重なり合うと思いますが、自然を考えるときに、人もまた自然だということを改めて認識してみたいという感じもします。人間が「自然だ」と言うときに、山川草木や動物のような、人間以外の天然物を自然と呼ぶ。でも、本当にそうだろうか。例えば神の目になってみれば、人もまた自然です。自然の一部どころか、自然そのものです。人間が人といるときに自然を感じにくいのは、見えなくなっているだけだと思うんです。これは漱石だけじゃなくて、『沈黙』にも言えると思いますが、人という自然の折り重なる世界をどう描き切るかということが、実はとても大きいことなのではないでしょうか。

神山　それはありますね。

若松　去年、縁あって長崎に二回行きました。遠藤周作文学館で講演させていただく機会があって行ったのですが、長崎は、海が開け、山がそびえ、まさに大自然です。ですけれど、『沈黙』の時代、あの場所で大きな劇、小林秀雄が言う「人生の劇」の「劇」を演じてみせたのは、海や川であるより人間たちだった。人間に顕れる自然のコトバをどう読んでいくのかというのが、それこそ漱石以来のとても大きな、遠藤さんまで貫いている主題じゃないかと思います。そう思って見ると、漱石は後期、『こころ』もそうですが、人間という自然をじつによく描いたという感じがしますね。

神山 そうですね。『門』の自然はとてもいいです。しかし後期の、それこそ『明暗』になると、ある意味で言うと、非常に恐るべき自然も出てくる。人間をのみ込むような恐ろしい自然、いわゆる災害をもたらすもとにあるような自然。自然というのは、人間が癒やされるようなものだけではない。むしろ人間を恐ろしい場所へと追い込んでいく、あるいは人間たちが恐ろしい状況をつくっていくその場所に居合わせて決して癒やしてくれない。そういう自然というものを、戦後、戦争に行って帰ってきた大岡昇平や梅崎春生や島尾敏雄らは発見してきたんだと思います。大岡昇平の『野火』を読んでいると、あの自然というのは、いつもどこかで田村一等兵を見ているような自然という感じがします。

若松 今の自然に対する考え方からいくと、山々もしくは鳥とかそういうものたちではなくて、何か時代の空気みたいなものがあると思う。遠藤さんの『沈黙』の中に、外国人もしくは宣教師たちを、昨日まで自分の身内であるかのように親しく扱っていた人々が、宿敵のように追い出したという場面があります。ああいうところに流れている空気。僕はあれこそ自然だという感じがします。

神山 そうですね。

若松 『野火』で大岡さんが描き出している空気というのもそうです。もちろんジャングルを想起する自然という言い方もできると思いますが、自然は必ずしも個物の形をしていない。何か人間の魂をつかんでしまうような、何とも言えない、ギリシャ神話だったらそこに神々の名前をつけるような、そういう働きだと思う。

神山　ある意味で言うと、人間に試練を与えるというか、人間の悪をみつめているというか、そういうふうな自然ですよね。今回『沈黙』を読んで、「おお」と思うくらいこの自然がロドリゴのさまよういたるところに顔をのぞかせて、ロドリゴを試していくという感じがして、こんな自然を描けた人だったのかと思いました。踏み絵のキリストが苦難を受けている人々への応答であるというのが最初の発見であるとすると、これが私の二番目の発見でした。

ですから、「第三の新人」をちょっと見くびっていたなとも感じました。「第三の新人」というのは、私の感じでは、戦後派の作家たちがやったことをちょっと内向きにしちゃったなという偏見があったんですけど、『沈黙』、『海と毒薬』、あと支倉常長をモデルにした『侍』といういわゆる歴史小説を読んでも、やっぱり自然が非常に大きな存在として描かれている。遠藤周作は、再評価どころじゃなくて、ちゃんと評価しなければという感じに非常につかまれました。

若松　遠藤さんはもともと批評家から出発しています。彼が小説家に転身していくのはフランス留学中です。フランス留学中に原民喜が自殺をして、彼はそこで遺書を受け取るのですが、そのことは、彼が小説家に変貌していくことと切っても切り離すことができない、とても大きな事件だと思います。遠藤さんの小説の優れている点の一つは、本来、批評家として十分立っていける人間が、自分の宿命を背負ったまま小説家に転じたというところだと思います。「第三の新人」の中でそういうことができた比較的近い人は安岡章太郎さんですけど、安岡さんとも違いますね。

吉本隆明と遠藤周作が描いたイエス像

若松　去年、『イエス伝』（中央公論社）を出しました。遠藤さんも『イエスの生涯』という作品を書いているのですが、ちょっと結論めいたことを言えば、遠藤周作の文学というのは、じつに大きなイエス伝だという感じがします。

神山　なるほどね。

若松　『侍』も『死海のほとり』も、それから『深い河』。遠藤さんは、自分が見たイエスという存在を、複数の小説の中で違った形、それも他者の生涯を通じて描き出したという感じがして、そこが彼の見事なところだと思っています。

神山　『深い河』は最後の小説として世評が高かったのですが、私はまだ遠藤周作をそんなに高く評価できないでいたので、作り事めいたふうという印象でした。でも今回読んで、作り事めいても何でもいいじゃないかと。神父になった人が最後、ガンジス川の最も虐げられた下層の人々のところに寄り添うことが自分のイエスの学びなのだと言う。日本の近代文学で、そこまで言えた人はいない。言えた人がいるとしたら、まさに幸徳秋水、内村鑑三、それこそトルストイの線です。

私は六〇年代、吉本隆明を読んでいました。彼の『マチウ書試論』は、イエス、マタイ伝をテーマにした衝撃的な評論でした。当時の日本で、イエス・キリストをテーマにしたいろんな文学作品あるいは評論がありましたが、『マチウ書試論』に匹敵するものはないだろうという確信がありました。今でもそういう気持ちが非常に強くありますが、これに匹敵するのが遠藤さんのイエス像なんです。

革命運動でも宗教運動でもどのようなものでも、必ず秩序ができてしまう。教団や、あるいはそういう権力をつくってしまうと吉本さんは考え、それにいかに抗するか、それに対するアンチテーゼを突きつめたのがマタイのイエスであるという視点で、イエスのイメージを描いていきます。「自分は反秩序だ。革命だ」と述べる人も必ず体制側、権力に加担してしまう。いつの間にかそうしてしまう。けれど、イエスは絶対加担しないというやり方を通した。それを誰が証明するかといったら、「関係の絶対性」が証明する。吉本さんのテーマはいわゆるスターリニズム批判です。政治や体制や、あるいは宗教的な教団、そういうものが問題になるときには、必ずそのことを考えないといけないという非常に大きなテーマです。

同じ頃、私はドストエフスキーも読んでいて、大審問官とは何なのかといつも考えていました。それで『マチウ書試論』を読むと、やはり吉本さんはイエスのなかの神との直結性というモチーフで論じている。しかし、大審問官の前で無言でうずくまるイエスのなかには、アーレントのいう一人の人間の特殊な不幸への共苦《コンパッション》があるのではないか。吉本さんは、少なくともそこではその問題をやっていない。では、誰が考えていたのか。やっぱり遠藤周作じゃないか。それだけ遠藤周作は誰もやらなかった共苦《コンパッション》の問題を人知れずずっと考えてきた人なんだなというのが、今回私の得たものでした。

若松　遠藤さんの小説も、吉本さんの作品もそうだと思いますが、イエスはキリスト教徒ではありませんでしょう。

神山　ああ、そういうふうに言われるとね。

若松　このことはとても大切なことだと思うんです。イエスの後にキリスト教ができたわけで、キリスト教のほうからイエスを見るということは、彼の存在を矮小化することになりかねない。吉本さんはその点を非常に理解されていて、「関係の絶対性」という言い方もできると思います。遠藤さんと吉本さんに連なるイエスの姿というのは、どこまでも個ですよね。

個はひとりで立ち、ときに集うことができる。けれど、大衆は個であることをやめ、群れる。イエスは徹頭徹尾ひとりでいます。最後は弟子たち全員に裏切られて十字架にかかります。その個の存在の持っている意味と、『沈黙』の大きなテーマである「コトバ」を考えると、超越と人間が個の関係によって成り立つときにのみ生起する何かが「コトバ」であるととらえられる。言語は集団でいるときにも用いることができますが、「コトバ」のうごめく意味が人の心に深く入ってくるためには、常に個の立場になる準備をしておかなくてはならない。そのことが『沈黙』が訴えかけてくるとても重要な意味であり、呼びかけなんだと思います。共苦の世界のとき、ひとりなのではないでしょうか。

神山　アーレントもたった一人の特殊な不幸のためで、大多数の苦悩する群衆のためじゃないと言っています。まさにそのとおりですね。

若松　ひとりのときにしか人間が感じることのできない人生の意味があって、そういう避けがたい問題を考えていくときに、『沈黙』に宿っているコトバが言葉を通じて、特別な意味を持ってよみがえってくる。彼の作品が読まれなかったのは、何か大きなイズム、例えば当時のキリスト教会の意に反するとか、もっと言えばそうではない人たちの意に反するとか、ある集団的な意見にそぐわないということがあったからで、それは狭義のキリスト教的な立場からみれば当然だと思います。しかしこの小説は、そういう立場では書かれていない。

読むという行為は人間を徹底的に一人にします。人は二人で読むことはできない。「読む」「書く」「祈る」、もっと言えば「苦しむ」「悲しむ」もひとりじゃないとできない。そのひとりでなければできないことをやっているときに、『沈黙』という小説が響いてくる感じがします。

神山　なるほどね。そうすると、いわゆるキリスト教の中でも遠藤周作はそんなに理解されていたわけじゃないんですね。

若松　当時長崎ではほとんど禁書といってよい扱いだったんです。

神山　ああ、そうなんだ。

若松　しかし、現代において禁書になること自体が、この本に伏在する力を物語っている。

遠藤周作と長崎

神山　キチジローという裏切った者の苦しみも非常によく描かれていますね。それから、ロドリゴの苦しみも。穴づりにされる百姓たちは彼らのうめき声を通してしか見えないんだけれども、すごく迫ってくる。ああいう書き方はすぐれていますね。

若松　そうですね。

神山　遠藤さんは、長崎の原爆について触れているでしょうか。

若松　遠藤さんは、長崎を舞台にした『女の一生』という小説を書いています。彼にとって、長崎という場所は、一つは切支丹たちの転びの場所、もう一つは原子爆弾を投下された場所でもあった。この二つが彼の中では一つなんです。それは遠藤さんと長崎の関係を考えるときにとても大事なことだと思います。『沈黙』はその始まりなんです。終わりではなくて、それが彼の生涯を貫くテーマになっていく。

遠藤周作文学館は、長崎から車で一時間ぐらいの外海《そとみ》というところにあります。全然便利なところではありません。そのかわり、切支丹たちがたくさんいた地域で、海辺の、向こうにすぐパライソ（天国）が見えると切支丹たちが思っていたようなところに文学館があるんです。本当にすばらしい場所です。長崎市街から少し離れているのもかえってよいと思います。

神山　私も長崎に何回か行きましたが、浦上天主堂に行くたびに何とも言えない感慨を得ます。政治的な問題はおいておいて、原爆の被災を受けて苦難を負わされた人々、それから浦上天主堂に象徴されるようなキリスト教あるいはイエスに救いの手を伸べてもらうくらい苦しんできた人々が二重写しになっているんですね。

私は『日々、フェイスブック』（澪標）という本で、カズオ・イシグロの『わたしを離さないで』について少し書きました。クローンとしてこの世に生を受け、臓器提供者としてしか生きられないような若者たちを描いた作品ですが、ああいう若者たちの苦しみをカズオ・イシグロは一体どこから考えたのだろうかと思ったんです。イギリス国籍であることが関係しているのかと思ったのですが、イシグロの作品をいくつか読んでいるうちに、彼は自分が生まれ育った長崎にすごくこだわっているように思うようになりました。長崎原爆がこの人の中で生きていて、『わたしを離さないで』のような小説を書かせたのではないかと。

そういうふうに考えると、遠藤周作の中にも見えない形で長崎原爆が生きていて、『沈黙』のような小説を書かせているという感じも少ししました。ですから、若松さんの今のお話をうかがって、やはりそうだったのかと腑に落ちました。今回読み直すまで遠藤周作は私の中で視野の外でしたから、まだ遠藤周作文学館は行ったことはありません。今度ぜひ行ってみます。

若松　さきほど少しお話ししたとおり、長崎と原爆は遠藤さんのなかで強く結びついていますが、その結合に原民喜の存在があることは無視できません。民喜は広島で被爆して、その後みずから命を断ちました。遠藤さんの民喜に対する尊敬というのはもう何とも言えないものです。「深い尊敬」なんていう言葉とは全然違う。遠藤さんは民喜から志を受け継いで生涯を送ったと言ってもいいぐらいだと思います。民喜が広島で被爆していることと、遠藤さん自身がキリスト者であり、キリスト者と縁のある長崎で宿命を引き継いだということは、関係がないはずがないと思います。

神山　話が外れますが、私たち六〇年代、七〇年代の新左翼の学生、あるいは新しい革命を目指していた人たちは、原民喜に象徴されるような原爆文学を毛嫌いしていました。そういうセンチメンタリズムから物を見てはいけないという固定観念があったんです。

若松　それは改めて一考に値する問題ですね。

神山　視点が政治的なんです。原爆はアメリカが落とした、アメリカ帝国主義はそうして世界を支配してきた、そんな視点なんですよ。私はそれにずっと影響を受けてきて、その影響から逃れるまで大変でした。吉本さんでさえ、原爆文学とか、原爆だとかは言わない。原爆・アウシュヴィッツは禁句で、それより、アメリカ帝国主義以上に問題なのはスターリニズムだとしてこれを徹底的に批判をしなければという考え方でした。

でも、そういう考えは終わったと私は思っています。一九九五年以後、あるいは二〇〇一年以後はそうじゃない。たとえ私たちが原爆・アウシュヴィッツと言われるようなものに経験的に全く縁がないとしても、そこに人間の苦難の象徴があるということを考えていくことがスターリニズム批判にも帝国主義批判にもつながっていくんだと考えたいんです。

若松　文学は徹底的に個の営みであるので、そこに教義的な思想が介在してくると、世界が見えにくくなるようにも感じます。『沈黙』にしろ、アーレントにしろ、ドストエフスキーにしろ、彼らは個の人間における苦痛を描き続けるわけです。個に生起しているものを概念で語ろうとするとき、人はとっても野蛮になる。野蛮というのは、非人間的で、痛みを情報に変えてしまうことです。文学が抵抗し続けなければならない何かというのは、やはり死せる概念だと思います。概念ではなくて、命あるもの、生けるものとしていかにそれを捉え続けることができるのか。そこに文学の役割があるように感じています。

神山　まさにそのとおりですね。

小林秀雄とのかかわり

神山　若松さんも小林秀雄を論じていますけれども、小林秀雄というのはやっぱり大きな存在ですね。私が先ほど系譜をつくった幸徳秋水、内村鑑三、夏目漱石、それから正宗白鳥と小林秀雄がトルストイの家出をめぐって論争したりと、トルストイを淵源にした流れがずっとできています。遠藤周作のエッセーで、小林秀雄の晩年に『本居宣長』を署名入りでいただいて、とてもうれしかったとあるのを読みました。遠藤周作と小林秀雄の接点は何なのでしょう。

若松　それは『イエスの生涯』です。遠藤さんが『イエスの生涯』を書いたときに、小林さんが遠藤さんの自宅に「とてもよかった」と電話をしています。遠藤さんは「はい、遠藤です」とぶっきらぼうに電話に出る。小林さんから電話が来るなんて思っていませんから、遠藤さんが「どちらの小林さんですか」。そうしたら、「小林秀雄です」と言うので遠藤さんが電話口で震えたという有名な話があります。小林さんは『本居宣長』を献本しています。

神山　小林秀雄が『沈黙』を心読していれば、やはり私や若松さんが言ったような評価をすると思います。

若松　それはそうですね。

神山　ただ、小林秀雄は、キリスト教やイエスについて、かなり苦悩し葛藤した人です。これもよく言われる話ですけど、佐古純一郎さんという文芸評論家でプロテスタントの人がいるのですが、彼に、自分はドストエフスキーを読んでも、最後の最後で佐古のように読めない、最後はキリスト教がわからないと告白したことがある。それだけキリスト教は小林さんにとっては一種の難関、アポリアだった。でも、ドストエフスキー論を読んでいると、引用してくるものに全部キリストがついてくる。ドストエフスキーのキリストの話を書いたり、ずっとそうなんです。

若松　さっきの話とつながりますが、小林さんがキリスト教がわからなかったというのは、彼が言うとおりだと思います。だからこそ彼はキリストに肉薄できたんじゃないですかね。

神山　なるほど。恐らくそうでしょうね。

若松　彼自身がそのことに気がついていたかどうかは別だと思います。それは我々のような後世の人間が読み取らなくてはいけないところです。明らかに彼の天才はキリスト教がわからなかったところに天才であるゆえんがあると私は思います。ほとんどの人はキリスト教がわかってしまう。わかってしまうからキリストに近づくことができない。小林秀雄はキリスト教がわからないからこそキリストに近づけると思います。

神山　まさにそのとおりですね。私の考えでは、そのことが全開したのは『本居宣長』で、今日はそれをちょっと話したいと思って来たんです。

小林秀雄のドストエフスキーの作品論はどれもすばらしいのですが、「『白痴』について」の中で、ペトラシェフスキー事件で死刑寸前になったときのことを、ムイシュキン公爵に語らせる。死刑寸前のある人から聞いたということで、その人が言うには、死刑まで五分間残されている、そこで、二分間は友人のことを考える、もう二分間は自分のことを考える、最後の一分は周りの風景をじっと見ようと思った。ところが、最後の一分になって、ずっと向こうの会堂の屋根が日の光でキラキラきらめいている。それを見ていると、自分はあと一分後に何とも知れない「新しい自然」になってしまうという、ものすごい嫌悪の情にとらわれた。

しかし、そのときの自然というのは、そういう嫌悪をもたらすような自然だけなのだろうか。会堂の屋根がキラキラと輝いているというのは、何かもっと違う自然がそこに存在しているということじゃないか。この矛盾のところを私はずっと考えてきましたが、小林秀雄は嫌悪の情というのは、そこで意識の先端が震えているんだ、生と死の一番瀬戸際にきて、自分はここで全てなくなってしまうというその際にいるんだというふうに書いている。考えている文体はすごく緊迫感があって、決してネガティブな文体ではありません。しかし、何とか会堂の屋根に差す日の光の向こうに届くような言葉はないのだろうかと思ってきました。

今回、遠藤周作の『沈黙』を読んでみると、自然がいろんなところで出てきますが、その人がいなくなって、何もなくなってしまう、それはその人に嫌悪の情をもたらすかもしれないが、自然はそんな事とはかかわりなくそこにある、そこにあってずっと向こうの会堂の屋根がキラキラときらめいている、そういう会堂に差す日の光の視点で自然が出ているんですね。小林秀雄はその後ずっと考えてきて『本居宣長』に至って、自然というのは、人間を全てのみ込んで無にしてしまうような恐ろしい面もあるけれども、ただそこにあって、そこにあるということがやがて人間にとって試練としてあらわれる、そしてそれをそのように受け取るとき、人間の苦難に寄り添うような何かが自然の向こうから顔をのぞかせる、そんなことを考えたと思います。

それが一番よく出ているのが、歌がどういうふうにして出てくるかというあたりです。『古今集』の紀貫之が生きとし生けるもの全てが歌だと言っている。歌というのはそういうものだけど、もとのところでは、必ず自分の中で生きがたい思い、思いどおりにならないような、あるいはいろんなものに自分が悩まされ、苦難をこうむっている、あるいは自分が他者に対して苦難をあたえているそういう思いのなかから「あー」とか「あーはれ」といった言葉にならないものが出てくる、それを綾なすのが歌の言葉だ、宣長の『紫文要領』や『石上私淑言』で言われているのはそのことなのだと繰り返し言っています。これがドストエフスキーのときには論じられなかった小林の自然の眼差しではないかと私は思うのです。そうすると、遠藤周作がとらわれた自然というのも、そういうところにつながってくるような気がする。

若松　自然という言葉をどう使うかということを私も考えています。近代人は「人と自然」ですよね。「人と自然《じねん》」とも言えます。もともと自然という言葉は、万物を包み込む理法、働きそのものを表します。そういうふうに広くて、草も鳥も獣も人間も全部含み込む、もっと言えば空気も時間も全部含み込むようなものが自然《じねん》である。人間が対峙する、人間が認識して見る範囲での自然ということであれば、それは自然の局所でしかないという感じが僕はしますね。

神山　私の感じとしては、なかなか受け取りにくい面もあると思いますが、自然というのは、ただそこにあるだけなのですが、人はそこから大きな試練と赦しを受け取る。ドストエフスキーが死刑寸前で目にした自然が多分それで、そのときのドストエフスキーは回心というか、神か何かそういうものに出会った。小林秀雄も宣長をずっと読んでいく中で、歌の生まれる場所というのは、ドストエフスキーの回心にも似た場所ではないかと、そこでは会堂の屋根にキラキラと陽の光が射している、人はそこで大きな試練に遭っているのだが、同時に、一種の赦しのようなものがその人の中で感じ取られている、説明がなかなか届かない面があるんですけれども、そんなふうな感じですね。

若松　今年はちょうど『沈黙』発表から五〇年、遠藤没後二〇年ということもあってなのか、今、この小説をめぐっていろいろ考えています。苦しみは苦しみでいいと思うんです。自分の中の何とも言いがたい、こんなはっきりした経験はないわけです。ただ、赦しということになってくると、なかなか難しい。そう簡単には言えないですね。

神山 アーレントは、『人間の条件』の中で、赦しということを考えるときには、ナザレのイエスということをもう一度考えないといけないと言っていますね。

若松 赦しはあると思いますが、人間が「これを赦しである」と言うことは許されていないという感じがします。

神山 なるほど。そういうふうなことがありますね。

若松 神は存在する。けれども、「これが神である」と言うことを人は許されていないという感じがするんです。

神山 難しいですね。

若松 私たちが「これは神である」と言った途端に外れますものね。

神山 言葉ってそういうものですからね。

若松 まったく、おっしゃる通りなんです。

あとがき

本書には、古希をはさんで前後一年ほどの間に書かれた文章が収録されている。最近、七〇歳という年齢を意識させられる報道があった。早稲田大学の教授で文芸評論家の渡部直己が、教え子だった元大学院生の女性からセクシュアルハラスメントの被害申し立てを受けていたという。渡部は、私より五歳ほど年少だが、還暦も過ぎ古希に近い年齢である。文芸評論家としても同期といっていい。

こういう年齢の文芸評論家が、みずからの評論作品以外のことで、話題となるということは、社会的には文芸評論の失効が告げられたということにならないだろうか。柄谷行人は『近代文学の終わり』において、文学や、文学についての批評のもつ役割が終わったという意味のことを述べているが、それでも書き続けるには、それ相応の理由がなければならない。そう思って、私はこの仕事を続けてきた。

脳裏に去来するのは、五〇年前の大学闘争の頃、寺田透、磯田光一という文芸評論家が、大学を辞職することによって、文芸評論の自立性を守り通したことだ。フランス文学者の平井啓之は、大学と全共闘とのパイプ役を務めて、日夜奔走していたのだが、最後には、全共闘から大学側の人間とみなされ、投石を受けたという理由から、大学を辞職した。当時、磯田光一は三〇代、平井啓之は四〇代、寺田透は五〇代。ごく普通の生活者としては、職を辞するというのは並々ならぬ決断だったに違いない。それほどまでして守らなければならないものが、あったのだ。

彼らの年齢をとうに越してしまった文芸評論家に、守るべきものがあるとするならば、たとえ年齢を重ねても決して枯れ衰えることのない評論作品の自立性ということではないだろうか。渡部直己の報道に接して、最初に考えたことはそのことだった。本書に収めた文章が、そのような自立性を保つことができていなければ、文芸評論の失地回復はついになされえないということになるだろう。

もう一つ、最近報道された事件で、震撼させられたことがあったので、それについても書いておきたい。

オウム真理教の麻原彰晃以下七名の死刑執行が行われた同じ日に、西日本における豪雨被害が未曽有のものとなった。この二つは、まったく無縁とはいえないような気がする。

ベンヤミンは、神話的暴力という言葉で、国家や法が理不尽な力によって成り立っていることを明らかにした。それを象徴するのが、死刑制度であるというのである。死刑執行を行うのは、法務大臣という職責にある者に違いないが、そこには人間としての義務や責任はなく、国家の暴力、人間にとって、未曽有の自然災害のように襲ってくる暴力の恐ろしさがある。

上川法務大臣は、「慎重にも慎重な検討を重ねて執行を命令した」と述べたそうだが、なるほど、地震や豪雨に襲われた時の恐ろしさにも通ずるような国家の理不尽な暴力が発動されるよう「慎重にも慎重な検討を重ね」たということだろう。事実、西日本で、二〇〇名以上の死者が出るような自然災害の日に、刑は執行されたのだ。

麻原彰晃という人物に対する生理的な嫌悪感のようなものは、だれしも無意識のうちに持っているのではないかと思う。だが、そのことが、国家の暴力によってその者を死に至らしめる理由になってはならない。麻原の宗教観を「生死を超えた」ものとして評価した吉本隆明の考えを理解できないわけではないが、それ以上に、彼が死刑に処せられていくときの恐怖と、豪雨によって土砂崩れに襲われ、家の下敷きになって息絶えていく人の恐怖とは、等価であるとする立場に私は立ちたい。

サリン事件の被害者のなかで、自分たちが被った苦しみは、麻原以下七名の死によって報いられるようなものではない、いまさら死刑が行われたからといって、それが少しでも軽減されるとは思わないと語っていた人がいた。

彼らの苦しみと、豪雨被害の苦しみとを同じような傷みのまなざしで見ることができた時、オウム真理教の「ポア」の思想を乗り越えることができるのではないかと思う。

『日本国憲法と本土決戦』というタイトルは、冒頭の論考から採ったものである。五〇年前の大学闘争を闘っていたころ、憲法はアメリカ帝国主義によって押し付けられたものであり、日米安全保障条約は、アメリカ帝国主義が世界の覇権をにぎっていくために必要な伴走者としてかつての占領国日本を利用したものであると考えていた。

そのような憲法についての考えを再考するきっかけをあたえたのは、九一年の湾岸戦争だった。本文で述べたように、湾岸戦争に際して、戦争が人間どうしの闘争を象徴するものであることを明らかにしたのは、竹田青嗣であり、この戦争はやがて、ナショナリズムの闘争を引き起こすだろうと述べたのは柄谷行人だった。私はこれらの先行者に導かれるようにして、憲法についての考えを煮詰めていった。

その成果が、冒頭の論考にあらわれているのではないかと思うのだが、同時に、この論考が、ここ数年、私自身が進めてきた思想営為の集大成の位置を占めていることも否定できない。そのこともふくめて、タイトルを『日本国憲法と本土決戦』とした。

「本土決戦」については、論考で詳しく論じた笠井潔の『8・15と3・11――戦後史の死角』から示唆を受けている。笠井は、私と同じ年代で、同じように大学闘争を闘った経験を持ち、とりわけ大学解体を唱えた以上、大学にかかわるポジションには一切就かないことを信条とする点で、最も共感できる思想家である。

しかし、今回憲法についての考えで批判する側に回った。笠井の憲法観や、戦後日本に対する視角は、ある意味で大学闘争を闘っていた頃の私たちの考えを実効ある思想として鍛え上げたところにあらわれたものといえる。そのかぎりで、アメリカによる原爆投下を、世界戦争を戦い抜くために遂行された当然の戦略ととらえる視点など、同意できる点が少なくない。

最近考えているのだが、憲法押し付け論と同時に、太平洋戦争におけるアメリカの謀略と原爆投下の犯罪性ということが以前よりも声高にいわれるようになってきた。こういう論議は、どこかで本土決戦論と結びついていて、日本が韓国やアジアや中国で行った侵略行為についての内省がまったく感じられない。沖縄戦で、一〇万の民間人犠牲者を出した時点で、無条件降伏を受け入れるべきだったというのが私の考えである。それを受け入れることができなかったのは、本土決戦論が大日本帝国の底流にあったからにほかならない。そのことを抜きに、原爆投下の問題を論ずることはできないはずだ。

幸い笠井のいう本土決戦は、世界戦略を遂行しようとするアメリカに対するパルチザン戦争が念頭に置かれたものといえる。だが私には、大日本帝国の底流にあった本土決戦論こそ、笠井のいう「ニッポン・イデオロギー」の産物ではないかと思われるのである。それが現在、対米従属からの脱却という名のもとに、かたちを変えてあらわれていることをむしろ問題とすべきなのだ。

私たちが本当に対米従属からの脱却を図りたいなら、憲法をアメリカの押し付けとみなすのではなく、押し付けや従属という関係そのものを根底から改変するものとして九条を受け取ることである。のみならず、それを対米自立のための手段とするのではなく、対米自立の目的として育てていくことである。それは、強いられた場所からどのようにして立ち上がっていくのかということを問い続けることにほかならない。そのあたり、本文を読んでいただければ理解されるのではないかと思われる。

本書が『二十一世紀の戦争』、『サクリファイス』に次ぐ文芸評論集として、年齢に相応しい内容と受け取られることを願う。そのために同伴していただいた幻戯書房の名嘉真春紀さんには、心から感謝したい。初めてお会いした時から、この人と一緒に仕事がしたいと思わせる編集者だった。他にも感謝しなければならないのは、「遠藤周作『沈黙』をめぐって」で対談のお相手をしていただいた若松英輔氏であり、所収の評論作品を依頼された編集者の一人一人である。そのことが最後になったのには、他意はない。

二〇一八年七月一五日

神山睦美

初出一覧

はじめに——五〇年前の記憶（書き下ろし）

I　思想の現場から

日本国憲法と本土決戦——柄谷行人『憲法の無意識』への系譜（季報唯物論研究　第137号二〇一六年一一月、第139号二〇一七年五月）

個人の生を超えてゆくもの——吉本隆明『全南島論』の思想を接ぎ木《グラフト》するために（脈　90号二〇一六年八月）

生成する力と自己中心性——竹田青嗣『欲望論』はどこから来てどこへ行くのか（飢餓陣営48　二〇一八年七月）

推進力としての不安と怖れ——大澤真幸『〈世界史〉の哲学』の意義（書き下ろし）

II　文学の現在

詩の不自由について（季刊びーぐる詩の海へ　第35号二〇一七年四月）

黒田喜夫の葬儀の場面から（季刊びーぐる詩の海へ　第33号二〇一六七年一〇月）

生死の境——漱石の俳句（俳句界　二〇一五年八月号）

漱石の漢詩（『漱石辞典』二〇一七年五月）

千里を飛ぶ魂の悲しみ——漱石と村上春樹（書き下ろし）

村上春樹作品に見られる「気がかり」（『1冊でわかる村上春樹』ＫＡＤＯＫＡＷＡ／中経出版　二〇一五年九月）

内向きから外の世界へ——村上春樹の短編小説（『短編で読み解く村上春樹』マガジンランド　二〇一七年一月）

共苦《コンパッション》と憐憫《ピティ》——タルコフスキー『サクリファイス』

再考（上智大学キリスト教文化研究所紀要35　二〇一七年三月）

Ⅲ　批評の実践

批評の精髄——江田浩司『岡井隆考』（北冬18号二〇一八年七月）

究極的な批評の形式——二〇一七年詩論展望（現代詩手帖年鑑　二〇一七年一二月）

後ろ向きの前衛——西出毬子『全漆芸作品』（MARIKO NISHIDE『The Urusi Story』）（二〇一七年二月）

「没後の門人」の「不思議な恋愛感情」——吉増剛造『根源乃手』（現代詩手帖二〇一六年七月）

アメリカを欲望し続ける者——岡本勝人『「生きよ」という声　鮎川信夫のモダニズム』（現代詩手帖二〇一七年九月）

非国民のためのオブセッション——添田馨『非＝戦（非族）』（図書新聞二〇一七年一〇月七日）

「再帰」から紡がれる言葉——伊藤浩子『未知への逸脱のために』（二〇一六年一一月）

プルーストの文学の普遍性を問う——葉山郁生『プルースト論　その文学を読む』（週刊読書人二〇一六年一〇月二一日）

ミメーシスとしての鎌倉佐弓——鎌倉佐弓『鎌倉佐弓全句集』（二〇一六年八月）

窓の外の暗闇を一瞬のように駆け抜ける「Tiger」のイメージ——川口晴美『Tiger is here』（書き下ろし）

人間のうちの見捨てられたひとびとよりもさらに下方に位置する言語——細見和之『「投壜通信」の詩人たち〈詩の危機〉からホロコーストへ』（イリプスⅡnd 25号二〇一八年七月）

Ⅳ　対話から照らされる思想

遠藤周作『沈黙』をめぐって——若松英輔との対談（三田文学二〇一六年夏季号）

参照文献

はじめに――五〇年前の記憶

ニザン『アデン アラビア』篠田浩一郎訳（ポール・ニザン著作集1）晶文社　一九六六年

小熊英二『1968上下』新曜社　二〇〇九年

夏目漱石「ケーベル先生」（夏目漱石全集10）ちくま文庫　一九八八年

夏目漱石『こころ』（夏目漱石全集8）ちくま文庫　一九八八年

I　思想の現場から

日本国憲法と本土決戦――柄谷行人『憲法の無意識』への系譜

笠井潔『8・15と3・11　戦後史の死角』NHK出版新書　二〇一二年

親鸞『親鸞集』（日本の思想3）筑摩書房　一九六八年

ウェーバー『プロテスタンティズムの倫理と資本主義の精神』梶山力・大塚久雄訳（世界の名著50）中央公論社　一九七五年

笠井潔『例外社会』朝日新聞出版　二〇〇九年

シュミット『政治思想論集』服部平治・宮本盛太郎訳　ちくま学芸文庫　二〇一三年

シュミット『パルチザンの理論　政治的なものの概念についての中間所見』新田邦夫訳　ちくま学芸文庫　一九九五年

コーン『千年王国の追求』江河徹訳　紀伊國屋書店　一九七八年

エンゲルス『ドイツ農民戦争』藤原浩・長坂聰訳（マルクス・エンゲルス選集10）新潮社　一九五六年

マルクス『ルイ・ボナパルトのブリュメール十八日』伊藤新一、北条元一訳　岩波文庫　一九五二年

小林秀雄「戦争について」（小林秀雄全作品10）新潮社　二〇〇三年

小林秀雄「満州の印象」（小林秀雄全作品11）新潮社　二〇〇三年
小林秀雄「戦争と平和」（小林秀雄全作品14）新潮社　二〇〇三年
小林秀雄「感想」（小林秀雄全作品19）新潮社　二〇〇四年
湯川秀樹・小林秀雄「人間の進歩について」（小林秀雄全作品16）新潮社　二〇〇四年
折口信夫「神道宗教化の意義」（折口信夫全集第二十巻）中公文庫　一九七六年
折口信夫「民族教より人類教へ」（折口信夫全集第二十巻）中公文庫　一九七六年
折口信夫「神道の新しい方向」（折口信夫全集第二十巻）中公文庫　一九七六年
柄谷行人・中上健次『小林秀雄をこえて』河出書房新社　一九七九年
柄谷行人『遊動論　柳田国男と山人』文春新書　二〇一四年
柄谷行人『憲法の無意識』岩波新書　二〇一六年
吉本隆明『カール・マルクス』試行出版部　一九六六年
柄谷行人『探究Ⅱ』講談社学術文庫　一九九二年
フロイド『人間モーセと一神教』土井正徳・吉田正己訳（フロイド選集8）日本教文社　一九七〇年
フロイド『トーテムとタブー』吉田正己訳（フロイド選集6）日本教文社　一九七〇年
カント「世界市民という視点からみた普遍史の理念」中山元訳（『永遠平和のために／啓蒙とは何か　他3編』）光文社古典新訳文庫　二〇〇六年
カント『永遠平和のために』中山元訳（『永遠平和のために／啓蒙とは何か　他3編』）光文社古典新訳文庫　二〇〇六年
柄谷行人『トランスクリティーク　カントとマルクス』岩波現代文庫　二〇一〇年
百川敬仁『内なる宣長』東京大学出版会　一九八七年
アーレント『全体主義の起源 1 2 3』大久保和郎訳　みすず書房　一九七二年
ニーチェ『権力への意志』原佑訳（『世界の大思想Ⅱ—9』）河出書房新社　一九六七年
ハイデガー『存在と時間』原佑・渡辺二郎訳（世界の

名著62）中央公論社 一九七一年

柄谷行人・大澤真幸「九条もう一つの謎 「憲法の無意識」の底流を巡って」（『世界』二〇一六年七月号）中央公論社 二〇一六年

大澤真幸『夢よりも深い覚醒へ』岩波新書 二〇一一年

折口信夫「大嘗祭の本義」（折口信夫全集第三巻）中公文庫 一九七五年

安藤礼二『神々の闘争 折口信夫論』講談社 二〇〇四年

モース『贈与論』有地亨・伊藤昌司・山口俊夫訳（『社会学と人類学I』）弘文堂 一九七三年

レヴィ＝ストロース「マルセル・モース論文集への序文」有地亨・伊藤昌司・山口俊夫訳（『社会学と人類学I』）弘文堂 一九七三年

個人の生を超えてゆくもの――吉本隆明『全南島論』の思想を接ぎ木《グラフト》するために

田中和生『吉本隆明』アーツアンドクラフツ 二〇一四年

神山睦美『サクリファイス』響文社 二〇一五年

吉本隆明『カール・マルクス』試行出版部 一九六六年

吉本隆明『全南島論』作品社 二〇一六年

室伏志畔『筑豊の黙示〈非知〉への凝視』深夜叢書社 二〇〇九年

フロイド『人間モーセと一神教』土井正徳・吉田正己訳（フロイド選集8）日本教文社 一九七〇年

吉本隆明『共同幻想論』河出書房 一九六八年

柳田国男『海上の道』（柳田国男全集1）ちくま文庫 一九八九年

柳田国男『雪国の春』（柳田国男全集2）ちくま文庫 一九八九年

柳田国男『先祖の話』（柳田国男全集13）ちくま文庫 一九九〇年

レヴィ＝ストロース「マルセル・モース論文集への序文」有地亨・伊藤昌司・山口俊夫訳（『社会学と人類学I』）弘文堂 一九七三年

吉本隆明『母型論』思潮社 二〇〇四年

生成する力と自己中心性――竹田青嗣『欲望論』はどこから来てどこへ行くのか

竹田青嗣『欲望論第1巻第2巻』講談社　二〇一七年

ハイデガー『存在と時間』原佑・渡辺二郎訳（世界の名著62）中央公論社 一九七一年

レヴィナス『全体性と無限』合田正人訳　国文社　一九八九年

竹田青嗣「欲望の現象学」（小浜逸郎・瀬尾育生・竹田青嗣・村瀬学『喩としての生活』「21世紀を生きはじめるために」第四巻）宝島社 一九九四年

柄谷行人「湾岸戦争下の文学者」（『〈戦前〉の思考』）講談社学術文庫 二〇〇一年

ヘーゲル『精神現象学』樫山欽四郎訳（世界の大思想12）河出書房新社 一九六六年

ホッブズ『リヴァイアサン』水田洋・田中浩訳（世界の大思想13）河出書房新社　一九七一年

ルソー『社会契約論』井上幸治訳（世界の名著30）中央公論社　一九六六年

フッサール『イデーンII—II』立松弘孝・榊原哲也訳　みすず書房　二〇〇九年

吉本隆明『共同幻想論』河出書房新社　一九六八年

江藤淳『夏目漱石』角川文庫　一九六八年

夏目漱石「英国詩人の天地山川に対する観念」（漱石全集第十三巻）岩波書店　一九九五年

夏目漱石「文壇に於ける平等主義の代表者「ウォルト、ホイットマン」Walt Whitmanの詩について」（漱石全集第十三巻）岩波書店　一九九五年

夏目漱石「人生」（漱石全集第十六巻）岩波書店　一九九五年

ゲーテ『箴言と省察』岩崎英二郎・関楠生訳（ゲーテ全集13）潮出版社　一九八〇年

ゲーテ『親和力』佐藤晃一訳（世界の文学5）中央公論社　一九六四年

夏目漱石『こころ』（夏目漱石全集8）ちくま文庫　一九八八年

夏目漱石『道草』（夏目漱石全集8）ちくま文庫　一九八八年

夏目漱石『明暗』（夏目漱石全集9）ちくま文庫　一九八八年

プラトン『ゴルギアス』加来彰俊訳　岩波文庫　一九

六七年
ハイデッガー『ニーチェⅠⅡ』細谷貞雄・輪田稔・杉田泰一訳　平凡社ライブラリー　一九九七年
カント『純粋理性批判』高峯一愚訳（世界の大思想10）河出書房　一九六五年
竹田青嗣『完全解読　カント「純粋理性批判」』講談社選書メチエ　二〇一〇年
フーコー『言葉と物　人文科学の考古学』渡辺一民・佐々木明訳　新潮社　一九七四年
フーコー『監獄の誕生　監視と処罰』田村俶訳　新潮社　一九七七年
竹田青嗣『人間の未来　ヘーゲル哲学と現代資本主義』ちくま新書　二〇一三年
アレント『人間の条件』志水速雄訳　ちくま学芸文庫　一九九四年
ドストエフスキー『カラマーゾフの兄弟』原卓也訳（ドストエフスキー全集15、16）新潮社　一九七八年
加藤典洋『戦後的思考』講談社　一九九九年
神山睦美『希望のエートス　3・11以後』思潮社　二〇一三年

推進力としての不安と怖れ――大澤真幸『〈世界史〉の哲学』の意義

竹田青嗣・大澤真幸「新しい『自由』の条件」「群像」二〇〇四年九月号　講談社
竹田青嗣『欲望論第1巻第2巻』講談社　二〇一七年
大澤真幸『〈世界史〉の哲学　古代篇』講談社　二〇一一年
大澤真幸『〈世界史〉の哲学　中世篇』講談社　二〇一一年
大澤真幸『〈世界史〉の哲学　東洋篇』講談社　二〇一四年
大澤真幸『〈世界史〉の哲学　イスラーム篇』講談社　二〇一五年
大澤真幸『〈世界史〉の哲学　近世篇』講談社　二〇一七年
高坂正顕、西谷啓治、高山岩男、鈴木成高『世界史的立場と日本』中央公論社　一九四三年
高山岩男『世界史の哲学』こぶし文庫　二〇〇一年
ウェーバー『プロテスタンティズムの倫理と資本主義

の精神』梶山力・大塚久雄訳（世界の名著50）中央公論社　一九七五年
マルクス『資本論』鈴木鴻一郎・日高　晋・長坂聰・塚本健訳（世界の名著43 44）中　央公論社　一九七三年
パウロ「ローマの信徒への手紙」（『聖書』新共同訳）日本聖書協会　一九九八年
マタイ「福音書」（『聖書』新共同訳）日本聖書協会　一九九八年
ドストエフスキー『カラマーゾフの兄弟』原卓也訳（ドストエフスキー全集15 16）新潮社　一九七八年
アレント『革命について』志水速雄訳　ちくま学芸文庫　一九九五年
フロイド『人間モーセと一神教』土井正徳・吉田正己訳（フロイド選集8）日本教文社　一九七〇年
「ヨブ記」（『聖書』新共同訳）日本聖書協会　一九九八年
ホッブズ『リヴァイアサン』水田洋・田中浩訳（世界の大思想13）河出書房新社　一九七一年
柄谷行人『柄谷行人書評集』読書人　二〇一七年
カフカ『ミレナへの手紙』辻瑆訳（カフカ全集Ⅴ）新潮社　一九五九年
フーコー『真理の勇気　自己と他者の統治Ⅱ』（フーコー講義録集成13）慎改康之訳　筑摩書房　二〇一二年
アガンベン『ホモ・サケル　主権権力と剝き出しの生』高桑和巳訳　以文社　二〇〇七年
ベンヤミン『「新訳・評注」歴史の概念について』鹿島徹訳　未來社　二〇一五年
フーコー『狂気の歴史　古典主義時代における』田村俶訳　新潮社　一九七五年
デリダ「コギトと『狂気の歴史』」合田正人・谷口博史訳（『エクリチュールと差異』）法政大学出版局　二〇一三年
デカルト『方法序説』野田又夫訳（世界の名著22）中央公論社　一九六七年
アーレント「宇宙空間の成立と人間の身の丈」斎藤純一・引田隆也訳（『過去と未来の間　政治思想への8試論』）みすず書房　一九九四年
リオタール『ポストモダンの条件　知・社会・言語ゲー

ム』小林康夫訳　水声社　一九八九年
柄谷行人『世界史の構造』岩波書店　二〇一〇年
レヴィ＝ストロース「マルセル・モース論文集への序文」有地亨・伊藤昌司・山口俊夫訳（『社会学と人類学Ｉ』）弘文堂　一九七三年
カントーロヴィチ『王の二つの身体　中世政治神学研究』小林公訳　平凡社　一九九二年

Ⅱ　文学の現在

詩の不自由について

本居宣長「紫文要領」（新潮日本古典集成『本居宣長集』）新潮社　一九八三年
小林秀雄『本居宣長』新潮社　一九七七年
神山睦美『小林秀雄の昭和』思潮社　二〇一〇年
小林秀雄「正宗白鳥の作について」（『白鳥・宣長・言葉』）文藝春秋　一九八三年
フロイド「快感原則の彼岸」井村恒郎訳（フロイド選集４）日本教文社　一九七〇年

黒田喜夫の葬儀の場面から

菅谷規矩雄『飢えと美と』イザラ書房　一九七五年
黒田喜夫「空想のゲリラ」（現代詩文庫『黒田喜夫詩集』）思潮社　一九六八年
黒田喜夫「毒虫飼育」（現代詩文庫『黒田喜夫詩集』）思潮社　一九六八年
キルケゴール『反復』桝田啓三郎訳　岩波文庫　一九八三年
ドストエフスキー『カラマーゾフの兄弟』原卓也訳（ドストエフスキー全集15 16）新潮社　一九七八年
アレント『革命について』志水速雄訳　ちくま学芸文庫　一九九五年
中上健次『地の果て　至上の時』新潮社　一九八三年

生死の境――漱石の俳句

夏目漱石「俳句」（漱石全集第十七巻）岩波書店　一九九六年
正岡子規『子規句集』岩波文庫　一九九三年
ラ・ロシュフコー『箴言集』二宮フサ訳　岩波文庫　一九八九年

夏目漱石『門』（夏目漱石全集6）ちくま文庫　一九八八年
夏目漱石『思い出す事など』（夏目漱石全集7）ちくま文庫　一九八八年

漱石の漢詩
吉川幸次郎『漱石詩注』岩波新書　二〇〇二年
神山睦美『漱石の俳句・漢詩』笠間書院　二〇一一年
夏目漱石「漢詩」（漱石全集第十八巻）岩波書店　一九九五年
夏目漱石『こころ』（夏目漱石全集8）ちくま文庫　一九八八年

千里を飛ぶ魂の悲しみ——漱石と村上春樹
夏目漱石「漢詩」（漱石全集第十八巻）岩波書店　一九九五年
村上春樹『騎士団長殺し第1部第2部』新潮社　二〇一七年
夏目漱石『こころ』（夏目漱石全集8）ちくま文庫　一九八八年

村上春樹作品に見られる「気がかり」
村上春樹『ノルウェイの森上下』講談社　一九八七年
村上春樹『1Q84BOOK123』新潮社　二〇〇九年
夏目漱石『こころ』（夏目漱石全集8）ちくま文庫　一九八八年
ドストエフスキー『罪と罰』工藤精一郎訳（ドストエフスキー全集78）新潮社　一九七八年
村上春樹『国境の南、太陽の西』講談社　一九九五年
村上春樹『騎士団長殺し第1部第2部』新潮社　二〇一七年

内向きから外の世界へ——村上春樹の短編小説
村上春樹『ノルウェイの森上下』講談社　一九八七年
村上春樹『女のいない男たち』文藝春秋　二〇一四年
村上春樹『神の子どもたちはみな踊る』新潮社　二〇〇〇年
村上春樹「沈黙」（『レキシントンの幽霊』）文藝春秋　一九九六年

村上春樹『アンダーグラウンド』講談社　一九九七年
夏目漱石「人生」（漱石全集第十六巻）岩波書店　一九九五年
夏目漱石『點頭録』（漱石全集第16巻）岩波書店　一九九五年
夏目漱石『こころ』（夏目漱石全集8）ちくま文庫　一九八八年

共苦《コンパッション》と憐憫《ピティ》——タルコフスキー『サクリファイス』再考

タルコフスキー『サクリファイス（DVD）』紀伊国屋書店　二〇〇二年
タルコフスキー『ノスタルジア（DVD）』KADOKAWA／角川書店　二〇一五年
タルコフスキー『惑星ソラリス（DVD）』IVC,Ltd.　二〇一三年
ルカ「福音書」（『聖書』新共同訳）日本聖書協会　一九九八年
「創世記」（『聖書』新共同訳）日本聖書協会　一九九八年
ドストエフスキー『カラマーゾフの兄弟』原卓也訳（ドストエフスキー全集15 16）新潮社　一九七八年
アレント『革命について』志水速雄訳　ちくま学芸文庫　一九九五年
バッハ『マタイ受難曲（DVD）』カール・リヒター指揮　UNIVERSAL CLASSICS　二〇一一年

Ⅲ　批評の実践

批評の精髄——江田浩司『岡井隆考』

江田浩司『岡井隆考』北冬舎　二〇一七年
小林秀雄「様々なる意匠」（小林秀雄全作品1）新潮社　二〇〇二年
小林秀雄「アシルと亀の子Ⅱ」（小林秀雄全作品1）新潮社　二〇〇二年
キルケゴール『反復』桝田啓三郎訳　岩波文庫　一九八三年
岡井隆『天河庭園集［新編］』（『岡井隆全歌集Ⅱ』）思潮社　二〇〇六年

『古今和歌集』（新潮日本古典集成）新潮社　一九七八年

アレント『人間の条件』志水速雄訳　ちくま学芸文庫　一九九四年

岡井隆『眼底紀行』（『岡井隆全歌集Ⅰ』）思潮社　二〇〇五年

岡井隆『〈テロリズム〉以後の感想／草の雨』（『岡井隆全歌集Ⅳ』）思潮社　二〇〇六年

岡井隆『中国の世紀末』（『岡井隆全歌集Ⅲ』）思潮社　二〇〇六年

岡井隆『歳月の贈物』（『岡井隆全歌集Ⅱ』）思潮社　二〇〇六年

岡井隆・佐々木幹郎『天使の羅衣《ネグリジェ》』思潮社　一九八八年

バタイユ『エロティシズム』澁澤龍彥訳（ジョルジュ・バタイユ著作集）二見書房　一九七三年

プラトン『国家』田中美知太郎、藤沢令夫、森進一、山野耕治訳（世界の名著7）中央公論社　一九六九年

小林秀雄「プラトンの『国家』」（小林秀雄全作品23）新潮社　二〇〇四年

岡井隆『月の光』砂子屋書房　一九九七年

ベンヤミン『ゲーテ　親和力』高木久雄訳（ベンヤミン著作集5）晶文社　一九七二年

究極的な批評の形式——二〇一七年詩論展望

夏目漱石『文学論』（漱石全集第14巻）岩波書店　一九九五年

北村透谷『北村透谷選集』勝本清一郎校訂　岩波文庫　一九六五年

東浩紀『ゲンロン0　観光客の哲学』ゲンロン　二〇一七年

北川透『北川透現代詩論集成2　戦後詩論　変容する多面体』思潮社　二〇一七年

サルトル「一九四七年における作家の状況」（『文学とは何か』サルトル全集9）加藤周一訳　人文書院　一九五五年

ブルトン「シュールレアリスム宣言」（『シュールレアリスム宣言集』）森本和夫訳　現代思潮社　一九九六年

フッサール『間主観性の現象学　その方法』浜渦辰二・山口一郎訳　ちくま学芸文庫　二〇一二年
フッサール『ブリタニカ草稿』谷徹訳　ちくま学芸文庫　二〇〇四年
宗近真一郎『リップヴァンウィンクルの詩学』響文社　二〇一七年
フッサール『イデーンII―II』立松弘孝・榊原哲也訳　みすず書房　二〇〇九年
ハイデガー『存在と時間』原佑・渡辺二郎訳（世界の名著62）中央公論社 一九七一年
野村喜和夫『哲学の骨、詩の肉』思潮社　二〇一七年
ハイデッガー『芸術作品の根源』関口浩訳　平凡社ライブラリー　二〇〇八年
ツェラン『パウルツェラン詩文集』飯吉光夫編・訳　白水社　二〇一一年
関口裕昭『パウル・ツェランとユダヤの傷』慶應義塾大学出版会　二〇一一年
山田兼士『詩の翼』響文社　二〇一七年
岡本勝人『「生きよ」という声　鮎川信夫のモダニズム』左右社　二〇一七年
佐々木幹郎『中原中也　沈黙の音楽』岩波新書　二〇一七年
たかとう匡子『私の女性詩人ノートII』思潮社　二〇一七年
後ろ向きの前衛――西出毬子『全漆芸作品』（MARIKO NISHIDE『The Urusi Story』）
MARIKO NISHIDE『The Urusi Story』私家版　二〇一七年
会田千鶴『The Morning After』砂子屋書房　二〇〇二年
会田千鶴『終章のためのエスキス imaginary numbers』未刊　江田浩司編集
細江英公『ガウディの宇宙』集英社　一九八四年
アリストテレス『詩学』藤沢令夫訳（世界の名著8）中央公論社 一九七二年
プラトン『国家』田中美知太郎、藤沢令夫、森進一、山野耕治訳（世界の名著7）中央公論社　一九六九年
キルケゴール『反復』桝田啓三郎訳　岩波文庫　一九

八三年
キルケゴール『死にいたる病』桝田啓三郎訳（世界の名著40）中央公論社　一九六六年
マタイ「福音書」（『聖書』新共同訳）日本聖書協会　一九九八年
マルコ「福音書」（『聖書』新共同訳）日本聖書協会　一九九八年
ベンヤミン『[新訳・評注]歴史の概念について』鹿島徹訳　未來社　二〇一五年

「没後の門人」の「不思議な恋愛感情」――吉増剛造『根源乃手』
吉増剛造『根源乃手』響文社　二〇一六年
吉本隆明「日時計篇」（吉本隆明全著作集23）勁草書房　一九六八年
ゲーテ『箴言と省察』岩崎英二郎・関楠生訳（ゲーテ全集13）潮出版社　一九八〇年
ゲーテ『ファウスト』手塚富雄訳（世界の文学5）中央公論社　一九六四年
ゲーテ『若きウェルテルの悩み』内垣啓一訳（世界の文学5）中央公論社　一九六四年
ゲーテ『親和力』佐藤晃一訳（世界の文学5）中央公論社　一九六四年
アンテルム『人類　ブーヘンヴァルトからダッハウ強制収容所へ』宇京頼三訳　未来社　一九九三年
柳田国男『山の人生』（柳田国男全集4）ちくま文庫　一九八九年
ドストエフスキー『罪と罰』工藤精一郎訳（ドストエフスキー全集78）新潮社　一九七八年
吉本隆明『母型論』思潮社　二〇〇四年

アメリカを欲望し続ける者――岡本勝人『「生きよ」という声　鮎川信夫のモダニズム』
岡本勝人『「生きよ」という声　鮎川信夫のモダニズム』左右社　二〇一七年
江藤淳『忘れたことと忘れさせられたこと』文春文庫　一九九六年
白井聡『永続敗戦論　戦後日本の核心』太田出版　二〇一三年
丸山眞男『超国家主義の論理と心理』岩波文庫　二〇

一五年
ホルクハイマー・アドルノ『啓蒙の弁証法』徳永恂訳　岩波文庫　二〇〇七年

非国民のためのオブセッション——添田馨『非＝戦（非族）』

添田馨『非＝戦（非族）』響文社　二〇一七年
添田馨『天皇陛下〈8・8ビデオメッセージ〉の真実』不知火書房　二〇一六年
折口信夫「大嘗祭の本義」（折口信夫全集第三巻）中公文庫　一九七五年
折口信夫「神道宗教化の意義」（折口信夫全集第二十巻）中公文庫　一九七六年
折口信夫「民族教より人類教へ」（折口信夫全集第二十巻）中公文庫　一九七六年
折口信夫「神道の新しい方向」（折口信夫全集第二十巻）中公文庫　一九七六年
レヴィナス『全体性と無限』合田正人訳　国文社　一九八九年

「再帰」から紡がれる言葉——伊藤浩子『未知への逸脱のために』

伊藤浩子『未知への逸脱のために』思潮社　二〇一七年
ラカン『精神分析の倫理』小出浩之・鈴木國文・保科正章・菅原誠一訳　岩波書店　二〇〇二年
マタイ「福音書」（『聖書』新共同訳）日本聖書協会　一九九八年

プルーストの文学の普遍性を問う——葉山郁生『プルースト論　その文学を読む』

葉山郁生『プルースト論　その文学を読む』響文社　二〇一六年
プルースト『失われた時を求めて』鈴木道彦訳　集英社文庫ヘリテージシリーズ　二〇〇六年
ドストエフスキー『罪と罰』工藤精一郎訳（ドストエフスキー全集78）新潮社　一九七八年
カフカ「掟の門」（カフカ短編集）岩波文庫　池内紀訳　一九八七年
ベンヤミン「マルセル・プルーストのイメージについ

て」（ヴァルター・ベンヤミン著作集7）高木久雄訳　晶文社　一九六九年
小林秀雄「私小説論」（小林秀雄全作品6）新潮社　二〇〇三年
カミュ『異邦人』窪田啓作訳　新潮文庫　一九五四年

ミメーシスとしての鎌倉佐弓——鎌倉佐弓『鎌倉佐弓全句集』

鎌倉佐弓『鎌倉佐弓全句集』沖積舎　二〇一六年
中原中也『中原中也詩集』新潮文庫　二〇〇〇年
マタイ「福音書」（『聖書』新共同訳）日本聖書協会　一九九八年

窓の外の暗闇を一瞬のように駆け抜ける「Tiger」のイメージ——川口晴美『Tiger is here.』

川口晴美『Tiger is here.』思潮社　二〇一五年
榊原瑞紀『TIGER & BUNNY（コミック）1～7巻』KADOKAWA／角川書店　二〇一二～一四年
マタイ「福音書」（『聖書』新共同訳）日本聖書協会　一九九八年

人間のうちの見捨てられたひとびとよりもさらに下方に位置する言語——細見和之『「投壜通信」の詩人たち〈詩の危機〉からホロコーストへ』

細見和之『「投壜通信」の詩人たち〈詩の危機〉からホロコーストへ』岩波書店　二〇一八年
細見和之「ワルシャワ・ゲットーとヨブ記」（季刊「びーぐる」30号）二〇一六年一月
「ヨブ記」（『聖書』新共同訳）日本聖書協会　一九九八年
カツェネルソン『ワルシャワ・ゲットー詩集』細見和之訳　未知谷　二〇一二年
アドルノ『美の理論・補遺』大久保健治訳　河出書房新社　一九八八年
ツェラン「ハンザ自由都市ブレーメン文学賞受賞の際の挨拶」（『パウルツェラン詩文集』）飯吉光夫訳　白水社　二〇一一年

Ⅳ　対話から照らされる思想

遠藤周作『沈黙』をめぐって――若松英輔との対談
遠藤周作『沈黙』新潮社　一九六六年
遠藤周作『白い人』（新潮日本文学56）新潮社　一九八四年
遠藤周作『海と毒薬』（新潮日本文学56）新潮社　一九八四年
太宰治『駈込み訴え』（新潮日本文学35）新潮社　一九八四年
幸徳秋水「死刑の前」（日本の名著44）中央公論社　一九七〇年
幸徳秋水『社会主義神髄』（日本の名著44）中央公論社　一九七〇年
内村鑑三「『帝国主義』に序す」（幸徳秋水『二十世紀の怪物 帝国主義』日本の名著44）中央公論社　一九七〇年
夏目漱石「修善寺日記」（『思い出す事など・修善寺日記』）岩波文庫　一九五三年
夏目漱石『思い出す事など』（夏目漱石全集7）ちくま文庫　一九八八年
ドストエフスキー『白痴』木村浩訳（ドストエフスキー全集910）新潮社　一九七八年
芥川龍之介『河童・歯車・或阿呆の一生』講談社文庫　一九七二年
遠藤周作『切支丹の里』人文書院　一九七一年
アレント『革命について』志水速雄訳　ちくま学芸文庫　一九九五年
ドストエフスキー『カラマーゾフの兄弟』原卓也訳（ドストエフスキー全集15、16）新潮社　一九七八年
若松英輔『井筒俊彦　叡知の哲学』慶應義塾大学出版会　二〇一一年
夏目漱石『明暗』（夏目漱石全集9）ちくま文庫　一九八八年
志賀直哉『暗夜行路』新潮文庫　一九九〇年
夏目漱石『こころ』（夏目漱石全集8）ちくま文庫　一九八八年
大岡昇平『野火』角川文庫　一九七〇年
遠藤周作『侍』新潮社　一九八〇年
原民喜『夏の花』岩波文庫　一九八八年
若松英輔『イエス伝』中央公論社　二〇一五年
遠藤周作『イエスの生涯』新潮社　一九七三年

遠藤周作『死海のほとり』新潮社　一九七三年
遠藤周作『深い河』講談社　一九九三年
吉本隆明『マチウ書試論　反逆の倫理』（吉本隆明全著作集4）勁草書房　一九六九年
遠藤周作『女の一生　1部キクの場合　2部サチ子の場合』朝日新聞出版　一九八二年
神山睦美『日々、フェイスブック』澪標　二〇一六年
イシグロ『わたしを離さないで』土屋政雄訳　早川書房　二〇〇六年
小林秀雄「『白痴』について」（小林秀雄全作品19）新潮社　二〇〇四年
小林秀雄『本居宣長』新潮社　一九七七年
アレント『人間の条件』志水速雄訳　ちくま学芸文庫　一九九四年

ま行

や行

ら行

わ行

な行

は行

た行

さ行

事項索引

は行

ま行

や行

ら行

わ行

た行

な行

題名索引

ま行

や行

ら行

わ行

さ行

た行

な行

は行

索　引

人名索引

あ行

か行

著者略歴
神山睦美（かみやま・むつみ）1947年1月、岩手県生まれ。東京大学教養学部教養学科フランス分科卒。文芸評論家。2011年『小林秀雄の昭和』で第2回鮎川信夫賞を受賞。その他の著書に『吉本隆明論考』『思考を鍛える論文入門』『読む力・考える力のレッスン』『二十一世紀の戦争』『大審問官の政治学』『希望のエートス　3・11以後』『サクリファイス』など多数。

カバー作品
西出毬子

扉写真
幻戯書房編集部
はじめに　山梨県山梨市、2015年
目　　次　沖縄県・那覇軍港傍、2016年
第 一 章　沖縄県浦添市・キャンプキンザーの隊員用住宅前、2014年
第 二 章　第一章と同
第 三 章　東京都杉並区、2016年
第 四 章　第一章と同
あとがき　沖縄県座間味村、2016年

日本国憲法と本土決戦
神山睦美評論集

二〇一八年十一月九日　第一刷発行

著　者　神山睦美
発行者　田尻　勉
発行所　幻戯書房
郵便番号一〇一－〇〇五二
東京都千代田区神田小川町三－十二
岩崎ビル二階
電　話　〇三（五二八三）三九三四
ＦＡＸ　〇三（五二八三）三九三五
ＵＲＬ　http://www.genki-shobou.co.jp/
印刷・製本　美研プリンティング

ISBN978-4-86488-157-9　C0095